D0643249

EL DECIMOTERCER DISCÍPULO

EL DECIMOTERCER DISCÍPULO

DISCÍPULO

Deepak Chopra

Traducción de Javier Guerrero

31652002996024

GRUPO ZETA

Barcelona • Madrid • Bogotá • Buenos Aires • Caracas • México D.F. • Miami • Montevideo • Santiago de Chile

Título original: *The 13th Disciple: A Spiritual Adventure*
Traducción: Javier Guerrero, 2016
1.ª edición: febrero 2016

© 2015, Deepak K. Chopra and Rita Chopra Family Trust.
© Ediciones B, S. A., 2016
   Consell de Cent, 425-427 - 08009 Barcelona (España)
   www.edicionesb.com

Printed in Spain
ISBN: 978-84-666-5830-0
DL B 339-2016

Impreso por QP PRINT

Todos los derechos reservados. Bajo las sanciones establecidas
en el ordenamiento jurídico, queda rigurosamente prohibida,
sin autorización escrita de los titulares del *copyright*, la reproducción
total o parcial de esta obra por cualquier medio o procedimiento,
comprendidos la reprografía y el tratamiento informático, así como
la distribución de ejemplares mediante alquiler o préstamo públicos.

PRIMERA PARTE

LA ESCUELA MISTÉRICA

1

Era una mañana sin sol, gélida y nublada, en las semanas previas a Navidad. Mare se disponía a irse a trabajar cuando sonó su móvil. Era su madre.

—La hermana Margaret Thomas acaba de morir.

—¿Quién?

La pregunta salió como un murmullo confuso. Mare estaba tragando el último bocado de una tarta de frambuesa industrial con el poso de su café instantáneo. Los últimos gránulos dejaron manchas oscuras en el fondo de la taza.

—Tu tía Meg, la monja —contestó su madre con impaciencia—. Y estoy muy ofendida.

Hubo un silencio en la línea. La tía de Mare llevaba mucho tiempo desaparecida de su vida.

—Mare, ¿estás ahí? —Sin esperar respuesta, su madre continuó—: Las del convento no me dicen cómo murió. Solo dicen que se ha ido. ¿Se ha ido? Meg apenas tenía cincuenta años. Necesito que vayas allí por mí.

—¿No puedes ir tú?

Mare estaba molesta con su madre por diversas razones. Y una era el hecho de que nunca se quedaba sin peticiones, la mayoría de ellas triviales y absurdas. Para ella, pedir algo era como tirar de una cuerda de marioneta invisible.

La voz al teléfono se tornó aduladora.

—Sabes que me dan miedo las monjas.

—Meg era tu hermana.

—No seas tonta. Es de las otras monjas de las que tengo miedo. Son como pingüinos siniestros. Firma lo que sea para que te den el cuerpo. Somos las únicas personas que tiene... que tenía. —La madre empezó a sollozar suavemente—. Trae a mi querida hermana a casa. ¿Podrás hacerlo?

Teniendo en cuenta que nadie había hablado de la tía Meg en años, «querida hermana» sonaba un poco impostado. Aun así, el trabajo al que se dirigía Mare era un empleo temporal, y no le resultaría complicado llamar para decir que estaba enferma.

—Haré lo que pueda —dijo.

Condujo hacia el oeste por la autopista, medio escuchando un álbum de James Taylor publicado veinte años antes, más o menos cuando nació su traqueteante Honda Civic. La gran recesión había paralizado una carrera que Mare en realidad todavía no había elegido. Como muchos otros de su generación, iba a la deriva, temiendo uno y otro mes la posibilidad de tener que mudarse otra vez con sus padres. Eso significaría elegir entre ellos. Su madre se había quedado en la vieja casa después del divorcio. Su padre se había trasladado a Pittsburgh con su nueva esposa y, casi siempre, se acordaba de llamarla por Navidad y su cumpleaños.

Mare se miró en el retrovisor, fijándose en una manchita escarlata por un descuido con el pintalabios. ¿Por qué pensaba que a las monjas les agradaría que se presentara maquillada?

Antes de irse al convento, la tía Meg siempre llevaba el color de pintalabios más impactante: un rojo borgoña oscuro que contrastaba con la palidez de su piel irlandesa como una gota de vino en un mantel blanco. No cabía duda de que Meg era guapa. Tenía pómulos altos y esa nariz elegante de los McGeary, el rasgo del que estaban más orgullosos. No se había convertido en una solterona por ninguna razón en particular. (A Meg le gustaba el término «solterona» porque estaba muy pasado de moda y era políticamente incorrecto). Los hombres habían entrado y salido de su vida.

—He tenido mis oportunidades, no te preocupes —le había dicho una vez con aspereza.

Incluso frecuentaba bares de solteros en su tiempo.

—Sitios asquerosos —había comentado al respecto—. Matan el alma.

Nadie recordaba que fuera especialmente religiosa, de manera que resultó una sorpresa, y no de las agradables, que la tía Meg anunciara de repente, a la edad madura de cuarenta años, que iba a meterse a monja. Ya había tenido suficiente de su papel familiar como hermana mayor soltera, lista para hacer de canguro, y de la que siempre se esperaba que fuera a comprar y cuidara de la casa cuando alguien estaba enfermo, que escuchara los cotilleos de las sobrinas sobre sus novios antes de que ellas se pararan de repente y dijeran, avergonzadas:

—Lo siento, tía Meg. Podemos hablar de otra cosa.

Todo eso hizo que la familia se sintiera culpable cuando ella anunció que había solicitado su ingreso como novicia. Dejó una sensación molesta de «¿qué hicimos mal?». La abuela de Mare había fallecido de cáncer de estómago dos años antes. Si la abuela había tenido alguna vez fuertes convicciones religiosas, meses de dolor atroz acabaron con ellas. No pidió por el padre Riley al final, pero no se resistió cuando se presentó en su habitación de enferma. Drogada de morfina, apenas tuvo conciencia de la hostia y el vino al levantar la cabeza de la almohada para recibir la eucaristía. Nadie sabía si había que alegrarse de que la abuela no hubiera vivido para ver el día en que una chica McGeary se puso los hábitos.

El abuelo de Mare fue a la deriva con su dolor solitario tras la muerte de su mujer, recogiéndose en su casa y manteniendo las luces apagadas hasta bien pasado el atardecer. Cortaba el césped delantero cada sábado, pero en el patio de atrás las malas hierbas crecían altas y vigorosas, como un bosque maldito custodiando un castillo de penas. Cuando Meg llamó a la puerta y le dijo que iba a entrar en el convento, se animó más de lo que había estado en meses.

—No te traiciones. Todavía eres muy guapa, Meg. Montones de hombres estarían orgullosos de tenerte.

—No seas tan tonto —repuso Meg, ruborizándose. Lo besó en lo alto de la cabeza—. De todos modos, gracias.

Al final, Meg sorprendió a todos al desaparecer una noche para unirse a una estricta orden carmelita de clausura. No iba a ser una de esas monjas modernas que llevan ropa de calle y compran rúcula en el supermercado. Una vez que las puertas del convento se cerraron tras ella, nunca se volvió a ver a Meg. Dejó su apartamento intacto, todos los muebles en su sitio, como esperando pacientemente un regreso que nunca se produciría. Sus vestidos colgaban muy ordenados en el armario, dando el aire triste de cosas que se han vuelto inútiles.

Mare tenía dieciocho años cuando su tía decidió desaparecer.

—La huida a Egipto —lo llamó su madre, sintiéndose resentida y abandonada—. No un adiós real.

Ser una gran familia no los protegió de sentir el vacío dejado por Meg. Parecía vagamente siniestro que ella nunca escribiera ni llamara en diez años. No habían oído nada de ella hasta que la madre de Mare recibió la noticia de que la hermana Margaret Thomas, el fantasma de alguien que habían conocido, se había ido.

El convento estaba apartado y no figuraba en el listín telefónico, pero el GPS supo encontrarlo. «En cien metros, gire a la izquierda», avisó la voz. Mare tomó la salida y se detuvo después de recorrer otros ochocientos metros a través de un bosque descuidado de pinos y abedules. Los terrenos del convento estaban protegidos por una alta valla de hierro forjado. El camino terminaba en una puerta flanqueada por una garita vacía. Había un interfono oxidado para que los visitantes se anunciaran ellos mismos.

Mare sintió lo engorroso de la situación. ¿Cómo dices que has venido a buscar un cadáver? Levantó la voz, como si el interfono pudiera ser sordo.

—He venido por la hermana Margaret Thomas. Soy su sobrina.

Nadie respondió; el altavoz ni siquiera crujió. Pasó un momento y Mare empezó a pensar que tendría que darse la vuelta. Entonces, con un clic la puerta de hierro se abrió lentamente. Mare entró.

En la distancia se alzaba una mansión de ladrillo rojo, deprimentemente victoriana bajo el cielo gris. Los neumáticos del viejo Honda aplastaban la gravilla. Mare se sentía cada vez más nerviosa, y en su imaginación destellaban imágenes dickensianas de huérfanos sin suficientes gachas para comer. El verdadero huérfano era la mansión, rescatada por la Iglesia cuando se convirtió en una ruina majestuosa.

Al ascender por el largo sendero hacia el convento, Mare se concentró otra vez en lo que tenía que hacer. El bosque estaba muy crecido, pero los terrenos que rodeaban la mansión se veían desolados, carentes de las fuentes y arbustos que los habían adornado. La casa probablemente la había construido un magnate despiadado en un tiempo en el cual edificaciones tan inmensas eran «cabañas de verano», que recibían los suministros gracias a su propio ramal de ferrocarril privado.

Aparcó al final del sendero y se acercó a la puerta delantera. Una señal severa escrita a mano colgaba al lado del timbre: «Se guarda silencio entre vísperas y tercia. No molestar.»

¿Tercia? Mare no recordaba qué hora aterradoramente

temprana de la mañana significaba eso, pero tembló al imaginar los pies descalzos de las monjas penitentes pisando los suelos de piedra fría antes de amanecer. Llamó al timbre. Después de un momento de reticencia, el cierre se desbloqueó de la misma manera anónima que en la puerta exterior. Entró con cautela, permitiendo que sus ojos se adaptaran al repentino descenso de luz. Se encontró en un gran vestíbulo. En una pared había un nicho con una estatua de la Virgen. Justo delante, un grueso enrejado de metal dividido en cuadrados de diez centímetros bloqueaba el paso. Las aberturas permitían que los visitantes miraran a las habitantes sin acercarse demasiado. El efecto era un híbrido entre un zoo y una cárcel.

En este caso, no había nadie a quien mirar. Mare se sentó en una desvencijada silla para visitantes con un asiento de mimbre trenzado y esperó. Empezó a preocuparle que bajara una monja y la riñera por abandonar la escuela religiosa después de quinto curso, como si todas las hermanas de la zona hubieran recibido la noticia de su culpabilidad. Miró la amplia escalera situada al otro lado de la reja. Cuando la casa había sido el lugar de retiro campestre de un hombre rico, esas escaleras habrían sentido los zapatos de tacón de las debutantes con vestidos de satén que bajaban para encontrarse con sus galanes, pensó Mare.

Pasó más tiempo. El silencio daba al ambiente una sensación siniestra y ajena. La orden carmelita es poco materialista, consagrada únicamente a la regla de «oración y trabajo». Mare había encontrado un vídeo de YouTube al respecto. Las monjas del vídeo sonreían mucho y saludaban al entrevistador desde detrás de una puerta metálica como aquella ante la que estaba sentada Mare. «¿Cuánto tiempo llevan tras las rejas?», había preguntado el audaz entrevistador. Las monjas rieron. En cuanto a ellas respectaba, estaban viviendo en el lado correcto respecto a las rejas.

Mare miró su reloj. Llevaba allí menos de cinco minutos.

Acabemos con esto, pensó. Era triste, pero tratar de recuperar a Meg como había sido parecía vano.

Al final, oyó un suave repiqueteo cuando una monja bajó la escalera, despacio, sin prisa, y se acercó a través de una amplia extensión de suelo de mármol. No tendría más de veinte años. Mare había leído que los conventos estaban pasando por dificultades para encontrar nuevas monjas y el promedio de edad era cada vez mayor. La muerte estaba menguando sus filas.

—Siento haberle hecho esperar —se disculpó la joven monja con una sonrisa tímida.

No parecía de las que regañaban. Olía suavemente a jabón de la ropa y desinfectante. Sus manos pequeñas estaban coloradas y en carne viva; las ocultó en las mangas de su hábito cuando Mare se fijó en ellas. Mare resistió el impulso de persignarse.

—He venido por la hermana Margaret Thomas —dijo.

Los nervios la hacían hablar demasiado alto, creando un eco en el gran espacio vacío.

—Ah —dijo la monja, que parecía hispana y hablaba con acento. Había dejado de sonreír.

—Soy su sobrina —añadió Mare.

—Ya veo. —La monja evitó su mirada. Su rostro, rodeado por una capucha blanca y marrón, seguía siendo amable, pero no delataba nada.

Mare se aclaró la garganta.

—No conozco sus procedimientos cuando alguien muere. Fue muy repentino, un mazazo.

—¿Qué quiere decir? —La hermana pareció confundida.

—¿No lo sabe? Recibimos un mensaje telefónico que decía que la hermana Margaret Thomas, mi tía, se había ido. He venido a pedir su cuerpo. Así que, si hay que firmar papeles, y si tiene el número de una funeraria local... —La voz de Mare se apagó.

La hermana estaba alarmada. Los tenues tonos rosados de sus mejillas desaparecieron de repente y palideció.

—No es posible. Verá...

Mare la cortó.

—No pueden quedársela y no notificar a las autoridades.

—¿Qué? Si me deja terminar... —La monja joven levantó ambas manos, pidiendo paciencia.

Pero Mare se estaba poniendo recelosa.

—No es suya para que la metan bajo tierra. Y ya que estamos, ¿cómo murió? —Mare trató de sonar airada, pero una duda le cruzó por la cabeza. Quizás el convento adquiría posesión legal de cualquiera que muriera en la orden.

La hermana se retorció las manos.

—Por favor, pare. Su tía ya no está aquí. Se ha ido. Todo esto es un malentendido.

Una luz se encendió en el cerebro de Mare.

—Mi madre supuso que «se ha ido» significaba que había fallecido.

—Nada de eso. Solo que ayer la hermana Margaret Thomas no apareció a tercia, y su celda estaba vacía. Estábamos preocupadas. Dejamos un mensaje en el único número de contacto del archivo. Nuestra interacción con el mundo exterior es mínima. Vivimos con esa regla. ¿Es usted católica?

Mare asintió. Se sentía ridícula y empezó a murmurar una disculpa, pero la joven monja continuó con un acento cada vez más marcado. Tenía que esforzarse para contener la emoción.

—Margaret Thomas es nuestra hermana. Pertenece a Cristo, no a su familia. Pero cuando una hermana de repente no se presenta a la plegaria y su celda está vacía, Dios mío, nos sentimos obligadas a contárselo a alguien.

—Así que simplemente se marchó. ¿Y no sabe adónde fue?

—No, la verdad. Discúlpenos. No queríamos angustiarlas.

—Muy bien. No hay nada que perdonar.

Mare quería calmar la angustia de la hermana, que parecía muy vulnerable en su hábito marrón tejido en el convento y con aquellas manos rojas y en carne viva. Pero también tenía curiosidad.

—Solo una cosa. ¿Puedo ver su celda?

—¡Ay! Me temo que eso no será posible.

Incapaz de ocultar su agitación, la hermana de repente se volvió para marcharse. Se sintió mal, pero las reglas eran las reglas. Nadie iba a pasar al otro lado de la reja.

—¿Y sus objetos personales? —preguntó Mare en voz alta—. Si dejó algo, quiero llevármelo. Ha dicho que no quería angustiarnos, ¿no?

Mare pensó que era deshonesto devolverle a la joven monja sus propias palabras, pero sabía que su madre no se conformaría con un «se ha ido». La desaparición voluntaria de la tía Meg era el colmo.

La hermana no se volvió.

—Espere aquí —murmuró.

La monja se escabulló por la escalera y el espléndido vestíbulo regresó al silencio. Al cabo de un momento, una nueva monja apareció en la escalera de caracol, que a Mare empezaba a parecerle un atrezo cinematográfico hecho para enmarcar entradas solemnes. La nueva monja era mayor, de unos setenta años, y el hábito que la ocultaba de la cabeza a los pies como una envoltura marrón no podía disimular su paso artrítico. Parecía inestable con la pesada caja de cartón que llevaba en las manos. Caminando por el suelo de mármol hacia la reja, la vieja monja señaló una abertura lateral. Era justo lo bastante grande para que pasara la caja.

—Me temo que es todo lo que hay —dijo, jadeando ligeramente y con el labio superior húmedo por el esfuerzo. Como la hermana joven, tampoco se presentó. Permaneció con la cabeza baja cuando Mare intentó mirarla a los ojos. A diferencia de la otra, no reflejaba ninguna compasión.

Mare murmuró un «gracias», pero la monja ya se había dado la vuelta.

Era hora de tranquilizarse. Mare levantó la caja, cerrada con cinta aislante. Pese a que era un cubo de menos de treinta centímetros de lado, daba la sensación de contener pesas de plomo. En la parte superior había un sobre blanco enganchado en lugar de una etiqueta.

Después de regresar a la luz grisácea del exterior e inspirar un poco de aire fresco invernal, Mare empezó a despejarse. Cada paso que daba hacia el coche la hacía sentirse un poco menos confundida, como si estuviera despertando de un hechizo medieval. Llegó a la puerta del coche, congelada con copos de nieve, y entonces reparó en todas las preguntas que no había formulado.

No había averiguado nada de los últimos días de su tía en el convento. ¿Había salido de su encierro enferma o en buen estado de salud? ¿Estaba decepcionada? ¿Presentaba signos de trastorno mental? Mare había leído historias de viejos monjes que rompían décadas de silencio, solo para revelar que estaban locos, empujados a una psicosis desesperada por su fijación con Dios.

De repente, sintió un dolor en las muñecas de cargar con la pesada caja. Subió al coche y la dejó en el asiento del copiloto. Estaba nevando con intensidad y los copos se acumulaban en el parabrisas, convirtiendo el interior del vehículo en una cueva crepuscular. Puso en marcha el limpiaparabrisas y encendió la radio para escuchar el parte meteorológico. El pronóstico matinal anunciaba tormenta para la tarde. Eran apenas las dos en punto. La tormenta se había adelantado.

Los neumáticos de nieve gastados daban a Mare una razón para volver rápidamente a la autopista, pero se quedó allí sentada, mirando inexpresivamente el barrido hipnótico de los limpiaparabrisas. Entonces la caja captó su atención, como un objeto maravilloso. El derecho a abrirlo pertenecía a su abuelo, porque Meg era su hija y él era el pariente más próximo. Sin embargo, Mare vio en ese momento que el sobre de la parte superior no estaba en blanco. Había un mensaje garabateado con fina caligrafía.

Para ti

¿A quién se refería? Ninguna de las monjas pensaba que se refiriera a ellas, o hubieran abierto la caja. Si Mare no hubiera aparecido, podría haber permanecido cerrada y en silencio para siempre. ¿La tía Meg anticipaba que alguien iba a acudir seguro? Mare despegó la cinta adhesiva que fijaba el sobre y lo abrió. No había nadie para decirle que no fisgoneara.

Había una nota doblada con esmero en el interior. La abrió despacio y leyó:

Hola, Mare:
Esto es del decimotercer discípulo. Síguelo allá donde te lleve.
Tuya en Cristo,

MEG

2

De todas las formas de cambiar el mundo, Frank Weston nunca habría elegido recuperar los milagros. En primer lugar, no era supersticioso, y en su mente un milagro era una superstición que solo se tragaba gente lo bastante crédula. En segundo lugar, y más importante, era periodista, y el periodismo es una carrera que depende de los hechos. (Según reza un viejo dicho del periodismo, «si tu madre te dice que te quiere, busca una segunda fuente».) Un milagro era lo contrario a un hecho.

Pero entonces la posibilidad de los milagros entró en su vida a través de una puerta lateral: la muerte.

Un día una mujer se plantó delante del escritorio de Frank.

—Disculpa, ¿eres tú el encargado de las necrológicas? —le preguntó.

Frank respondió sin levantar la cabeza del artículo que estaba corrigiendo.

—Por el pasillo, la segunda puerta a la derecha. Pero no está. Ha salido por una noticia.

El delgado y larguirucho Frank estaba repantigado en una butaca gastada que él mismo había llevado a la sala de redacción desde su caótico apartamento de soltero. Su cara permanecía oculta bajo la visera de una gorra de béisbol.

La mujer no iba a marcharse.

—¿Puedes ayudarme tú entonces? Es urgente.

Frank estaba sumido en una entrega que urgía, de manera que no tenía intención de ayudarla, ni a ella ni a nadie. Pero al menos debería levantar la cabeza antes de despedir a aquella mujer.

—¿Mare? —dijo, sorprendido al verla.

Casi no la reconoció. Ella llevaba un gorro de lana calado sobre la frente para protegerse del frío y una bufanda gris subida hasta la barbilla. Sus ojos permanecían ocultos detrás de unas gafas de sol. Pero Frank los atisbó. Todavía podía reconocer esos ojos, no importaba los años que hubieran pasado.

—Pareces un agente doble con toda esa ropa, pero tienes que ser tú.

Mare se quitó las gafas, confundida. Pestañeó por la cruda iluminación de la sala de redacción. Pareció no reconocerlo.

—Esto es incómodo —dijo Frank, quitándose la gorra de béisbol para que ella lo viera mejor—. Soy Frank, de la facultad. El compañero de habitación de Brendan.

—Oh, Dios. Brendan. Cursábamos primer año. Solo me puse en contacto con él porque el cura de nuestra parroquia me dijo que debería.

—¿En serio? Causaste una gran impresión. No paraba de hablar de ti. Y ahora sé por qué. —Alto y seguro de sí mismo, Frank no tenía pelos en la lengua. Trató de ignorar el ligero embarazo de Mare—. Lo siento, lo decía como un cumplido. —Como ella no respondió, pensó en disculparme otra vez, pero se contuvo—. ¿Qué es eso de una necrológica? —cambió de tema. Los grandes ojos castaños de Mare delataron ansiedad.

—No debería molestarte.

—No, no pasa nada. Es que vamos un poco escasos de personal en este momento. —Una gripe desagradable había descabalgado a dos periodistas, y Malcolm, el encargado de las necrológicas, había salido a cubrir una noticia candente. Se enderezó en su silla—. ¿Quieres poner una necrológica? Puedo pasarla. Malcolm se encargará en cuanto vuelva a la oficina. No puedo prometer que sea hoy. —Mientras lo decía, seguía deseando que Mare lo recordara.

Ella negó con la cabeza.

—No quiero poner una necrológica. Quiero retirar una.

—Lo siento. ¿Alguien murió por error? —Pretendía ser gracioso, pero ella no sonrió.

—No. Es que no creo que nadie necesite enterarse de la muerte de mi tía.

Frank pasó a una nueva pantalla en el iPad que usaba para escribir artículos.

—Si era una necrológica particular...

—Lo era. La puso mi madre esta mañana. —Mare se mordió el labio con nerviosismo—. Tienes que cancelarla.

—Como te he dicho, lo único que puedo hacer es pasar el mensaje.

A Mare se le ensombreció el rostro y empezaron a temblarle las comisuras de la boca. Frank se dio cuenta de lo importante que era aquello para ella.

—Espera, deja que llame —dijo.

Contactó con el jefe de maquetación, que no se alegró nada. La página de necrológicas ya estaba lista. Frank gesticuló con el brazo.

—Te debo una —dijo y colgó. Dirigió una sonrisa a Mare—. Hecho.

A ella se le iluminó la mirada, y Frank observó que la tensión desaparecía de su cuerpo, aunque llevaba un abrigo de plumón acolchado.

—Bien, ¿ahora a lo mejor puedes sentarte? —propuso.

Mare titubeó, mirando a la puerta, pero tomó asiento en

la otra butaca gastada del cubículo y empezó a desenvolverse la bufanda gris. También se quitó el gorro con pompón y el cabello castaño claro le cayó casi hasta los hombros.

—¿Podría tomar un poco de agua? —pidió.

Frank llenó un vaso de plástico en la nevera de la redacción, sorprendido de lo ansioso que estaba por complacerla. ¿Qué significaba eso? No lo sabía, pero quería descubrirlo.

Mare se bebió el agua y se quedó en silencio. Frank calculó que disponía de unos treinta segundos antes de que se marchara.

—Casi no recordaba tu nombre —dijo—. Nunca conocí a nadie llamado Mare. —Tenía que empezar por alguna parte que no fueran los parientes muertos.

—Suelen decírmelo. Es una abreviación de Ann Marie —explicó con aire ausente, mirando su reloj.

A menos que Frank invocara sus conocidas dotes de improvisación, muy pronto Mare desaparecería otra vez de su vida.

—Me gustaría verte —soltó—. Cuando no haya nadie muerto. O no muerto.

Ella se reclinó en el respaldo y estrujó el vaso vacío en la mano. Estaba sopesando la situación, del modo en que una autoestopista se pregunta si es seguro subir a cierto coche. Hizo un cálculo mental y el resultado salió favorable a Frank.

—Tengo un secreto y necesito contárselo a alguien. No a un completo desconocido, quiero decir.

Así que ella lo recordaba, aunque fuera de manera vaga. Cuando su compañero de habitación había despertado la curiosidad de Frank, este se agenció un asiento detrás del de Mare en una clase de Psicología. Había doscientos estudiantes en la sala, pero Frank tuvo que causarle impresión.

—No puedes fiarte de un desconocido —dijo Frank.

Mare asintió nerviosamente.

—Pero tengo que hablar con alguien. Mi familia no lo entendería. Probablemente llamarían a la policía.

—Suena de mal agüero.

—No, no es un crimen ni nada.

Mare parecía dispuesta a retirar su decisión de confiar en él, así que Frank no dijo nada más. Era periodista desde hacía suficiente tiempo para saber que no podía presionarla.

Mare respiró hondo.

—Mi tía dejó una caja de cartón cuando murió. Estaba sellada con cinta aislante y dirigida a mí. Y dentro encontré algo inquietante.

Las manos pálidas de Mare juguetearon con los extremos colgantes de su bufanda. Se mordió el labio otra vez, un tic inconsciente, supuso él.

—Estoy casi segura de que debe de ser robado —continuó Mare—. Por eso no quiero anunciar su muerte. No hasta que lo descubra.

—¿Qué es?

—Una iglesia. O quizás una catedral. No lo sé.

Mare miró la expresión de su cara y se contuvo.

—Una iglesia en miniatura, quiero decir. —Sus manos dibujaron la forma en el aire de unos veinte centímetros—. Parece vieja, y hecha de oro.

—¡Uau!

—Es muy bonita, en realidad. —Mare se inclinó adelante, bajando la voz—. Mi tía no tenía dinero. Pero en cierto modo no me sorprendió. Era monja.

—¿Una orden de monjas metida en robos? —Frank sonrió con indulgencia.

Mare no le devolvió la sonrisa.

—No; era carmelita, pero rebelde. Dejó la orden de repente, probablemente bajo sospecha, al menos eso creo. No teníamos contacto. —Estaba a punto de contarle más, pero algo la detuvo—. ¿Por qué le estoy contando esto a un periodista?

—Porque soy la primera persona conocida que ves. Más o menos conocida.

—Puede ser.

Pero Mare no se calmó. Al contrario. Su recuerdo de Frank era vago: una cara en un aula repleta que solo destacaba porque llevaba tirantes rojos. Hacía falta engreimiento para hacer eso. Lo último que necesitaba en ese momento era un chico engreído simulando ser un adulto responsable.

Se levantó, tendiéndole una mano enguantada.

—No importa. No es tu problema.

Frank no le estrechó la mano.

—¿Tienes que irte? —Era obvio que la balanza se había decantado en su contra.

—Ya llego tarde. Gracias por retirar la necrológica.

Frank puso ceño.

—Puede que sea impertinente, pero podrías tener un problema de verdad. No estoy obligado a ser periodista en todo, sabes. Puedo ser simplemente alguien dispuesto a ayudar. Y sé guardar un secreto —agregó.

—¿En serio? —Una sonrisa se coló en la voz de Mare a pesar de su angustia.

La forma en que Frank la miraba no era sutil.

—¿Esto es porque quieres volver a verme? —preguntó ella.

—¿Es tan malo? —Hizo como si enderezara una corbata que no llevaba—. Soy más o menos presentable.

Ella reflexionó un momento.

—¿Puedes salir a tomar un café? Estaría más cómoda en otro sitio.

Frank siguió su mirada a través de los cubículos que los rodeaban. Había unos cinco periodistas en la redacción, donde en otros tiempos había habido el doble. La brigada de despidos no había elegido a Frank todavía, pero cualquiera podría ser el siguiente. Después de las cinco y media, él y unos pocos compañeros irían a tomar una copa y se quejarían de que no habían tenido un aumento en dos años, aunque ninguno de ellos se atrevía a pedirlo.

Dio un golpecito en la cubierta de su iPad.

—Ahora es perfecto —dijo, despidiéndose de entregar a tiempo.

Una vez en la calle, Frank vio que estaba nevando con fuerza. La ciudad no era ajena al vórtice polar ártico, aun antes de que se hiciera famoso. El viento aullaba desde el noreste y la nueva nevada añadía una capa blanca a la vieja nieve amarronada apilada en la acera. Cogió a Mare del brazo y cruzaron la calle resbaladiza hasta el restaurante donde él tomaba la mitad de sus comidas. Por primera vez ese día, se sintió bien.

Al cabo de un minuto estaban acomodados en un reservado en la parte de atrás del local. Ella examinó el menú en silencio y pidió un yogur griego con macedonia. Él pidió un café.

Cuando la camarera se hubo marchado, Mare sonrió, mirando directamente a Frank. Compartir su secreto parecía haberla calmado. Sus ojos eran como charcos tranquilos que ya no estaban rizados por el viento. «Son su rasgo más hermoso», pensó Frank, distraído por un momento.

—Te contaré toda la historia —dijo ella—, y luego puedo mostrarte lo que me dio mi tía. Lo metí en la canasta de la ropa sucia de mi armario. De verdad espero que no sea robado, pero tiene que serlo.

—Quizá solo lo estaba guardando —sugirió Frank—. La Iglesia católica tiene un montón de tesoros.

—Quizá.

Mare perdió la sonrisa, pero no protestó cuando Frank sacó una libreta de espiral y empezó a tomar notas. Su historia era extraña, como había prometido. Frank pidió otros dos cafés antes de que ella terminara de contarla. A medio camino, él ya había decidido que la tía de Mare era o una santa o una loca que necesitaba medicación. En cualquier caso, estaba convencido de que no se trataba de una delincuente peligrosa.

3

Mare echó un vistazo a su pequeño apartamento atestado.

—Perdón por cómo está —dijo.

Una bombilla desnuda colgaba cubierta por una linterna de papel japonesa para suavizar su brillo. En la habitación había muebles de Ikea, un sofá gastado de color mostaza heredado de décadas mejores y un cartel enmarcado de un gatito asustado colgado de una rama (el típico que dice: «Resiste ahí»). En la pared del fondo había una puerta cerrada. Frank sospechaba que una cama oculta acechaba detrás de ella porque no había ninguna otra a la vista.

Mare siguió su mirada al póster.

—No es mío. Lo quitaría, pero fue un regalo.

Mare mantenía ordenado el escaso espacio que había. Todo lo que podía costearse era un sótano reconvertido de un viejo edificio de tres plantas que empezó su vida como casa de vecinos irlandesa. Sus disculpas habían empezado en la acera, antes incluso de que ambos entraran en el patio cerrado por una alambrada. Unos enebros marchitos no contribuían en nada a embellecer el despojo combado de un edificio. Con timidez, Mare lo guio por unas escaleras desvencijadas situadas en un lateral de la casa. Sus zapatos quebraban la capa de nieve vieja acumulada.

No debería haberse molestado con sus disculpas. En ese momento, Frank solo pensaba en ver la iglesia en miniatura que ella había ocultado en la canasta de la ropa sucia. Alguien había invertido en bañarla en oro o incluso en hacerla de oro macizo. Frank sospechaba que podría contener algo que resultaría incluso más valioso para un creyente. ¿Cómo llamaban al receptáculo que contiene los huesos de un santo? Un relicario. Bordearía la blasfemia, pero quería acercarse la iglesia en miniatura a la oreja y sacudirla. Los huesos sagrados en el interior, si era eso lo que se ocultaba allí, sonarían, si no es que se habrían convertido en polvo.

Y ya que estaba especulando, ¿qué había de los otros misterios que rodeaban a Mare? ¿Por qué su madre había puesto una necrológica en el periódico? No tenía prueba real de que su hermana estuviera muerta, solo un críptico mensaje de teléfono del convento.

Frank lo había preguntado mientras iban por la ciudad. Lo único que hizo Mare fue negar con la cabeza y decir:

—No sabes cómo es. Mi madre siempre supone lo peor.

—Pero tu tía está en alguna parte. ¿Eso se lo dijiste?

—Sí. Le conté todo lo que te conté a ti, menos lo de la caja.

En cada semáforo en rojo, el coche de Mare había resbalado por el pavimento helado. Frank era un mal pasajero; sujetaba con fuerza la manija de la puerta para no agarrar el volante.

—Quizás el deseo precede al hecho —sugirió.

Mare le lanzó una mirada desconcertada.

—¿Qué quieres decir?

Otra zona de resbalones se acercaba en la siguiente esquina, donde un gran camión de muebles estaba patinando al cruzar en ámbar.

—No nos mates, ¿vale? —dijo Frank—. Quiero decir que si a tu madre le molestó que su hermana desapareciera así hace diez años, podría no alegrarse de tenerla de vuelta.

—¿Y entonces la da por muerta?

—Solo estoy pensando en voz alta. ¿Adónde crees que ha ido tu tía? Deberías haberle sonsacado información a las monjas.

—Vaya, por lo visto tienes experiencia en sonsacar información a las monjas. ¿Lo has intentado alguna vez?

—Dejémoslo.

Frank tenía otras preguntas en la punta de la lengua, hasta que recordó su promesa de no actuar como periodista. Se mantuvo en silencio el resto del camino, lo mismo que Mare. Se fijó en que sus nudillos se estaban poniendo blancos de agarrar el volante. Paso a paso, se dijo.

En el apartamento, Mare apartó varios zapatos en el suelo de su armario y sacó una canasta. Había una sábana sucia encima, lista para ser retirada como el telón de un teatro.

—Una vez que la veas, serás una especie de cómplice, ¿no?

—En cierto modo, supongo. Siempre que no lo entreguemos a la policía.

—Sí, suponiendo eso.

Frank captó una nota nueva en la voz de Mare. Antes había sonado culpable y furtiva, pero eso era algo diferente. ¿Codicia? Claro que eso sería comprensible. La fantasía de encontrar oro enterrado forma parte de hacerse mayor, y se había convertido en realidad para ella. ¿Hasta dónde llegaría para mantenerlo? Antes de revelarle el tesoro, todavía podía cambiar de idea, y el secreto del oro estaría a salvo.

Sin embargo, Mare no se había echado atrás. Se quedó de pie junto a la canasta de la ropa y con una sacudida levantó la sábana, revelando el relicario. En efecto, era una iglesia en miniatura. Si la bombilla desnuda no hubiera tenido la linterna de papel, el brillo del oro puro le habría hecho daño en los ojos. Tenía el tamaño de una rebanada de pan. Aun hueco debía de ser pesada.

—¿Quién va a sacarla? —preguntó Frank.

—Te lo dejo a ti, si te parece bien.

Frank envolvió sus manos en torno a la miniatura, y cuando esta emergió de su escondite pudo ver lo hermosa que era, cuidadosamente trabajada en todos los lados con florituras grabadas, pequeñas flores y un borde de hierba de verano en la base. La idea era la de una capilla posada en un prado. El techo en punta estaba adornado con campanarios góticos en las esquinas, cada uno de ellos coronado con una cruz. Delicados medallones esmaltados incrustados en las cuatro paredes recreaban escenas de la vida de Jesús.

Frank se encontraba demasiado anonadado para hacer algo que no fuera bromear.

—Como dirían los expertos en arte más destacados del mundo: «Uau.»

Contemplaron el tesoro. Los tolerantes padres metodistas de Frank lo habían educado como alguien que va a la iglesia por Navidad y Pascua (coloquialmente, el resto de la congregación a los que eran como él los llamaban «navascuas»), pero en ese momento sintió lo que debía sentir un creyente devoto: reverencia, asombro, sobrecogimiento. «Es el truco del arte», pensó, pues no le cabía duda de que se hallaba ante una obra de arte.

—Tiene que haber salido de alguna parte. Alguien sabe que ha desaparecido —murmuró, encontrando difícil no susurrar, como si estuvieran en la iglesia—. Habrán denunciado el robo a las autoridades locales o al FBI.

Había leído sobre los miles de pinturas robadas de museos cada año y de las agencias especiales que las buscaban. Por no mencionar a los nazis y su saqueo al por mayor. Se habían llevado obras de arte valoradas en millones de dólares de toda Europa para almacenarlas en el Berlín de Hitler.

Aun pesada como era, la capilla en miniatura no tenía el peso de un objeto sólido. Frank estaba demasiado fascinado para agitarla, pese a que sospechaba que contenía algo precioso. Para los verdaderos creyentes, esa era la clave. El oro exterior era solo una distracción para encandilar la vista.

Para los peregrinos de la Edad Media, recorrer enormes distancias por Europa en busca de reliquias constituía un negocio costoso y peligroso. Después de todas las dificultades y peligros del viaje, cuando alcanzaban un templo, esperaban quedarse boquiabiertos ante una reliquia sagrada: un fragmento de la Vera Cruz, la mandíbula de san Juan Bautista, la lanza clavada en el costado de Jesús. Tenía que haber una recompensa, y si no había suficientes reliquias auténticas, bueno, ¿qué mejor forma de convencer a los peregrinos de que una reliquia era auténtica que asombrar con oro reluciente?

El propio sentido del asombro de Frank estaba rápidamente dando paso a pensamientos más prácticos.

—No creo que esté vacía —dijo—. ¿La has agitado?

—No, no podía.

—¿Acaso es sacrilegio?

—¿No lo es?

—Hemos de llegar al interior —declaró Frank con firmeza.

Pero ¿cómo? Someter el objeto a rayos X en el laboratorio de un museo levantaría sospechas, por no mencionar el gasto. No podía haber muchas máquinas que vieran a través del oro. Y, en realidad, ¿qué les diría la tenue imagen fantasmal de unos huesos viejos? La impaciencia de Frank se incrementó. Estaba a punto de sacudir el relicario sin el permiso de Mare cuando ella le tocó la mano.

—De repente, he tenido una sensación muy extraña. Hay alguien durmiendo dentro. Puedo sentirlo.

—¿Y crees que no deberíamos despertarlo?

—Algo así.

Frank negó con la cabeza.

—Supongamos por el momento que tu idea no es una locura. No sabemos si despertarlos es bueno o malo.

—No importaría. No si han de dormir.

Antes de que él pudiera responder, alguien abrió la puerta en la alambrada y una sombra pasó por la única ventana de la sala, que era pequeña y alta, dejando entrar una luz tenue del exterior. Alguien se estaba acercando. Si irrumpían en el apartamento, lo primero que verían sería a un hombre arrodillado en el suelo rodeado por cinco pares de zapatos de mujer y una mujer ruborizándose y tapándose la boca con la mano por la vergüenza. No era el momento de despertar a los dormidos o muertos.

—¡Date prisa! —exclamó Mare.

Frank depositó el relicario en la canasta y ella volvió a echarle la sábana encima. ¿Iban a detenerla por estar en posesión de aquel objeto?

—Espera, no hables —dijo Frank—. Escucha.

Clic, clic, clic. El taconeo ligero y rítmico de una mujer. Era inconfundible. La policía no asaltaría el lugar con tacones. Frank no tenía tiempo para pensar qué clase de mujer llevaría tacones de aguja en la nieve.

Resultó ser una mujer muy irritada. Hubo una llamada rápida a la puerta. Mare la abrió con nerviosismo. Era una mujer alta de sesenta y pico años, con el cabello gris peinado hacia atrás y en la cara una mueca de impaciencia.

—No preguntaré si te has apropiado de una caja de cartón —dijo—. Probablemente mentirías. —Su voz era seca, la clase de voz que no se andaba con rodeos.

Mare no pudo ocultar sus nervios.

—¿Quién es usted?

—Miss Marple. Quizás hayas oído hablar de mí.

—¿Qué?

—Me llamo Lilith. Con eso basta por ahora. Te aconsejo que me dejes pasar.

Mare asintió débilmente con la cabeza y se apartó. Lilith examinó el modesto apartamento con ojo crítico.

—Nunca sabes dónde vas a terminar, ¿no? —murmuró ella como para sí.

Por el momento no hizo caso de Frank, que estaba de pie delante del armario abierto.

—Tu tía Meg está viva —continuó la mujer—, pero eso probablemente ya lo sabes.

—¿Qué tiene que ver con ella? —preguntó Mare.

Lilith pensó un momento.

—Soy un contacto, igual que ella. Es una forma de decirlo. —Y se dejó caer en el sofá color mostaza, que soltó un gemido cansado—. Cuando tu tía desapareció del convento, algo precioso desapareció con ella.

—Entonces ha de preguntarle a ella —repuso Mare.

—No te hagas la tonta. La pista lleva aquí y a ningún otro sitio.

Mare bajó la cabeza y los ojos de Lilith se entornaron.

—Eso es lo que pensaba —dijo antes de volver su atención a Frank.

—¿Y tú quién eres? ¿El novio?

—Imagine lo que quiera —repuso él.

Lilith se encogió de hombros.

—No, no eres el novio. Ella está nerviosa, pero tú no has corrido a ayudarla, ni siquiera a rodearla con el brazo. Un novio lo habría hecho.

—Sin comentarios.

—¿Acaso no puede ser solo un amigo? —preguntó Mare.

Lilith sonrió con ironía.

—Has cometido una imprudencia. Invitar a un hombre extraño a tu casa. ¿Por qué razón?

—No es asunto suyo —soltó Frank.

Lilith le clavó una mirada dura.

—Es más probable que adivine tu juego antes de que lo haga esta joven.

Frank se enfadó.

—No hay ningún juego.

—¿De veras? ¿Quieres llevarte los bienes y la chica al mismo tiempo o tendrás que elegir?

Frank se sonrojó, pero antes de que negara la acusación, Lilith levantó la mano.

—Tienes razón. No es asunto mío lo que tramas. Estoy aquí por el sagrario dorado. Contiene la llave de todo.

Mare había estado moviéndose hacia el armario, o bien para custodiar el tesoro o para mostrárselo a Lilith. Frank no estaba seguro. Le lanzó una mirada de advertencia. Si Lilith reparó en ella, eligió no hacer caso.

—Pero no te preocupes, quien tiene el sagrario es quien debe tenerlo —dijo la mujer—. Ese es el primero de los secretos que puedo contarte. —Lanzó a Mare una sonrisa casi amistosa—. Eres la propietaria legítima, te lo aseguro.

Mare pareció tan aliviada que habría desembuchado todo lo que había ocurrido desde la llamada de teléfono del convento, pero Frank la detuvo.

—No vamos a entregar este sagrario o lo que sea solo porque usted suelte una sarta de paparruchas.

Lilith esbozó una sonrisita.

—Ajá, eso es más de novio.

Frank cambió de táctica. Como periodista, había aprendido a manejar a toda clase de gente difícil, y su primera regla era que se cazan más moscas con miel que con vinagre.

—A lo mejor podemos arreglar algo —dijo.

—¿Podemos? ¿Quién te da derecho a hablar en plural? —espetó Mare—. La verdad es que no te conozco, ni a ti ni a ella —añadió en voz alta, ansiosa.

Los otros dos la miraron. Hasta ese punto había representado el papel de observadora silenciosa, un cervatillo tembloroso atrapado en una sala con dos toros.

—No quería decir nada —balbuceó Frank.

—¿No? —replicó Mare.

Respiró profundamente, tratando de recuperar la compostura. Pero su corazón estaba acelerado. Su cuerpo no podía negar la amenaza que estaba sintiendo.

—Has presionado demasiado —dijo Lilith con suavidad—. Eso es lo que hace la gente insensible. —Se volvió hacia Mare—. Y tú necesitas calmarte. Solo estoy aquí para ayudar. —Se sacudió la nieve adherida a sus zapatos de tacón—. Aprecio tu recelo. Todos hemos de ser tan listos como podamos a partir de ahora. Hay fuerzas invisibles en juego. ¿Imaginas que el sagrario dorado llegó a ti o a tu tía Meg por accidente?

La atmósfera seguía tensa en la sala, pero se había producido un cambio sutil. De pronto, lo que reinaba era la tensión de un misterio más que la tensión de una amenaza. Lilith se aprovechó de eso.

—Te has fijado en mis zapatos cuando he entrado —le dijo a Frank—. ¿Qué te dice eso?

—Me dice que estaba haciendo otra cosa, quizá comiendo en un restaurante elegante, y que repentinamente recibió la noticia que la trajo aquí. No tuvo tiempo de cambiarse.

—Así que eres racionalista —repuso Lilith en tono aprobatorio—. Buscas una explicación lógica. Otro podría haberme tildado de excéntrica o de no tener contacto con la realidad.

—¿No lo tiene? —terció Mare. Había ido hasta el rincón que servía de cocina y estaba sosteniendo una tetera abollada bajo el grifo.

—Está bien —dijo Lilith—. Prepara té. Te calmará los nervios. —Su tono se había tornado menos beligerante—. Tu madre sigue agitada. Lo siento, pero no podemos contarle nada de esto. Espero que lo entiendas.

—La atención exterior sería inoportuna —observó Frank.

—Exactamente.

Mare abrió el grifo, levantando la voz por encima del ruido de la vieja cañería.

—Pero no lo entiendo. ¿Sabe dónde está mi tía?

—Está aquí, en la ciudad.

—¿Puedo verla?

—Todavía no. Al fin y al cabo, no has querido verla en mucho tiempo. No hay prisa.

Mare guardó silencio, sopesando qué decir a continuación, cuando sonó su móvil. Cogió el bolso, sacó el teléfono y examinó la pantalla.

—Mi hermana Charlotte —dijo, y titubeó.

—Responde —aconsejó Lilith—. Sospechará si la evitas.

Mare atendió la llamada y, desde el otro lado de la sala, Frank percibió la agitación airada de la hermana. Le estaba lanzando preguntas a Mare, que las esquivaba con respuestas cortas. Pero no eran las palabras lo que importaba. Frank notaba que se estaban acercando. No tenía ni idea de quiénes eran los que se acercaban, pero tenía la antena levantada, captando señales. Mare era la inocente; de eso no cabía duda. Lilith era un comodín y detrás de ella parecían acechar figuras ocultas, hasta el momento invisibles.

Mare cerró su viejo móvil con un clic. Parecía preocupada.

—No podrás mantener a tu hermana cotilla alejada mucho tiempo —le advirtió Lilith.

—Pero eso no significa que debamos fiarnos de usted, ¿no? —soltó Frank.

Mare esta vez dejó pasar el uso del plural sin comentario. Su desconcierto superaba las dudas que sentía respecto a Frank.

Él cruzó la habitación y le cogió la mano.

—No te asustes. Estamos en una posición fuerte, solo recuérdalo —dijo en voz baja.

—Emotivo —remarcó Lilith—, pero todavía no sois aliados, ni de lejos. El único aliado está metido ahí. —Señaló el armario, que había sido el lugar que Mare estaba ansiosa por ocultar—. Uno de vosotros está deslumbrado por el oro, porque tiene una mente burda. Pero el otro es sensible, y este penetrará hasta el corazón del misterio.

Lilith miró la expresión sombría de Frank.

—Peleando no llegaremos a ninguna parte. Propongo que vayamos al grano. ¿De acuerdo? —preguntó.

Lilith se reclinó, esperando a que Mare pusiera bolsitas de té en unas tazas de porcelana azules y blancas astilladas y echara el agua. Mientras reposaba el té, Lilith empezó a hablar.

—Todo esto se remonta a hace diez años. Tu tía Meg se levantó una mañana tras haber tenido un sueño inquietante. Era un invierno inusualmente frío, como este. Bajó de la cama, tratando de sacudirse el sueño, pero no pudo. El sueño no la soltaba. Claro, no era ningún sueño. Era una visión. Ella no la había pedido. Parece irrespetuoso que Dios interrumpa la vida bonita y confortable de una persona con algo tan inconveniente. Pero ¿qué puedes hacer?

Frank le lanzó una mirada ceñuda.

—Nadie fiable da explicaciones en nombre de Dios.

—Suenas muy amargado —repuso Lilith con calma—. ¿Alguien te hizo daño para que perdieras la fe? ¿O es algo que prefieres mantener oculto?

—¡No es asunto suyo! —Frank dejó caer su taza de té, que no tocó la mesa y se hizo añicos en el suelo—. No sé quién es usted. Pero Mare no merece que juegue con ella una manipuladora descarada. —Y se volvió hacia Mare en busca de apoyo, pero ella le sorprendió.

—Quiero oír esto —dijo en voz baja.

—¿Por qué? Es basura.

Mare no cedió.

—Te has irritado. Quizá deberías irte.

—¿Y dejarte con ella? —Frank no daba crédito—. Te seducirá a su antojo.

Mare no contestó, pero se levantó y caminó hasta la puerta. Frank agarró su abrigo y la siguió, furioso.

—Te llamaré mañana —dijo Mare, tratando de tranquilizarlo.

Él negó con la cabeza.

—Lo vas a lamentar. Es lo único que puedo decirte.

Subió con dificultad por la escalera desvencijada, y al cabo de un momento estaba pisando la nieve y su sombra cruzó la sucia ventana.

Mare cerró la puerta y regresó junto a Lilith.

—Necesito oír el resto de la historia —dijo la joven—. Por mi paz mental.

Lilith negó con la cabeza.

—No; has de oírlo porque Dios quiere que la historia se conozca.

4

En otra parte de la ciudad, un hombre estaba urdiendo un acto de suprema venganza. Quien lo mirara nunca imaginaría que Galen Blake tuviera violencia en su corazón. Es cierto que llevaba un distintivo anticuado de la revolución: sus gafas redondas de montura metálica, conocidas como gafas Trotski en los años setenta, cuando Galen iba a la facultad.

Ahora las gafas pequeñas y redondas se asocian con Harry Potter. Galen había oído hablar vagamente de Harry Potter. Prefería los hechos a la ficción, con la excepción de la ciencia ficción, que Galen consumía en abundancia, la ciencia ficción técnica, donde los ordenadores y robots se rebelan contra sus ingenuos señores humanos. Tenía cincuenta y seis años, y era bajo y de aspecto modesto. Era un solitario, retirado del contacto social de manera tan predecible como su línea de nacimiento del pelo se había retirado después de cumplir los cuarenta.

Los solitarios planean actos de violencia por razones diversas: venganza de acción retardada por ser acosados en el recreo en la escuela, desesperación interior que no encuentra una salida, fantasías de grandeza... Pero Galen no sufría de nada de eso. Su motivo no estaba claramente formulado en la parte lógica de su cerebro, sino inmerso en el dolor y el odio que se arremolinaban en su interior.

Sin embargo, los principales contendientes del odio de Galen eran Dios y el amor, los dos grandes engaños del mundo. Durante largo tiempo había desconfiado del amor, pues pronto aprendió que tal actitud sería necesaria si quería sobrevivir. El joven Galen volvió un día de la escuela y se encontró a su madre de pie en la cocina rodeada por aromáticas galletas de chocolate recién horneadas. Ella lo sentó y en silencio lo observó comer tantas galletas como quiso. No le advirtió que tragar tanta azúcar podía ponerlo enfermo. Esperó hasta que Galen no pudo comer más antes de contarle la mala noticia: estaban solos; a partir de ese momento no habría más papá, porque el padre de Galen se había largado, abandonándolos.

Aunque solo tenía diez años, Galen sabía que no era sano ser la única persona en la vida de su madre. A ella también la preocupaba eso, pero no supo ponerle remedio. Se aferró a él hasta que murió; Galen tenía treinta y tantos. Llegó a casa del funeral y se arrancó la corbata negra, abriéndose el cuello de la camisa para poder respirar. Era un día caluroso de julio. Fue al cuarto de baño para echarse agua fría en su rostro sudoroso.

Captó un atisbo de sí mismo en el espejo del lavabo. «Tienes suerte —le dijo una voz en su cabeza—. Sin madre y con un padre desaparecido. Eres libre.»

El rostro en el espejo —pálido, rechoncho y ojeroso— se iluminó. ¡Libre! Galen amaba a su madre, pero ella se preocupaba constantemente por el hecho de que no se hubiera casado.

—Mi hijo es un soltero nato —le contaba a sus amigas, que lo tomaban como una manera de decir que era gay.

Galen no era gay. Simplemente había nacido para estar solo, lo cual mucha gente, incluida su madre, no comprendía.

Así que perderla fue como perder una persona más que no comprendía.

Este esbozo de hechos podría haber ayudado a la policía después de que Galen cometiera su venganza, pero ¿qué decían en realidad? Su peor secreto era que no tenía secretos.

Nadie advirtió su trama silenciosa. El plan que tenía en mente era sencillo, pero extremo. Se desplegó un miércoles, el día que el museo de arte de la ciudad estaba abierto al público de manera gratuita. Galen entró, mezclándose con la multitud, mirando con rostro inexpresivo las paredes de la galería como si estuvieran vacías. Su mente estaba centrada en un único objetivo.

Se dirigió arriba, girando a la derecha, luego a la izquierda, antes de alcanzar una galería pequeña y apenas iluminada en el segundo piso. Estaba llena de gente que estiraba el cuello para ver a los antiguos maestros, pero Galen estaba interesado en una única obra, una *Virgen con el Niño* de valor incalculable de la Florencia del siglo XV.

Hizo una pausa para asimilar la pintura, despreciando lo que la mayoría de los espectadores adoraban: los rostros rosados y resplandecientes de madre e hijo, esos emblemas de amor ideales. Galen gruñó con asco. El vigilante apostado en el umbral le dio la espalda un momento. Con un pequeño movimiento inadvertido, Galen buscó en su abrigo y sacó un aerosol de pintura roja. Avanzó un paso.

—¡Eh! —gritó alguien.

Galen se apresuró y se detuvo delante de la obra maestra, apuntando la boquilla al niño Jesús regordete y sonriente. El visitante que le gritó se lanzó a por él. Galen solo llegó a garabatear con aerosol la letra M antes de que lo derribaran y sujetaran en el suelo.

—Loco cabrón —masculló el hombre que lo había derribado.

Era un turista de mediana edad de Michigan, lo bastante

fornido para haber jugado a fútbol en la universidad. En ese instante no quedó claro si habló así porque amaba el arte o porque la pintura le había salpicado su chaqueta, que ahora tenía una gran M roja en ella. Galen había errado por completo en su objetivo, el lienzo.

Se produjo un ruidoso jaleo de pies que corrían y voces que gritaban, y sonó una alarma estrepitosa. Galen se quedó en silencio en medio de aquel caos, mirando al techo. No presentó resistencia cuando llegó la policía. En la comisaría le dieron un formulario para que lo rellenara —nombre, edad, dirección actual, número de teléfono—, como si esperara en la consulta del dentista. Cuando le ofrecieron la llamada telefónica a que tenía derecho legalmente, Galen dijo que quería hablar con un periodista del diario local.

—Quiero denunciar una mentira —añadió con calma, verbalizando la palabra que había intentado escribir en el bebé Jesús—. No hay misericordia. No hay Dios. El amor es una ficción. La gente ha de despertar.

El sargento de guardia permaneció indiferente.

—Los periodistas vendrán de todas formas. No necesita telefonearlos. Llame a su abogado —aconsejó—. A menos que tenga un psiquiatra.

Pero Galen insistió. Usando el teléfono del escritorio y las páginas amarillas, marcó un número pero solo le respondió un contestador.

—Nadie lo coge —le dijo al sargento.

—Lástima.

Galen se paseó en su celda, practicando el discurso que pretendía pronunciar cuando llegara su momento. Pasó una hora, luego dos. Estaba tumbado en el suelo en el rincón cuando se acercó un guardia y abrió la puerta de acero.

—Es su día de suerte. Nadie ha presentado cargos.

Galen se levantó lentamente. Así que todo había sido en vano, una broma a sumar a las otras bromas de Dios. En privado, los administradores del museo habían analizado la situación. No podían costearse la mala publicidad de acusarlo. La suerte del museo dependía de exposiciones itinerantes que implicaban obras muy valiosas. Si se corría la voz de que sus paredes eran vulnerables, sería el doble de complicado que otros museos les prestaran obras de arte preciosas. El precio del seguro se dispararía. Además, la *Virgen con el Niño* había quedado intacta.

Cuando lo estaban poniendo en libertad, Galen se fijó en un hombre joven en tejanos y camiseta que estaba mirándolo.

—¿Ha sido usted? —preguntó el joven. Aparentaba unos veinte años.

—Déjame en paz —gruñó Galen, recogiendo sus cosas, las monedas, la cartera y el cinturón que le había requisado la policía.

El chico agarró su parka del banco de espera y lo siguió a la calle.

—Siento que no pudiera llevar a cabo su misión —dijo el joven—. Bueno, no es que lo sienta. Mire, todavía hay una historia ahí.

—¿Sobre qué, un chiflado o un hazmerreír? —Galen miró a ambos lados de la calle, pero no había taxis. Esa mañana había dejado su coche en casa.

El chico le tendió la mano.

—Me llamó Malcolm. Soy periodista. Solo quiero oír su versión de la historia.

Galen miró la mano que se le ofrecía. Subió por la calle, dirigiéndose a la parada de autobús más cercana, a dos manzanas de allí. Malcolm lo siguió. Galen no se lo sacó de encima. Por más que se sentía humillado, seguía queriendo hablar a alguien que escuchara.

—¿Estás en sucesos policiales? —preguntó.

—No hay sucesos policiales hasta ahora. Hago necrológicas, pero su historia tiene prioridad. Tenemos dos tipos de baja con gripe.

«Genial —pensó Galen—. Soy una pizca más interesante que la muerte.»

Había estado avivado por la adrenalina toda la mañana, y se dio cuenta de que tenía mucha hambre.

Debajo de su parka, el joven periodista parecía desnutrido.

—Te invitaré a una hamburguesa —propuso Galen. No soportaba la idea de meterse otra vez en casa.

Fueron a un local de comida rápida, hicieron su pedido y se sentaron en sillas de plástico ante una mesa también de plástico, alejados de la corriente de aire frío que soplaba cada vez que entraba un cliente. Galen sintió el impulso de limpiar la mesa, pero se contuvo.

Malcolm sacó una minigrabadora.

—¿Le importa?

Galen se encogió de hombros.

El periodista lucía una sonrisa, pero no se entusiasmó al fijarse por primera vez con detenimiento en Galen, que parecía un profesor de lengua arrugado e inofensivo. La perspectiva terrorista habría sido fantástica para la carrera de Malcolm, pero se estaba desvaneciendo con rapidez. Encendió la grabadora. La cinta zumbó entre ellos en la mesa.

—Un, dos, tres. Vale, grabando. Entonces, ¿por qué lo hizo?

—Porque todo es una mentira —dijo Galen con firmeza, en el mismo tono que habría usado para devolver un bistec demasiado hecho: con naturalidad y desagrado.

—¿Puede ser más específico? ¿Pertenece a algún movimiento o partido político?

—No. Pertenezco a la humanidad que ha sido estafada durante siglos por la mentira más grande jamás perpetrada. —Galen de repente bullía de rabia—. Creer en Dios ha matado a más gente a lo largo de la historia que todos los genocidios juntos. ¿Dónde está la misericordia? ¿Dónde está el amor? Es todo una mentira monstruosa. —Sus ojos brillaban con el fervor de sus palabras.

Un chiflado, pensó Malcolm. Pero un atisbo de la perspectiva terrorista seguía respirando, aunque estuviera en soporte vital.

—¿Hay alguna versión de Dios que le agrade y quiera defender?

—No. ¿No estabas escuchando? He dicho que todo es una mentira. La religión es una hipnosis en masa e incontables personas caen víctimas de ello cada día.

—¿Incluido usted? Algo tiene que haberle ocurrido. ¿Cómo le hizo Dios daño personalmente?

Galen dudó. No estaba tan seguro de cómo Dios le había hecho daño. Toda la cuestión era un lío. El amor desquiciado de Iris, las pinturas de ángeles, la certidumbre que ella tenía de que tenía alguna clase de misión espiritual. Todo se había amalgamado en la mente de Galen en una masa purulenta.

—Yo no importo —dijo con decisión. Buscó las palabras—. Si Dios es amor, entonces todo el amor está mancillado. Ese es el quid de la cuestión. Eso es lo que nadie ve.

—Así pues, su mensaje es «Abajo con Dios». ¿No pretendía mejorar ese cuadro con una pizca de rojo?

—No te burles de mí.

—Lo que estoy diciendo es que mucha gente odia la religión o lo que sea. Pero no hay muchos que destrocen el arte.

Galen se reclinó en la endeble silla de plástico.

—No le importa nada, ¿verdad?

—No se trata de mi opinión.

—Exacto.

Se interrumpieron al oír que anunciaban su número. Galen empezó a levantarse, pero Malcolm se le adelantó.

—Déjeme a mí. —Se alejó y al cabo de un momento regresó con una bandeja de hamburguesas y bebida—. Un poco de buena voluntad —dijo con humor.

Pero el humor de Galen era sombrío Se sentía como si lentamente estuviera deshinchándose con un tenue silbido, encogiéndose en una bola. Durante unos minutos ninguno de los dos habló, distraídos por la comida.

Malcolm reevaluó la noticia, si es que era una noticia. No llegaría a ninguna parte si no se presentaban cargos. Apagó la minigrabadora y se la guardó en el bolsillo.

—Espera. No me has dejado terminar —se quejó Galen.

—Tengo suficiente por ahora.

Malcolm sintió pena por aquel chalado inconsciente.

—Francamente, mejor si toda esta cuestión se olvida rápidamente. Pase página —le aconsejó. Arrugando la servilleta de su hamburguesa, Malcolm la lanzó a una papelera en el rincón, encestando la bola de papel con un movimiento limpio. Y entonces se levantó—. No hay pena sin delito. ¿Vale?

Cuando Galen apartó la mirada, con una expresión de dolor, el periodista se encogió de hombros. Al menos tendría una anécdota para contarle a su colega Frank en el periódico.

—Puedo llevarle si quiere.

Galen estaba demasiado molesto para hacer nada que no fuera negar con la cabeza. Su mirada siguió al joven hasta la puerta. Cualquier posibilidad de hacer justicia se perdió en el frío con él.

5

En cada suceso extraño ocurrido hasta entonces, Meg McGeary era el elemento ausente. ¿Estaba tirando de hilos invisibles? ¿Qué le daba el derecho a hacerlo? Diez años antes Meg no destacaba en nada. Podría haberse mezclado fácilmente entre los bulliciosos compradores de un día festivo en el centro comercial local. Ella tenía cuarenta años entonces y vestía con un estilo provinciano: parka gris con borde de piel sintética en torno a la capucha, pantalones de deporte anchos y zapatillas deportivas. La sociedad estaba cambiando, de manera que la ausencia de un anillo de boda no la habría hecho destacar. Sin embargo, una cosa sí lo hizo. Un día de noviembre, Meg estaba inmóvil, con la mirada fija en la distancia, como fascinada por el escaparate de una tienda de sándwiches Subway y la tienda Nike contigua.

El sol brillaba débilmente a través de retazos de nubes. Los compradores se sentían exultantes —todavía no había estallado la burbuja que llevó a la Gran Recesión— y nadie se fijó en Meg al pasar a su lado. Un transeúnte alerta podría haber sospechado que algo iba muy mal con una mujer que parecía pegada al suelo. Quizás estaba teniendo alguna clase de brote psicótico que la había dejado catatónica. Por el momento, no obstante, la multitud se dividía en torno a Meg como el mar se divide en torno a una roca que sobresale en la playa.

Meg no era psicótica, pero tampoco normal. Estaba sufriendo desorientación extrema, y no le faltaba una buena razón. En su mente, iba camino de ser crucificada. Literalmente. Antes del mediodía, estaría colgada de una alta cruz de madera. Soldados romanos iban a atravesarle las manos con largos clavos de hierro. Meg podía ver la muchedumbre airada y sedienta de sangre.

La «cosa», como ella lo llamaba, había empezado esa mañana. Su gato la había despertado de una pesadilla al arañarle el pecho a través de la colcha. Fuera, en la oscuridad invernal, empezaba a clarear. Meg tocó el suelo frío con los pies descalzos, buscando unas pantuflas. Arrastrando los pies, recorrió el pasillo hasta el cuarto de baño y se miró en el espejo del botiquín.

Una cara hinchada y un pelo desarreglado propio de recién levantada le devolvieron la mirada. Sin embargo, también vio una antigua ciudad bíblica en el espejo, como dos películas sobreimpresas en la misma pantalla. De repente, la ciudad antigua cobró vida. Gente con túnicas llenaba la calle, ansiosa por presenciar un espectáculo violento. Como extras en una película muda, la abuchearon ruidosamente.

Meg era vagamente consciente de que aquello era el mismo sueño que la había mantenido alerta toda la noche. Se salpicó agua en la cara para que la imagen desapareciera, en vano. Tanto si se miraba al espejo, como si miraba por la ventana del cuarto de baño o a las paredes de baldosas blancas, se desarrollaba esta otra escena: un día de calor, el sol quemando a través de un cielo claro, con transeúntes salidos directamente de ilustraciones de la escuela dominical. Los pies de Meg estaban metidos en sus pantuflas, pero el hombre llevaba sandalias y tenía los pies acalorados. Ahora estaba segura, con la claridad de la vigilia, de que se trataba de un hombre. Su respiración era pesada cuando miró la muchedumbre de alrededor, luchando contra su miedo. Meg podía sentir la presión en sus pulmones. ¿Llevaba algo pesado en su espalda? De repente, notó un peso enorme.

Meg decidió llamar a Clare, la más cercana de sus dos hermanas. Volvió caminando al dormitorio con pasos nerviosos. El gato, que yacía acurrucado junto al radiador, abrió un ojo y la observó buscar su móvil en el bolso. Sin embargo, en cuanto pulsó el botón del número de trabajo de Clare, pensó: «Mala idea. Siempre se preocupa. Esto le arruinará el día.»

Sin embargo, antes de que pudiera colgar, Clare respondió:

—Eh, tú —dijo, con expectación.

—Hola —murmuró Meg de manera mecánica.

—Suenas dormida.

—No estoy dormida.

—Bueno, me gusta escuchar tu voz. Ha sido un manicomio con los chicos en casa por las vacaciones y yo trabajando.

Clare, que se había trasladado de otra ciudad después de casarse, siempre estaba en movimiento, construyendo su negocio inmobiliario.

—Si alguien puede afrontarlo eres tú —dijo Meg.

Estaba haciendo tiempo, desorientada. La película se hizo entonces el doble de clara. Las rodillas del hombre cedieron bajo su pesada carga, luego luchó por incorporarse. Meg podía sentir los músculos de su espalda gritando de dolor. No era una película. Ella estaba dentro de él.

El radar de preocupación de Clare se activó.

—Cielo, ¿pasa algo? ¿Por qué has llamado?

Afortunadamente, justo entonces apareció en la película una interrupción parpadeante, lo que dio a Meg un momento para pensar con claridad.

—Estaba sintiéndome un poco solitaria. Nunca conectamos como antes.

—Lo sé. Han pasado semanas. Lo siento.

La voz de su hermana, que se había elevado ansiosamente unas pocas notas, volvió a bajar. Clare por lo general era buena en mantener el contacto. Era buena en muchas cosas.

—Bueno, quizá deberías venir de visita.

—Me gustaría —dijo Meg.

—¿No te importará tener a los niños enredados en tus tobillos?

—No; es todo genial. —Meg deseaba desesperadamente poner fin a la llamada.

—Muy bien, cariño. Te quiero.

Fue un alivio dejar de simular, y la llamada no había sido un desastre. Pero en cuanto colgó, empezó a sufrir otra vez, jadeando e inclinándose. Trató de hacer inspiraciones profundas, pero no la ayudó. La película en su cabeza se desarrollaba de manera implacable. El hombre se había puesto de pie y estaba otra vez tambaleándose hacia delante, sudando copiosamente.

¿A quién más podía llamar? Era una lista deprimentemente corta. Nancy Ann, su otra hermana, se pondría loca. Rara vez salía de la casa sin pensar que había olvidado cerrar la puerta delantera o que se había dejado el gas abierto. Y su madre estaba absorta con lo que quisiera su marido. Pensó en algunas amigas, compañeras de trabajo del banco donde Meg era subdirectora, pero probablemente se reirían y le colgarían.

Empezó a sentir pánico. Las cuatro paredes se estaban cerrando, ahogándola. Tenía que recuperar el control. Una dosis de realidad podría ser la mejor medicina: inhalar el aire frío, mezclarse con gente. Esta idea sonaba cuerda. Enseguida se puso algo de ropa y se apresuró a bajar por la escalera, pasando junto a una bicicleta y unas cajas de mudanza apiladas en el vestíbulo. El olor de beicon friéndose en uno de los apartamentos la mareó levemente, pero la sensación de náusea la distrajo de la película. «Eso tiene que ser una buena señal, ¿no?»

Al salir, se acordó de llamar a su ayudante para decirle que se tomaba el día por enfermedad.

No estaba lejos del centro comercial. Meg había adquirido el hábito de ir paseando hasta allí después del trabajo. No lo hacía por soledad. A los cuarenta, se había acostumbrado a la soltería. La sentía como algo entre un sillón cómodo y una mancha en el empapelado que no te molestas en limpiar.

Se impuso un paso enérgico. Sin embargo, resultaba difícil mantener el equilibrio tratando de darse prisa cuando le costaba poner un pie delante del otro. Levantó la mirada. Una colina se cernía en la distancia. Dos siluetas oscilantes se dibujaban contra el sol, ya colgadas de cruces. Meg se estremeció y aceleró el paso, tratando de volver al tiempo presente.

Cinco minutos más tarde estaba de pie en la plaza central del centro comercial. A pesar de su parka, el frío la calaba. El viento era cortante y parecía clavarle sus colmillos invernales.

Algo nuevo estaba ocurriendo en la película. Notó que el suelo se inclinaba hacia arriba. El hombre estaba subiendo la colina. Detrás de él, un soldado le dio un fuerte empujón. El centurión estaba ansioso por regresar al cuartel y emborracharse. Una tercera cruz se recortaba contra el sol. El condenado buscó un rostro amistoso entre la muchedumbre. Una niña estaba llorando, y cuando él la miró, ella se movió el pañuelo de la cabeza para ocultar las lágrimas. Él apenas captó un atisbo de ella, pero de repente Meg sintió que a él lo inundaba una oleada de alivio. Más que alivio. Una profunda sensación de paz borró su miedo y dejó de luchar contra lo que iba a ocurrir.

Los cánticos de la multitud se tornaron más obscenos, pero la sensación de paz del hombre se profundizó. El mundo y sus imágenes aterradoras se desvanecieron como una vela que parpadea invisible a la luz del mediodía.

La procesión llegó a su destino. Él tuvo un instante para mirar atrás a la niña que sentía compasión por él. Quería que viera que estaba en paz, pero se había ido. Él no pensó en el final devastador de su drama. Solo se preguntó qué sería de ella.

Ahí fue donde la película en la mente de Meg se atascó. Las imágenes dejaron de pasar. Las cruces de la colina desaparecieron. De repente, estaba sola, inmóvil entre una multitud, sin tener ni idea de cuánto tiempo se había quedado paralizada en aquel sitio. Inclinando la cabeza atrás, ya no vio dos soles, solo el débil sol de noviembre del presente. No había ningún miedo persistente. Era casi como si nada hubiera ocurrido. Pero había ocurrido, innegablemente. Se fijó en unas pocas miradas peculiares de personas que caminaban en torno a ella. Hora de seguir adelante. Así lo hizo. Unos momentos más y habrían llamado a seguridad para que se la llevaran.

Pasaron dos semanas. Meg habría olvidado su camino al calvario de haber podido. Lo intentó al máximo. Los demás no notaron ninguna irregularidad en su rutina laboral. Todavía llegaba cada mañana a las siete y media para abrir el banco. Todavía se sentaba al gran escritorio cerca de la parte delantera y sonreía de manera tranquilizadora cuando las parejas jóvenes se acercaban nerviosas para tramitar su primera hipoteca. Se sentía muy cómoda en su trabajo, no odiaba a su jefe ni daba motivo para que sus subalternos la odiaran a ella, ni remotamente.

Si una cámara de vigilancia hubiera seguido todos sus movimientos, habría grabado solo una ocurrencia extraña, una desviación menor de su rutina normal. Una noche, después de salir del banco, se detuvo en una farmacia cerca de su edificio de apartamentos y pidió el somnífero más potente que pudieran venderle sin receta médica. Cuando llegó a casa, vio viejas reposiciones de *Friends*, comió pollo parmesano de Lean Cuisine y tomó dos comprimidos antes de acostarse. Mejor estar en una neblina química por la mañana, supuso, que revivir las imágenes terribles de su alucinación.

Pero los ecos continuaban sonando. No podía ignorar los

leves gritos de aflicción que salían de su interior. Casi desaparecían si se distraía con trabajo o la tele o si subía la radio del coche. Pero no hay muchas maneras de escapar de tu mundo interior. Las imágenes espeluznantes en su visión eran en realidad más fáciles de soportar. Meg las había visto a diario en los muros de su vieja escuela católica durante las clases de religión de las Hermanas de San José. El problema era que ahora había vivido esas imágenes. ¿Quién lograba eso? Solo los santos y los psicóticos, que Meg supiera, y ella no encajaba en ninguna de esas categorías. Pugnó por imaginar una tercera posibilidad.

La ansiedad viene equipada con un control de volumen, y cuanto menos caso hacía Meg de la voz que gemía en su interior, más ruidosa se hacía esta, poco a poco. A la tercera semana, el volumen de su ansiedad era tan alto que apenas oía nada más. Fue difícil mantener la compostura cuando fue a comer el domingo a casa de sus padres.

—Estás muy callada —comentó su madre en la mesa—. Mi *corned beef* con repollo te ha gustado desde el día que naciste.

Meg consiguió sonreír, porque solo era una ligera exageración. Su madre decía que el aroma del plato le recordaba las verdes colinas de Galway, aunque ella no había venido de Irlanda, ni siquiera la había visitado. Ella había nacido cerca de las vías del ferrocarril en Pittsburgh. Aun así, *corned beef* con repollo era como una luz en la ventana que atraía a casa a las hermanas McGeary, sin que importara dónde estuvieran. Eso ya no era cierto desde que Claire se había marchado para educar una familia y Nancy Ann se había casado con el atractivo Tom Donovan. Nancy Ann apenas tenía dieciocho años entonces, la edad que había cumplido su hija Mare. El tiempo volaba.

Ya solo estaban Meg y sus padres en la mesa. Como ella nunca mencionaba ningún hombre, su madre tenía que conformarse con lo bien que le iba en el banco a su hija soltera. Su padre mantenía a raya los impulsos de entrometerse de su madre, normalmente con una mirada afilada si ella divagaba hacia la palabra matrimonio.

—Creo que me gusta más tu cocina al hacerme mayor —dijo Meg—. No has perdido tu toque.

—¿Qué clase de toque necesitan las patatas? —Su madre sonrió con indulgencia ante el cumplido y pasó las patatas.

Pero en realidad Meg estaba buscando un apacible entretenimiento, por si acaso su estado interior parecía demasiado obvio. Necesitó toda su fortaleza para no decirles a sus padres lo preocupada y desorientada que se sentía. En cualquier momento podía recaer. Peor, la película en su cabeza podía continuar en el punto en que se había detenido. Esa era una posibilidad en la que no se atrevía a pensar.

Después de comer, Meg caminó hasta la parada de autobús. Su coche estaba en el taller. Se sentía aliviada de que nada hubiera ido de manera inapropiada. El cielo sobre la ciudad era inusualmente claro y las estrellas ofrecían un espectáculo invernal brillante. Meg levantó la mirada, pensando que las estrellas se veían más nítidas cuando hacía frío. Esta observación le habría dado placer, pero las estrellas de repente parecían como los puntos de un millón de clavos. Sintió una ola de pánico. La satisfacción elemental de tener un estómago lleno no la estaba calmando en absoluto. La tienda de licores de la esquina continuaba abierta; entró de manera impulsiva.

El vodka barato sería la anestesia más rápida, supuso, paseando la mirada por los estantes. No era bebedora, pero la necesidad era apremiante.

En el mostrador, un empleado aburrido estaba mirando un partido de béisbol en un pequeño televisor. Cuando Meg se quitó los guantes para contar el dinero, él le miró las palmas.

—Yo en su caso me haría mirar eso, señora —dijo, cogiendo con cautela los billetes de su mano.

Meg bajó la mirada. Sus palmas estaban marcadas por dos puntos del tamaño de una moneda, de color rojo brillante y húmedos. Estaba segura de que no los tenía durante la comida. Su sensación de pánico se disparó y empezó a balancearse. Tuvo que agarrarse al mostrador para mantenerse en pie.

—Eh, ¿se encuentra bien?

Incapaz de contestar, Meg miró al frente con los ojos desorbitados por el miedo. El empleado fue a coger el teléfono. Meg negó con la cabeza bruscamente.

—Por favor, no —logró susurrar.

El empleado no era ningún alma caritativa; estuvo encantado de ver que aquella mujer se marchaba de su tienda con su botella y ochenta y nueve centavos de cambio. Meg tampoco se habría quedado a esperar una llamada a Emergencias. Se dirigió ciegamente a la parada del autobús, corriendo para atrapar al que esperaba allí. El conductor no le prestó atención cuando ella se derrumbó en un asiento de la parte delantera. El autobús estaba vacío, salvo dos mujeres negras de avanzada edad en la parte trasera.

La mente de Meg no estaba funcionando. Resistir era ya su única táctica. Miró por la ventanilla a la suciedad pasajera de la ciudad mientras las luces fluorescentes del autobús destellaban cada vez que el conductor pisaba los frenos.

Una vez que llegó a casa, se detuvo ante la mesita de la entrada donde guardaba guantes y llaves. Si se quitaba los guantes despacio y lo deseaba con fuerza suficiente, los puntos rojos redondos desaparecerían. Pensamiento mágico, el último recurso, la última argolla a la que se aferra la mente al mirar al abismo negro. No hubo magia en esta ocasión. Meg miró los puntos, que parecían más rojos que antes, con la humedad formando un riachuelo de sangre.

Pero su mente no soltó la última argolla y Meg no se zambulló en la oscuridad. De hecho, se sentía inusualmente calmada, como un cirujano que examina con ojo clínico una incisión limpia realizada con un bisturí. Una vez que la hoja abre la piel, no hay vuelta atrás, y con Meg ocurría lo mismo. Era el punto de no retorno. Ella sabía lo que significaban los puntos. Sabía de los estigmas. De niña —a los diez u once años— había pasado por un período de devoción religiosa. Empezó a leer las vidas de los santos en libros con ilustraciones de colores brillantes. Siendo ya una lectora avanzada, el sufrimiento de los santos la cautivó.

Ahora, en cambio, le estaba ocurriendo a ella. Las cosas que no soportaba ver en su película estaban apareciendo en su cuerpo. Heridas sagradas. Primero la sangre que se filtraba donde los clavos habían perforado las manos. Si las heridas continuaban, habría una corona de puntos sangrientos en torno a la frente, una incisión en el costado, más sangre en los pies. Pero ni siquiera eso alteró su calma. Simplemente se desnudó para irse a la cama y se miró en el espejo de cuerpo entero de la puerta del armario. Nada más se había manifestado, solo los dos puntos rojos en sus palmas. Sin vendárselas, se tumbó en la cama, ahorrándose las pastillas y olvidándose del vodka. De inmediato se quedó dormida en un descanso sin sueños.

6

La visita de Lilith fue más que extraña. Cuando se marchó, Mare no logró volver a calmarse. Se acercó a la ventana para observar a la intrusa alejándose con sus tacones altos a través de la nieve. Sentía que cualquier oportunidad de ver otra vez a su tía se le estaba escapando. Mare tenía que hacer algo.

Corrió a la puerta, agarrando el abrigo por el camino, y la abrió, solo para encontrar a Frank allí de pie.

—He estado esperando en el coche. ¿Qué está pasando? Supongo que no vas a correr tras ella.

—He de hacerlo —dijo Mare, mirando ansiosa para ver si todavía podía divisar a Lilith.

—Vaya. No creo que sea tan buena idea.

—¿Por qué no? Ella ha descubierto todo, y nosotros no sabemos nada.

Mare se estaba mordiendo el labio; el tic había regresado. No obstante, al ver a Frank empezó a tranquilizarse.

Él entró y cerró la puerta tras de sí.

—No puedo irme así. Dios sabe de lo que es capaz esa mujer.

—Por favor, no me asustes más de lo que ya estoy.

Mare empezó a pasear por el pequeño espacio libre de su apartamento abarrotado, pasándose las manos por el pelo.

—Soy muy estúpida. No le he pedido su número. Ni siquiera conozco su apellido.

—Está bien. Ahora estamos furiosos los dos —dijo Frank.

—Tengo la boca seca. —Mare abrió la destartalada nevera de la esquina y sacó una botella de agua, derramando las dos botellas que había a su lado y sin hacer caso—. No debería haberla dejado entrar. Ahora me ha llenado la cabeza de ideas extrañas.

—Solo ha dicho sandeces —dijo Frank con firmeza—. Lo sabes, ¿verdad?

Mare estaba paseándose en círculos mientras bebía tragos de agua. De repente, la sobresaltó el sonido del teléfono. Tenía que ser su familia otra vez. No iban a olvidarse ahora. Miró a Frank.

—No voy a contestar. ¿Qué podría decirles?

Ambos sabían el aprieto en que se hallaba. Aun eliminando a Lilith de la ecuación, el misterio de la tía Meg recaía de pleno sobre los hombros de Mare.

Frank sintió una súbita parálisis. Hay momentos en que un paso adelante o atrás es lo que marca la diferencia. No iba a atraer a Mare a sus brazos y murmurar: «Tranquila, estoy aquí. Te apoyo.» Puesto que no podía prometer eso, dar un paso atrás era la decisión más inteligente. Podía desvincularse en ese momento y volver a la sala de redacción. Thompson, el malhumorado redactor jefe de local, le pegaría una buena bronca por no cumplir con la hora de entrega, pero no lo despediría. Y de alguna manera Mare podría superar sola su encrucijada. Al fina, después de considerarlo todo, Frank dio un paso al frente.

—Vamos a sentarnos y pensar con calma —dijo, tocando el brazo de Mare.

Ella inspiró hondo y lo hizo, vaciando lo que quedaba de agua de un trago.

Frank empezó a pensar en voz alta.

—Lilith tenía sus sospechas antes de venir aquí, y ahora está segura de que tenemos esa cosa. Pero haz memoria. Dijo que te pertenece.

Mare estaba desconcertada.

—¿Qué significa eso?

—No lo sé. A lo mejor lo sepa tu tía. ¿De verdad no tienes ni idea de dónde podría estar?

Ella negó con la cabeza.

—Vale, entonces es como con las noticias. Si pierdes la mejor fuente, vas a la segunda mejor. Lamento decirlo, pero esa es Lilith.

—Puede que no te hable después de lo que dijiste.

—Sí, pero si alguien conoce la historia completa es ella. Por eso está repartiéndola trozo a trozo.

Mare estaba retorciendo el vacío botellín de agua entre sus manos. La sensación de pánico había pasado. Ya podía pensar con la misma lógica que Frank.

—Así que Lilith no quiere el sagrario para ella.

—No, de lo contrario habría tratado de asustarte; o sea, más de lo que ya lo ha hecho.

Frank se ganó una sonrisita.

—Tengo el convencimiento de que el sagrario no ha sido robado —dijo Mare entonces—, y eso significa que alguien se lo dio a la tía Meg. ¿Por qué? Y si ella no está muerta, ¿por qué pasármelo a mí?

—Para implicarte.

Frank estaba afirmando lo obvio, pero solo en ese momento lo comprendieron. Se miraron en silencio. Él se devanó los sesos para decidir qué hacer a continuación.

—Dijiste que había una nota. Déjame echarle un vistazo.

Mare la cogió, y Frank se dio cuenta de que para ser un mensaje tan corto decía mucho.

Hola, Mare:
Esto es del decimotercer discípulo. Síguelo allá donde te lleve.
Tuya en Cristo,

MEG

Frank empezó a interpretarlo.

—¿Ves cómo empieza?, ¿con cuánta naturalidad? Empieza a hablar como si fuerais íntimas, como si estuviera segura de que tú serías la primera en leer la nota.

—Eso lo veo.

—Entonces siembra una incitación. ¿Quién es el decimotercer discípulo? Tu tía ya lo sabe, pero quiere que tú lo descubras por ti misma. El sagrario tiene la respuesta.

—¡Brillante! —exclamó Mare.

—Hay que leer entre líneas. Cuando llegas al final, ella dice «tuya en Cristo», lo cual significa que dejar el convento no tiene nada que ver con perder la fe. Te está recordando que la clave es la religión, no lo mucho que vale el tesoro. Pero firma con su antiguo nombre. Podría haber usado su nombre de monja, pero quería que supieras que es de la familia otra vez.

Frank dio la vuelta a la nota antes de devolvérsela a Mare, que lo estaba mirando con ojos de admiración.

—Es todo lo que puedo interpretar —dijo él.

Ella fue considerada en esta ocasión.

—Entonces, la tía Meg me está atrayendo. ¿Qué le ocurrió en el convento? ¿Por qué decidió desaparecer una segunda vez después de todos estos años?

—No lo sé. Pero Lilith no está actuando por su cuenta. Supongamos que las dos se conocen y que quizá Meg lo está orquestando todo. Debe de tener una razón para quedarse en segundo plano. Tu tía podría simplemente haber telefoneado. Podría entrar ahora mismo por la puerta y contarte qué está pasando sin necesidad de enviar a otra persona. O está jugando contigo, lo cual nos deja donde empezamos, o esto es una prueba. «Síguelo allá donde te lleve.»

De repente, Mare se animó.

—Tengo una idea. —Fue al armario y sacó la iglesia dorada de su escondite.

—A lo mejor hay algo escrito en ella que no hemos visto antes. Podría ser la pista que deberíamos seguir.

Mare empezó a examinar la miniatura con meticulosidad. Pero salvo por la hierba y las flores grabadas, la superficie exterior era completamente lisa. Un callejón sin salida.

—Hemos de ver qué hay dentro —dijo Frank, siguiendo su primera corazonada—. Al menos sacudirla.

Mare asintió. No sacó a relucir su premonición de que alguien, no algo, estaba escondido allí dentro. Si todavía lo pensaba, se lo guardó para sí.

Frank levantó el pesado objeto de oro hasta su oreja y lo sacudió con fuerza. No hubo ningún sonido dentro, ningún repiqueteo de huesos, ningún susurro de cenizas.

—Maldición. Tiene que haber algo. —Se estaba frustrando con rapidez.

Mare cambió su expresión e inspiró profundamente.

—Por favor, no te rías. Tal vez deberíamos rezar para obtener la respuesta.

Frank sí se rio, abrupta y sarcásticamente.

—Anda ya.

Mare no retrocedió.

—Solo hay dos maneras de contemplar el tesoro. O es una obra de arte o es un objeto sagrado. La tía Meg no me lo dejó como herencia. No es el oro lo que le importa. Venga, ¿no es evidente?

—Muy bien —admitió Frank a regañadientes—. Pero reza tú. Yo me quedaré sentado mirando.

Mare mostró su desacuerdo.

—¿Estamos en esto juntos o no?

—No he dicho que me retire. —Tampoco dijo que no había rezado en su vida, a menos que contara «Cuatro esquinitas tiene mi cama» cuando tenía cinco años.

—Vale. Tú coges una punta y yo la otra. ¿Es pedir demasiado?

Lo habría sido en otras circunstancias. Sin embargo, la miniatura de oro no había perdido su hechizo, y tenía algo irresistible para Frank. Deslizó los dedos bajo un extremo mientras Mare cogía el otro. Se quedaron callados; ella cerró los ojos. Él estaba seguro de que rezar no llevaría a ningún sitio. Todo dependía de ella.

Entonces, ¿qué dependía de él? ¿Se había comprometido a algo? Frank sintió una punzada de culpabilidad. El rostro de Mare había adoptado una inocencia infantil. ¿Quién iba a rescatarla antes de que siguiera cayendo por la madriguera del conejo? Él no. Él no era lo bastante valiente para rescatar a nadie, llegado el caso. Sus motivos iban más en el otro sentido. Era lo bastante cotilla para hurgar más en la presente anomalía. Probablemente terminaría escribiendo un artículo impactante. Toda clase de gente lo leería y empezaría a fisgonear en los asuntos de Mare. Al final, ella le odiaría.

Este enfoque pesimista no llegó a ninguna parte, porque de repente la habitación se puso negra. No oscura, sino negra como una noche sin estrellas. Frank miró en dirección a Mare. No consiguió verla, pero pudo sentir que seguía allí, respirando pero invisible. Una súbita ráfaga de viento le alborotó el pelo, lo cual era imposible. Era un viento lo bastante frío para erizarle la piel. Oyó que Mare ahogaba un grito, y se acercó a ella en la oscuridad que los rodeaba, sujetándole el brazo. No había ninguna iglesia en miniatura entre ellos, ni siquiera un apartamento repleto de cosas. Estaban de pie en el exterior, en una noche gélida.

—¿Qué está pasando? —preguntó él, pero las palabras no sonaron, de igual modo que no suenan en un sueño.

Aunque Mare lo hubiera oído, no había tiempo para que ella respondiera. Frank oyó voces a su espalda. Se volvió bruscamente y se golpeó el hombro derecho contra una pared de yeso irregular. Las voces continuaron, contenidas y cercanas. Eran dos personas, un hombre y una mujer. Hablaban en un idioma extranjero. Frank no entendía nada, pero la mujer parecía desconcertada y asustada. El hombre sonaba mayor y su voz era calmada, como si tratara de tranquilizarla.

La negrura lo oscureció todo. Frank dio un respingo cuando la mano de Mare encontró la suya y se la agarró con fuerza. Si estaba delirando, ella estaba a su lado con él.

Trató de hablar otra vez.

—¿Dónde estamos?

Mare no mostró ninguna señal de oírlo, pero la oscuridad impenetrable se aclaró un poco. La pared de yeso que Frank había golpeado con el hombro pertenecía a una casa; había ventanas altas que proyectaban un brillo tenue de velas intermitentes o lámparas de aceite. Estaban en medio de un callejón. Se dio cuenta de que no estaba asustado. Su corazón no latía agitado y no le temblaban las piernas. Todo parecía más un trance que una experiencia aterradora.

Los dos extraños se acercaban poco a poco. Frank oyó a la mujer respirando de manera entrecortada; estaba muy agitada. El hombre solo dijo unas palabras más antes de encaminarse hacia ellos. Frank puso a Mare a su lado y apretó la espalda contra la pared. Los pasos del hombre eran medidos, y al acercarse Frank distinguió la silueta de alguien más bajo que él. Llevaba sandalias que repiqueteaban en los adoquines y cada paso provocaba un sonido de arrastre, como si fuera vestido con una túnica. Si iba armado, la tenue luz no captaba el brillo del acero. Al cabo de un minuto, pasó junto a ellos, dos figuras apretadas contra la pared.

Frank se asustó. El pulso golpeteaba en sus oídos, y necesitó de toda su entereza para permanecer allí. El hombre debía de estar acostumbrado a moverse en la oscuridad. Tenía que verlos. Pero no dio ninguna señal de ello, ni volvió la cabeza ni cambió el paso al recorrer el estrecho callejón. El aleteo de las sandalias empezó a mitigarse.

De repente, la mujer corrió tras él, llorando. Pasó tan cerca de Frank que su falda le rozó la pierna; en la oscuridad distinguió que era muy menuda. Su llanto era el de una niña, no el de una mujer. El hombre no se detuvo. Ella gritó otra vez, y entonces se abrió un postigo por encima de ellos. Alguien se inclinó hacia fuera, moviendo una lámpara de aceite intentando averiguar el origen del escándalo.

Casi con un clic, Frank estuvo de vuelta en el apartamento de Mare, sosteniendo su extremo de la diminuta iglesia de oro. El otro extremo estaba temblando.

—¿Tú también lo has visto? —murmuró.

Mare apenas podía sostener el otro extremo, y juntos bajaron la miniatura al suelo. La joven se calmó.

—Oh, Dios mío —murmuró.

Frank se sentó a su lado y le tomó la mano. La notó muy fría y pequeña. Él no estaba tan aturdido para que su mente no funcionara. Notó una fisura en su escepticismo.

—Ha sido tu oración. ¿Qué otra cosa podría haber desencadenado algo así? No lo habría creído si no hubiera estado allí.

—¿Dónde es allí? —preguntó Mare con voz débil.

Frank estaba perdido. Entre ellos se hallaba el sagrario dorado, brillando a la luz de la bombilla que colgaba en su lámpara de papel. La escena era más o menos la misma que cuando él había entrado. La única cosa que había cambiado era una pequeña señal, blanca con letras rojas, que colgaba justo delante de sus ojos. No importaba que la señal fuera invisible, porque las letras eran inequívocas: «Sin salida.» Frank podía apostar a eso.

7

Después de que el joven periodista se marchara, Galen no pudo terminarse su hamburguesa. Todo el local apestaba a grasa chamuscada y cenizas, como un crematorio. Lo único que deseaba era irse a casa y desplomarse en la cama. Salió a la calle, donde había un taxi parado junto a la acera. El conductor asintió y Galen subió y le dijo la dirección.

Se dirigieron al otro lado de la ciudad. Por el camino, Galen se reprendió a sí mismo. Había mentido al chico. No le había contado la historia real que había detrás de su ataque a *Virgen con el Niño*. ¿Cómo podía hacerlo? Era la causa de su rabia, pero el amor estaba enredado en la historia como el hilo de oro en el cilicio de un mártir.

Dos años antes, había decidido pasar una tarde lluviosa en el museo de arte. No fue una elección previsible. Los museos no figuraban en el breve catálogo de posibilidades de Galen para una tarde lluviosa, que normalmente se reducía a ponerse al día con el trabajo, leer números viejos de una pila polvorienta de *Scientific American* o reorganizar las muestras más nuevas en su colección de minerales, especializada en tierras raras. En ninguna parte del catálogo figuraba visitar el museo de arte, porque lo cierto era que no le gustaba el arte.

Lo que le gustaba era pasear por sitios donde pudiera sentirse solo en la multitud. Solía ir a centros comerciales por la misma razón. Formar parte de una escena de muchedumbre, ser un integrante invisible, le hacía sentirse blindado, protegido. Reforzaba su aislamiento espléndido. Además era miércoles, y el museo estaba repleto porque la entrada era gratuita. Si Galen hubiera sabido que ligar con chicas era el objetivo de un buen porcentaje de los hombres amantes del arte ese día, se habría quedado en casa.

Una mujer joven estaba de pie al lado de Galen cuando él estaba contemplando una valiosa *Virgen con el Niño* del Renacimiento italiano. La expresión serena del rostro de la Virgen era una descripción de paz eterna.

—Umm —murmuró la mujer apreciativamente.

Galen no prestó atención. Solo estaba contemplando la pintura para adivinar qué mineral podría haber producido ese peculiar tono de verde. ¿Malaquita? Era una posibilidad, a menos que la hierba exuberante que se extendía a los pies de la Bienaventurada Virgen estuviera pintada con un tinte vegetal. Decidió que era improbable. Un tinte vegetal ya habría perdido brillo hacía mucho tiempo.

La joven lo miró de soslayo, aunque Galen no tenía ni idea de que lo estaba valorando.

—Encantador —murmuró ella.

Esto constituía un exceso comunicación. Galen se alejó un paso. De pronto, ella lo agarró por la manga.

—Lo estabas disfrutando. —Hizo un gesto hacia la pintura, pero sus ojos permanecieron en él—. Dime lo que ves.

—¿Por qué?

Ella sonrió.

—Porque me interesa.

Galen no pudo evitar reparar en lo joven y atractiva que era. Su instinto inmediato fue retroceder, pero echó otra mirada a la pintura.

—La expresión de la madre parece hipnotizada. La cara del niño parece arrugada como la de un viejo.

—Fascinante. Continúa.

La joven se lo quedó mirando con una sonrisa adorable. Esto era incluso más inquietante que el hecho de que le tirara de la manga.

Él continuó.

—Hay una enfermedad que arruga las caras de los bebés —señaló—. Progeria. Es horrible. Ese bebe probablemente tenía progeria.

Este comentario clínico no la repelió. Más bien al contrario, sus ojos se iluminaron.

—¡Brillante! —exclamó sonriendo—. Sabía que tenía que hablar contigo. Me llamo Iris, por cierto.

Galen se la quedó mirando. Lo estaba admirando una mujer atractiva, de no más de treinta años, con un pelo rubio un poco recogido que le caía hasta los hombros, la clase de cabello a la que antes se referían como «tirabuzones». Galen miró por encima del hombro para ver si tenía un cómplice: charlar con un tipo insignificante de mediana edad como él podría ser una peculiar forma de sadismo.

Su incomodidad hizo que Iris riera.

—Vamos a tomar algo —propuso—. Echaremos una última mirada a esta maravillosa pintura que nos encanta, y luego conozco un bar alucinante donde el barman es divino.

Galen nunca había conocido a nadie tan vibrante. Si hubiera sido imaginativo, podría haber comparado la risa tintineante de Iris con los cascabeles de una troica en una novela romántica rusa. Por otra parte, si fuera versado en psicología clínica, habría torcido el gesto por la exuberancia de Iris. ¿Quién asalta a desconocidos en público con arrebatos de emoción? ¿Personalidades *borderline*? La gente normal no actúa de esa manera.

La cautela debería haberlo detenido. En cambio, dejó que

Iris lo arrastrara, medio aturdido, a un bar. Galen no bebió, así que el atractivo de los cócteles exóticos fue nulo. Se sentó con un vaso de agua con gas mientras Iris hacía todo el trabajo de seducirlo. Ella adulaba y arrullaba. Cada uno de los comentarios de Galen suscitaba una carcajada.

Siendo virgen y nervioso, Galen no le pidió que lo acompañara a su casa esa primera noche, pero consiguió su número. Tuvo que ser ella la que llamara; él nunca lo habría hecho. Siguió una verdadera cita, luego dos. Galen, con lentitud torpe y avergonzada, aprendió a besar. Y puso remedio a una omisión de su adolescencia: acariciar a una chica en el cine. En un período de dos meses, Iris se convirtió en su mujer. Una ostra muere cuando se abre su concha, pero Galen renació cuando una marea de amor entró en su ser. Su miedo inicial se transformó en éxtasis. Se quedaba despierto por la noche con Iris acunada en su hombro, y nunca se quejaba de que la presión hacia que se le durmiera el brazo.

La forma en que el amor se convirtió en violencia fue tan inesperada como su noviazgo. La pasión de Iris empezó a cambiar. No se cansó de Galen, pero de repente su exuberancia exigió una salida creativa. Galen volvió un día del trabajo y se encontró con un montón de artículos de pintura en el salón.

—¿Qué es esto? —preguntó.

Había un gran caballete con mecanismos para adaptarse a cualquier tamaño de lienzo, junto con muchos botes de pintura acrílica de todos los colores y lienzos en blanco cuyo tamaño oscilaba entre una miniatura y lo épico.

—¡Soy pintora! —exclamó Iris.

—No lo sabía —dijo Galen con cautela—. No me lo habías contado.

—Oh, antes no. Acabo de darme cuenta. Soy pintora. Siempre lo he sido, pero mi talento estaba oculto.

Pese a lo mucho que la amaba, una parte de Galen veía a su mujer como una alienígena, incluyendo su pasión por él.

Empezó a preocuparle que eso fuera su primer delirio. Ser pintora podía ser el segundo. Sin embargo, sus temores se revelaron infundados. Iris extendió un hule en medio del salón y montó un estudio improvisado. Se lanzó a su primera obra y, cuando Galen se disponía a acostarse, ella entró con un lienzo húmedo.

—¡Hecho! ¿Qué opinas? ¿No es hermoso? —se entusiasmó.

Galen temía mirar. Pero en lugar de encontrarse con un mamarracho chillón, vio que Iris había pintado un paisaje medio abstracto en colores armónicos, y le resultó asombrosamente bueno. No importaba que el cielo fuera amarillo y la hierba azul. Los colores funcionaban. Expresaban la misma alegría vibrante que Iris podía hallar en cualquier cosa, como vida manando de una manantial interminable.

Ella señaló un haz de luz que cruzaba el lienzo desde una fuente lejana.

—Es un ángel. Los ángeles son pura luz.

—Oh —dijo Galen. Los ángeles no eran un tema para él.

Iris empezó a pintar frenéticamente, sin apenas dejarse tiempo para dormir. Galen despertaba después de medianoche y descubría que su mujer se había levantado de la cama para regresar a su último lienzo. No es que el amor que ella le profesaba se desvaneciera. Si acaso, se hizo más afectuoso. Cuando él volvía del trabajo, Iris lo recibía con un vestido y un collar de perlas y pendientes a juego.

Cuando él le sugirió que tenía que frenar, las lágrimas afloraron a los ojos de Iris.

—Solo quiero mostrarte mi alma —dijo.

El alma era otro no tema para Galen. Le desconcertaba ver que las pinturas de ella se volvían cada vez más religiosas, aunque no desde un punto de vista convencional. Ella producía formas orgánicas relucientes; a él le recordaban cristales de nieve vistos al microscopio, solo que en colores iridiscentes.

—Así son las almas en realidad —dijo Iris, tan segura como cuando le había dicho cómo eran los ángeles.

Galen no podía contarle a nadie lo que estaba ocurriendo en casa. Era demasiado irreal. Tampoco es que tuviera colegas a los que explicárselo. Pasaba sus días en la biblioteca de la universidad, recopilando referencias para artículos científicos. Improvisaba un modo de subsistencia como escritor técnico e investigando para profesores de la universidad; sus noches, en cambio, las pasaba en un festín de amor. Se había casado con una fuerza de la naturaleza, no simplemente una amante y artista. ¿De qué podía quejarse y quién iba a creerle en ese caso?

Inevitablemente, llegó el día en que se interpuso el mundo exterior. Iris quiso que él conociera a sus padres, que vivían en Milwaukee. No había habido ninguna boda formal, solo una ceremonia civil en la oficina del registro.

—No te preocupes —prometió Iris—. Te querrán tanto como yo.

Galen estaba convencido de lo contrario. Cualquier intruso rompería el encantamiento que protegía su dicha loca. Él era lo bastante sensible para saber que estaban agarrados en una *folie à deux* y, como cualquier locura, quedaría expuesta ante las miradas externas. Iris fue al aeropuerto mientras Galen esperaba en casa, sentado tristemente en su sillón. Se sentía desnudo y vulnerable.

Que su familia política fuera agradable no alivió su ansiedad. Se quedaron dos días, y nadie hizo comentarios sobre la marcada diferencia de edad entre Iris y su marido. La charla fue civilizada e incluso afectuosa. El padre de Iris, un médico con una consulta próspera, asumió el papel de macho alfa. Pagó por la cena en un restaurante caro y contó historias de cazadores.

—Tenemos faisán y codorniz en el congelador de casa. Os enviaré un poco. Es demasiado para nosotros.

Galen asintió. Trató de no mirar con demasiada intensidad a los ojos de la madre. Esperaba encontrar preocupación allí, y la preocupación constante de su propia madre todavía proyectaba una sombra, aun después de tantos años.

—¿Qué pasa? —preguntó Iris después de que sus padres partieran en taxi al aeropuerto. Su padre había insistido en un taxi, que costaría sesenta dólares, su última exhibición de dominio.

—Nada. Son agradables —murmuró Galen.

Miró alrededor, pero no vio las astillas de un hechizo roto diseminadas por el suelo. Después de todo, quizá sí estaban protegidos. Iris volvió a la pintura —sus padres se habían quedado anonadados con sus talentos ocultos— y su producción se incrementó. Tenía vergüenza de acudir a una galería, de manera que Galen preparó un sitio web para mostrar sus obras.

—Llámala *Mensajero Divino* —le pidió ella.

En cuestión de días recibió decenas de visitas que muy pronto se convirtieron en centenares. Sus pinturas conectaban con gente animadas por inquietudes espirituales.

Un día, al buzón de entrada de Galen llegó un mensaje de correo de un tal doctor Arthur Winstone. Galen tardó un momento en darse cuenta de que se trataba de su suegro.

Señor Blake:

Me he tomado la libertad de escribirle en privado. Espero que no le moleste que haya hecho una búsqueda en internet para encontrar su dirección.

Durante nuestra reciente visita, me pareció percibir un temblor en la mano izquierda de mi hija. Era débil, pero me fijé en que se incrementaba cuando Iris se ponía emotiva. Debo añadir que el aumento de su euforia me parecía antinatural. La Iris que su madre y yo conocemos no actúa de ese modo.

No soy neurólogo y no pretendo alarmarle. Pero le insto encarecidamente a que la lleve a un especialista del cerebro. Si mis temores son injustificados, me disculpo profundamente. Debe creer que escribo por amor de padre.

Una última cosa, por favor no comparta esta comunicación con mi hija. En un buen matrimonio, marido y mujer se cuentan todo, pero al menos considere mantener este mensaje de correo en secreto.

Respetuosamente,

ARTHUR WINSTONE

Galen estaba anonadado. Leyó el mensaje dos veces más. Empezó a dolerle el pecho. Eso no podía estar ocurriendo.

El año que siguió fue una pesadilla que solo terminó cuando Iris ingresó en cuidados paliativos y murió. Cuando salió de la habitación donde se quedó Iris, desconectada de los monitores médicos, pálida y fría como una efigie de cera, una voz le habló en la cabeza, una voz que había esperado como un niño malcriado conteniendo la respiración: «¡Loco! Despierta. Sabías que no podía ser real.»

Ahora, sentado en la parte trasera del taxi de camino a casa desde la hamburguesería, Galen se estremeció. Estaba demasiado agotado para seguir sintiendo rabia. Había sido humillado por Dios, estafado en el amor por el más cruel de los engaños, que podía ser amado para empezar. Ahora había desaparecido la última esperanza. No habría ninguna venganza que le permitiera hacer borrón y cuenta nueva.

De repente, se fijó en los ojos del taxista en el espejo retrovisor.

—¿Está bien?

—¿Qué?

—Lo siento, es que parece un poco inquieto.

Galen abrió la boca para replicarle que se ocupara de sus asuntos, pero de repente le sobrecogió una sensación de completa futilidad.

Se hundió en sí mismo, ajeno al tiempo hasta que el taxista dijo:

—Hemos llegado.

Galen buscó la cartera.

—Está bien —dijo el taxista—. Es gratis.

Galen se sintió confundido.

—¿Por qué?

El taxista no había dejado de mirarlo en el retrovisor.

—Porque has sido elegido.

Sin ninguna razón, este comentario sin sentido le envió una oleada de pánico. Agarró la manija de la puerta, pero estaba atascada. ¿O la había cerrado con llave el taxista? Tiró de la manija con todas sus fuerzas y la puerta se abrió tan deprisa que casi cayó fuera del coche.

El taxista se apeó presuroso para ayudarle.

—Déjeme en paz —jadeó Galen.

—No puedo hacerlo.

El taxista era bajo y de piel oscura, con barba incipiente en las mejillas, la viva imagen de alguien que Galen podría temer. Histéricamente, se preguntó si el hombre llevaba una bomba adherida al pecho.

Sin mirar atrás, Galen avanzó dando tumbos por la acera helada. Su casa, un edificio de madera con pintura blanca desconchada y un pórtico hundido, le ofreció refugio. Dio trompicones al avanzar, levantando polvo de nieve como un conejo huyendo de un zorro.

El taxista lo seguía unos metros por detrás. Sintiendo su sombra, Galen se asustó. Apenas pudo sacar las llaves del bolsillo, y cuando trató de encajar una en la cerradura, el manojo se le cayó.

—Permíteme —dijo el taxista, recogiéndolas. Insertó la

llave de la casa y la giró en la cerradura—. Por cierto, me llamo Jimmy.

El corazón de Galen se saltó un latido.

—¡Si quiere dinero, aquí tiene! —exclamó, lanzándole la billetera al hombre.

—Solo quiero hablar.

Los ojos de Galen se ensancharon de impotencia. El taxista estaba bloqueando la puerta con su cuerpo.

—Hemos estado observándote un tiempo —dijo sonriendo—. Eres mi misión. Mira, hace mucho frío aquí. Podré explicártelo todo mejor dentro.

Galen estaba agitado, pero de algo no tenía duda: aquel Jimmy era la última persona que dejaría entrar en su casa.

—Iré detrás de usted —dijo— y si me pone un dedo encima llamaré a la policía.

La sonrisa de Jimmy se ensanchó.

—No te ofendas, pero creo que los polis ya han tenido bastante de ti por hoy.

Galen estaba mirando hacia otro lado, de manera que no vio cómo Jimmy lo derribaba con una porra o la culata de un arma. No hubo dolor. Un velo de oscuridad le cubrió suavemente los ojos y le fallaron las rodillas. Sintió frío cuando su mejilla dio contra la nieve en el pórtico y tuvo una vaga sensación de que Jimmy hablaba por un móvil.

—Lo tengo, pero está tan asustado que se ha desmayado. No te lo puedo pasar. Por favor, consejo.

8

Solo la mitad de las sospechas de Frank sobre Lilith eran acertadas. Estaba siguiendo órdenes y Meg, que impartía esas órdenes, se ocultaba en las sombras. Pero la razón de su secreto era mucho más profunda de lo que podía haber imaginado. En el mundo de Frank, la gente cuerda no tenía visiones de la Crucifixión, y si les sangraban las manos donde a Cristo le habían clavado sus clavos, era fruto de algún truco.

Meg tenía las mismas creencias diez años antes. Cuando sus palmas de repente supuraron sangre, dio la espalda al fenómeno. En cuanto bajó del autobús, entró corriendo en casa y se metió en la cama sin encender las luces. No quería ver lo que le estaba ocurriendo. No quería formar parte de ello.

Pero fue un error no vendarse las manos antes de meterse entre las sábanas. Al despertarse por la mañana, las sábanas estaban manchadas de rojo. Manchas brillantes y frescas. Debía de haber estado sangrando toda la noche.

Se asustó al ver los dos puntos en sus palmas, pegajosos y brillando al sol de la mañana. Se miró en el espejo del cuarto de baño y dijo: «Tengo los estigmas», probando la palabra. Sonaba irreal.

Después de lavarse con jabón, las manchas desaparecieron,

pero al cabo de unos minutos la película de sangre reapareció. Y la herida empezó a gotear otra vez. Meg buscó el botiquín de primeros auxilios que guardaba al fondo del armario de la ropa blanca. Dentro había un rollo de gasas. Se sentó en el borde de la bañera y se vendó meticulosamente las manos. En el banco diría que se había quemado al sacar del horno una bandeja caliente.

Su explicación fue aceptada sin preguntas. La ayudante de Meg hizo una mueca y ofreció compasión; hasta se preocupó de aislar una taza de café caliente en tres servilletas de papel antes de entregársela. Por lo demás, nadie se fijó en sus vendajes. Pasó una semana. Meg fue ganando tiempo, aplicándose una nueva cura cada mañana. Sentía un dolor sordo que no aumentaba ni disminuía.

La curiosidad malsana la llevó a investigar en internet, lo cual probablemente fue un error porque lo único que encontró fueron fotos aterradoras de personas cuyos estigmas eran peores que los suyos, mucho peores. Algunos tenían puntos dispersos en la frente o una marca en el costado del cuerpo semejante a una cuchillada, una herida abierta. Algunos estigmatizados no sangraban, otros sí. Algunos experimentaban recidivas cada año, normalmente en Pascua. Meg enseguida lo dejó correr.

Dos semanas más tarde, una voz en su cabeza dijo: «Te enviaré una bendición.» Una voz suave e inconfundible, de mujer. El momento exacto quedó grabado en la memoria de Meg. Estaba sola en la oficina, colocando una serie de documentos en el archivador. El cielo fuera era brillante y claro. En el parque, al otro lado de la calle, cuadrillas de operarios estaban poniendo las luces navideñas en los árboles, y la nieve cubría el suelo congelado como un edredón.

Después de una breve pausa, el mensaje se repitió en su cabeza: «Te enviaré una bendición.»

Meg cerró los ojos, deseando que la voz explicara lo que

significaba. No lo hizo. Así que volvió al trabajo, simulando que todo era normal. Se movió con cautela, como alguien que camina por la cuerda floja sin red. Lo peor sería perder el equilibrio.

Si iba a llegar una bendición, no fue ese día. Al caer la tarde, Meg empezó a preguntarse si tendría que hacer penitencia. Buscó a tientas con la punta de los dedos de sus manos vendadas y sacó su rosario, metido en el cajón inferior del secreter.

«¿Tan desesperada estoy?», se preguntó. Para empezar, tal vez estaría rezando al Dios que le había enviado la aflicción. Era una posibilidad inquietante. Nunca había tenido razones para dudar de su fe o examinarla siquiera. Cuando era solo una manchita en el útero de su madre, sus genes ya llevaban la marca de fábrica: mujer, ojos verdes, pelo castaño claro, irlandesa católica. Fue hecha de ese modo antes del nacimiento. Dios era un hecho. Había que ocuparse de Dios.

Reflexionando sobre esto, Meg sintió una punzada de rabia. ¿Quién era Dios para obligarla a actuar contra su voluntad? ¿Quién decía que podía señalar con un dedo cósmico y decir: «Tú. Eres tú.»? Nadie tenía derecho a jugar a ser Dios. Lo cual planteaba un problema, porque no importaba la fuerza con que se resistiera, Dios tenía derecho a jugar a ser Dios. Simplemente, había esperado mucho tiempo antes de decidirse a hacerlo. Meg volvió a guardar el rosario en el cajón, derrotada.

Entonces, un día, una mujer le pasó unos documentos en su escritorio. Una solicitud de préstamo para comprar un automóvil. Meg miró los papeles, aburrida, y cogió un boli.

—¿Su nombre es Lilith? —preguntó—. No veo el apellido.

—No lo necesitará.

Meg levantó la cabeza y miró a la clienta, una mujer alta de cuarenta y tantos años, quizá cincuenta, con toques grises en las sienes.

—El apellido es obligatorio —replicó, preguntándose cómo era posible que tuviera que aclarar eso.

—Esta vez no. Me gusta mi viejo coche. No necesito uno nuevo. —La mujer tenía una manera de hablar firme que hizo que Meg no la interrumpiera—. Solo se trata de ti y de eso. —Señaló las manos vendadas—. Has recibido una bendición.

Meg apartó las manos y las ocultó bajo el escritorio.

—No sé de qué está hablando. Me quemé en la cocina.

Lilith sonrió.

—Solo quita las vendas y lo verás.

Meg bajó la mirada. Un minuto antes, la gasa estaba empezando a mostrar una ligera decoloración de la sangre que supuraba, pero en ese momento estaba blanca como la nieve.

—La bendición ha sido enviada —añadió Lilith—. No te asustes. No estás loca. Hazlo.

Meg miró alrededor en la oficina. Una fila de clientes avanzaba hacia los cajeros, y su compañera de trabajo estaba sentada con otro solicitante de préstamo en el escritorio de al lado.

—¿Aquí? —preguntó, mortificada.

Lilith se encogió de hombros.

—¿Qué tienes que perder? No es que estés teniendo un buen día.

Con cautela, Meg se desenvolvió la mano derecha. No había rigidez de sangre seca en la gasa. El vendaje salió con la suavidad de una cinta y, debajo, la palma estaba intacta. Con rapidez, Meg se desenvolvió la otra mano y la encontró igual.

—¿Qué significa esto? —balbuceó.

—Significa que tienes un camino que recorrer. Todo el mundo tiene uno, pero el tuyo es diferente. Caminarás por una senda bendita.

Sin saber por qué, Meg sintió que las lágrimas le afloraban, nublando la visión de su visitante.

—El alma normalmente está en silencio —continuó Lilith—. Observa y espera. Pero tu alma te ha llamado. —Había mostrado escasa expresión al decir esto, pero de pronto sonrió con ironía—. La buena noticia es que te han elegido. La mala noticia es que te han elegido.

—He oído chistes mejores —murmuró Meg. Se secó los ojos y enfocó a su extraña visitante—. Por favor, disculpe. Esto es muy abrumador.

—Para eso estoy aquí. Para hacerlo más fácil. Nadie está nunca preparado. Pero no debemos dejar que nos arrastren las emociones, ¿no?

Meg se echó a reír. Lilith parecía una maestra chiflada, no le faltaba ni el moño ajustado con que se recogía el pelo ni el acento vagamente británico, un poco excéntrico pero efectivo. La atención de Meg estaba completamente centrada; su pánico, controlado. El temor era una gran ola oceánica lista para arrastrarla si Lilith no la estuviera conteniendo.

La risa de Meg debía de tener un toque de histeria, porque Lilith le cogió la mano por debajo del escritorio.

—¿Necesitas agua? Quizá deberías tumbarte.

—No me pasará nada —dijo Meg, poco convencida—. He de ocuparme de los empleados.

Miró por la ventana al cielo brillante del invierno. La invadió una ola de calma, la primera que sentía en semanas. Era como una bendición.

—No me pasará nada —repitió.

Lilith la observó con atención; aparentemente satisfecha.

—Entonces me iré. —Se levantó esbozando una sonrisa ambigua, a medio camino entre divertida y conocedora. Recogió la solicitud de préstamo, la dobló con cuidado y se la guardó en el bolso.

—¿Volveré a verla? —preguntó Meg, sintiendo un inicio de invasión de ansiedad.

—Estaré en la puerta cuando llegues esta noche. Hemos dado el primer paso. Bien.

—¿Cómo sabe dónde vivo? —preguntó Meg.

—¿Cómo sé cualquier cosa? Simplemente me viene.

Después de que ella se marchara, Meg jugó a terminar la jornada laboral con normalidad. El caminante por la soga no perdió el equilibrio. Hizo una bola con las gasas y las tiró a la papelera del servicio de mujeres. Su reflejo en el espejo se estaba esforzando por no parecer eufórico.

Se marchó a casa en coche a las cinco, y cada manzana profundizó su sensación de asombro. ¿Cosas así ocurrían de verdad? Meg había leído el Nuevo Testamento a los dieciséis años para complacer a un novio, un protestante que estaba pasando por alguna clase de fase. El novio desapareció y Meg pensó que la Biblia también. Salvo que ahora, conduciendo a casa, recordó un oscuro verso: «Llevo en mi cuerpo las marcas de Jesús.» Lo dijo un santo, y si Meg no era una santa, ¿qué era?

Lilith estaba esperando en el escalón cuando ella aparcó en el sendero. Llevaba un grueso abrigo de mezclilla para protegerse del frío y sostenía el bolso delante de ella con ambas manos, con la rigidez de un guardia de palacio. Meg se acercó y abrió la puerta. Ninguna habló.

Una vez dentro, Meg esperó el siguiente movimiento de Lilith. La habitación más cercana era el comedor. Lilith entró y se sentó a la cabecera de la mesa. Dio unos golpecitos en la silla a su lado, y Meg la ocupó obedientemente.

—¿Has reflexionado sobre lo que te he dicho?

—No estoy segura. No puedo recordar nada salvo alivio.

—Es comprensible.

De repente, Meg se preguntó si la voz que había hablado en su cabeza pertenecía a Lilith.

—Si he de darle las gracias... —empezó.

—No, no me confunda —repuso Lilith, descartando su gratitud—. No soy una sanadora. Alguna gente lo es. Quizá tú, algún día. En este caso, el alma ha hablado a través de tu cuerpo. La carne estaba dispuesta, pero el espíritu era débil.

Soy bastante adicta a los aforismos, discúlpame. Seguiré hablando hasta que superes tu confusión.

Meg sentía que estaba respirando aire de otro mundo, pero su mente ya había empezado a despejarse.

—¿Crees que tu experiencia fue real? —preguntó Lilith.

—He de creerlo, ¿no? —Meg se miró las manos, verificándolas una vez más para asegurarse de que estaban intactas.

—En realidad, no tienes que aceptar nada. Yo no lo hice, al principio. —Lilith hizo una pausa—. Vas a conocer a alguna gente. Ellos también luchan con haber sido elegidos.

—¿Cuándo los conoceré?

—Eso no lo sé. Sé cuántos son: siete, contándonos a ti y a mí.

Meg se sentía incómoda. Había supuesto desde el principio, desde la primera mañana de la terrible experiencia, que lo afrontaría sola.

—¿Y si no quieren verme?

—No dejaré que ocurra eso.

Lilith era un cruce entre oráculo y sargento de instrucción, pero Meg no temía hacerle frente.

—¿Quién dice que es decisión suya?

—No tiene nada que ver conmigo. La realidad está cubierta por un velo de misterio. Has penetrado el velo. Es una experiencia rara, y estas siete personas la tendrán, una vez que les muestres el camino.

Meg se quedó perpleja.

—¿Yo? No puedo enseñar nada a nadie.

—Eso va a cambiar. Cuando se reúna todo el grupo, la persona que lo mantendrá unido serás tú.

Lilith vio la duda merodeando en los ojos de Meg. Se hizo más insistente.

—No lo entiendes. Yo soy una de las siete. Te necesito, más de lo que puedes imaginar.

Pero la bendición que había traído Lilith ya se estaba desvaneciendo. El temor advertía a Meg que se retirara a su caparazón.

Lilith le leyó el pensamiento.

—El ansia de ser normal es poderosa. Permite un momento de asombro y luego nos vuelve a arrastrar como una corriente irresistible.

Meg esbozó una sonrisa irónica.

—Como si lo normal fuera tan bueno.

—Exactamente. Cuando nos reunamos los siete, se alzará una llama. Si uno de los miembros se resiste a unirse, solo habrá cenizas.

Meg tenía un primo con problemas, Fran, que acudía a grupos de apoyo por sus adicciones. Probablemente hablaban así en las reuniones. Sin embargo, se dio cuenta de que tenía que repensar quién era Lilith; no una maestra sino más bien una guía que orientaba a los escaladores en un pico traicionero. «Mantente en el camino. No te desvíes. Estamos juntos en esto.»

Lilith se desvió abruptamente por una nueva dirección.

—¿Crees que puedes ver hasta el infinito?

—Ni siquiera sé qué significa eso.

—Entonces te lo contaré. Ahora mismo, tu mente está enclaustrada dentro de un patio tapiado que te mantiene encerrada a salvo. Cualquier cosa más allá de esa tapia asusta, incluidos los milagros.

—Y está diciendo que yo he vivido un milagro.

—Sí, y te mueres de miedo.

—Quizá sea la razón para no correr detrás de más —dijo Meg.

—Los elegidos no corren tras los milagros. Es al revés. El milagro te encuentra. Eso es otra cosa que asusta.

Lilith estaba acostumbrada a controlar la conversación.

Meg no tenía dudas al respecto. Pero ¿también estaba tratando de controlarla a ella? «Si yo soy una de los elegidos, ¿para qué nos han elegido?», se preguntó.

Siguió una cadena de visitas. Las apariciones de Lilith eran puntuales, justo a las cinco y diez, cuando Meg llegaba del trabajo. Siempre estaba en posición de firmes, agarrando el bolso con las dos manos, esperando a que se abriera la puerta. Nunca había nadie con ella, y el grupo de siete, fueran los que fuesen, no se volvió a mencionar.

Un día, Meg se había hundido en una depresión oscura. Se despertaba cada mañana sintiéndose exhausta. Nada en su vida era ya estable. El banco era lo peor. Sentía que estaba haciendo una mala representación de su antiguo yo, y cada día le costaba más mantener la actuación.

Lilith trató de tranquilizarla.

—El principio siempre es lo peor. Estás completamente protegida, pero todavía no puedes verlo.

Al cabo de un tiempo, empezaron a haber largos silencios en sus visitas. El amanecer le provocaba a Meg una sensación gris, de vacío. La ponía enferma que la alentaran tanto. Sus manos habían sanado por completo. Habría intentado con más ahínco volver a su vida anterior, pero era imposible. Continuaba recordando sus propias palabras: «Como si lo normal fuera tan bueno.»

Una tarde, la casa estaba desoladoramente en silencio, como si no fuera más que una cámara de eco para el tictac de los relojes y el rumor del compresor de la nevera.

De repente, Lilith dijo:

—Te caigo mal, ¿no?

Meg se encogió de hombros, sin querer negarlo.

—Mira, solo soy la mensajera —añadió Lilith.

No hubo respuesta.

—¿Entonces qué pasa?

Meg quería levantarse y marcharse, pero entonces se sorprendió a sí misma al soltar un gemido de rabia y autocompasión.

—Yo soy la que tiene que sufrir. ¡Yo estaba sangrando! No sabes lo que es para mí. Tú lo tienes fácil. Te llamas mensajera. Mira a tu alrededor. Has entregado una maldición.

Como una sirena agonizante, su rabia se redujo a un gemido.

—Lo siento —murmuró.

—No te disculpes. A lo mejor tienes razón. Pero no conmigo.

Meg lanzó un suspiro.

—No sé nada de ti.

—Tal vez sea hora de que lo sepas.

La sala de estar donde se sentaron estaba siendo tomada por la noche, pero Meg no se estiró para encender la lámpara. Se recostó en la silla, preguntándose cuál sería la historia de Lilith.

Cuando tenía veinte años, Lilith despertó de una pesadilla, sudando y desconsolada. Había vuelto de la facultad para pasar las vacaciones de verano. Era una época feliz y, además, casi nunca tenía pesadillas, ninguna parecida a esa, que era como estar atrapada en una alucinación.

Había aterrizado en un punto remoto del tiempo, siglos y siglos atrás. Estaba de pie delante de una gruesa puerta de madera, como la de un pueblo medieval. La puerta estaba cerrada con tablones de roble clavados. Se dio cuenta de que no estaba sola. Varios hombres, con los rostros tensos y severos, estaban de pie alrededor mientras otros dos hombres desclavaban los tablones.

Los espectadores intercambiaron miradas de preocupación. Cuando arrancaron el último clavo, los tablones resonaron en el suelo de adoquines.

—¿Qué pasa? —recordó Lilith que preguntó en su sueño. Pero en el mismo instante en que lo preguntó, supo la respuesta. La peste. Podía oler a muerte, un hedor enfermizo a podrido que se hizo más fuerte cuando uno de los hombres abrió la puerta. Dentro había oscuridad, porque todas las ventanas también estaban cerradas a cal y canto. La Muerte Negra era despiadada y ágil. Un barco portador de la peste podía amarrar en el puerto y al cabo de una semana una cuarta parte de la población de la ciudad se habría convertido en cadáveres diseminados por las calles.

Los hombres se miraron, vacilantes sobre quién debería entrar a mirar. Todos los ojos fueron hacia ella. ¿Qué? Lilith pensaba en ella como una presencia no vista, pero para ellos formaba parte de la escena. «Mira tú. Tú eres la elegida.» Los hombres hablaban en italiano, pero Lilith comprendía todas las palabras. A su alrededor, la multitud seguía repitiendo la palabra *morte* con nerviosismo.

Al dar el primer paso en el interior, fue repelida; el hedor la empujó hacia atrás como una mano en la cara. La oscuridad no era absoluta. Destellos de sol entraban por las ventanas tapiadas con tablones y al cabo de un momento vio algo brillante y dorado.

Sus pupilas se adaptaron. El brillo cobró forma; pudo ver un pequeño objeto posado en el suelo. Al principio no registró que la forma era de una iglesia o una capilla, porque su atención estaba absorta en los cuerpos. Había seis cadáveres en torno al objeto. Estaban situados en un patrón simétrico, extendiéndose hacia fuera como radios de una rueda con el objeto dorado como eje.

La visión maldita causó que el grupo de hombres —una patrulla que buscaba supervivientes— se dispersara gritando. *Dio ci protegga! Dio ci protegga!* Que Dios nos proteja. Por debajo de sus gritos confusos, Lilith oyó el repiqueteo agudo de zapatos corriendo por los adoquines.

Su corazón estaba latiendo deprisa. Quienquiera que fuera ella en el sueño, el terror de la ciudad la había paralizado.

Pero ella no podía evitar mirar la rueda de cadáveres, preguntándose quién los había colocado así en una casa cerrada con tablones. Quizá nadie. La respuesta lógica sería que se habían tumbado para morir, formando deliberadamente el patrón. Sabiendo que estaban condenados, querían enviar un mensaje.

—Y entonces me desperté —dijo Lilith en este punto de la historia.

—¿Antes de que comprendieras el mensaje? —preguntó Meg.

—No. Era solo un sueño. No tenía curiosidad por eso. Me levanté de la cama, abrí las ventanas para refrescar la habitación y fui a nadar como cada mañana. Nuestra familia siempre alquilaba la misma casita junto al lago cada verano.

—¿Y no ocurrió nada?

Lilith mostró la primera sonrisa afable de todo el tiempo que llevaban juntas.

—Ocurrió todo. El sagrario dorado me había encontrado. Siempre encuentra a los elegidos, de una forma o de otra.

»Llegué a casa de una cita esa noche, un poco mareada por el vino. Un chico y yo nos habíamos estado excitando toda la noche, pero no pasamos de toquetearnos. Recuerdo que estaba lamentando no haber dado un paso más, cuando de repente el mismo brillo que había visto en mi sueño estaba en mi dormitorio. Mi mano había encontrado el interruptor, pero no había encendido la luz. Pero supe al instante de dónde venía el brillo.

—Y te asustó —dijo Meg.

—Igual que a ti. Me quedé paralizada y de repente mi mente se inundó con la verdad. El sueño era en realidad una profecía. Había tropezado con una escuela mistérica. Los muertos pertenecían a esa escuela, una especie de sociedad secreta.

—No lo entiendo.

—Lo harás. La sociedad sigue activa, y formamos parte de ella, junto con los otros cuando respondan a la llamada.

—¿Una escuela mistérica? —repitió Meg para sí, probando las palabras—. ¿Por qué?

—Porque los misterios han de revelarse, y al mismo tiempo necesitan protección.

Meg estaba desconcertada, pero también intrigada.

—Viste seis cuerpos en tu sueño. ¿Por qué somos siete?

—Porque el séptimo miembro de nuestra escuela mistérica es la maestra y está dentro del sagrario. Ella nos elige, y a través de ella nos reunimos seis desconocidos que comparten un camino.

—A menos que muramos juntos. Eso estaba en tu sueño. ¿Forma parte de la profecía?

—Me preocupé por eso hasta que comprendí que no se puede ser literal con esas cosas —repuso Lilith—. Creo que moriremos a la muerte. Recuerda esas palabras. Las oirás en el convento cuando llegues allí.

¿Convento? Meg se quedó sin palabras. Si el árbol genealógico de la familia McGeary incluía alguna monja, nunca había oído hablar de ella. Volvió a notar una sensación de irrealidad, la misma que había sentido cuando se miraba las palmas ensangrentadas.

Lilith negó con la cabeza.

—Lo sé. Esto parece la vida de otra persona.

Meg asintió. Era bueno que Lilith la comprendiera, pero no era suficiente. Las paredes de la habitación empezaron a estrecharse, asfixiándola. Lilith le había dicho que estaba en un camino bendito. A Meg no le importaba adónde llevaba ese camino. Solo quería una salida.

9

Después de regresar del callejón oscuro, Frank tardó en ponerse en pie. Los ojos le decían que estaba otra vez en el apartamento de Mare, pero su cuerpo no estaba tan seguro. El aire gélido del callejón permaneció en su piel. Le estaba costando contener las ideas que se agolpaban en su cabeza. Toda la experiencia era abrumadora.

Mare lo miró desde donde estaba sentada en el suelo, con el sagrario dorado todavía entre ellos.

—¿Estás bien? —preguntó Frank.

—No lo sé. —La voz de Mare sonó temblorosa y distante—. Te he arrastrado a esto, te he alejado del trabajo. Pero ¿podrías quedarte?

—Claro, un rato. Solo tengo que llamar. —Frank no conseguía señal en el móvil—. Déjame salir. —Cuando ya tenía la mano en el pomo de la puerta, Mare dijo:

—Si te meto en líos, vete sin más.

—¿Y dejarte aquí? Ni hablar. —De repente, Frank se dio cuenta de algo—. No estás asustada, ¿verdad?

—No. Solo he tardado un momento en volver. No es por eso que quiero que te quedes.

—¿Entonces por qué?

—Quiero volver —dijo Mare—. Tengo que hacerlo.

La mirada de ella era firme, casi dura. Él nunca la había visto así. La había catalogado como una chica guapa pero tímida, de las que pasan demasiado tiempo sintiéndose inseguras.

—Me lo pones difícil —protestó él—. Ni siquiera sabes si podemos volver.

—No te estoy pidiendo que me acompañes. A menos que quieras.

—¿Quieres decir que volverías sin mí? Podría ser peligroso. ¿Y si no regresas esta vez? —A pesar de su escepticismo, Frank estaba hablando como si hubieran viajado a través de alguna clase de portal.

—La nota decía «síguelo adonde te lleve» —le recordó Mare—. Eso es lo que estoy haciendo. Ahora no puedo parar.

Frank no podía negar que lo estaban atrayendo, primero el tesoro dorado, luego Lilith y ahora eso. Mare se estaba convirtiendo en una mujer completamente nueva ante sus ojos.

—Sé lo que es esto —añadió ella, señalando al sagrario—. Es un oráculo.

Frank vaciló.

—Estás dando palos de ciego. ¿Tienes pruebas?

—La nota. Nos van a conducir al decimotercer discípulo. Está en el centro de todo lo que ha ocurrido. Sé lo que estás pensando: que no hay prueba. Pero lo vimos, allí en el callejón.

—Podría haber sido cualquiera.

—¿Importa? Quien está durmiendo dentro del templo confía en nosotros. Está dispuesto a darnos estas pistas.

—Que también es la razón por la que Lilith nos contó toda la historia. Suena demasiado descabellado.

—Hasta que vas allí. Ahora hemos de hacerlo. Hemos pasado el test.

Frank ya apenas escuchaba. Lo que le importaba era la esperanza y la excitación en los ojos de Mare. No quería decepcionarla, pero no tenía ningún control sobre esos sucesos extraños.

—¡No te creerías lo frustrado que me siento! —exclamó—. Podríamos estar saltando desde un precipicio. —Su voz se tornó suplicante—. No hemos de volver ahora mismo, ¿verdad?

—Supongo que no —repuso Mare a regañadientes.

—Entonces deja que antes me despeje la cabeza. —Abrió la puerta—. Tengo seis llamadas perdidas en mi móvil. Deja que intente salvar mi empleo. Pero no me iré, lo prometo.

—Lo sé.

A Frank le molestó la sonrisa ambigua que ella le mostró, pero ¿qué elección tenía salvo confiar en ella? Tenían que confiar uno en el otro. La voz de Frank («lo siento, lo siento») se fue apagando mientras él salía a la calle fría. De momento, Mare estaba sola.

Se sentía un poco grogui y entusiasta al mismo tiempo. Un destello brillante había revelado algo inesperado. Mare se dio cuenta en ese momento de que su interior no era un territorio oscuro lleno de los escombros del pasado y las pisadas siniestras de demonios ocultos. Era una cámara de magia secreta. Quien la había transportado a otra realidad solo había querido despertarla. Quien dormía en el sagrario dorado la conocía.

Ahora estaba más ansiosa que nunca por volver. Todavía sentada junto a la iglesia dorada en miniatura, se inclinó, poniendo la cara al lado de ella, como para mirar por sus ventanas. Era una Alicia gigante y el pequeño templo era su espejo.

«¿Quién eres?», preguntó en silencio. Si había un oráculo dentro, respondería. Esperó con los ojos cerrados. Como no hubo respuesta, intentó lo que había funcionado antes: rezar. «Dios, si estás escuchando, guíame adonde necesito ir.»

Sus dedos rozaron el techo dorado. Fue el más ligero de los roces y entonces Mare ya no estaba allí.

El escenario no había cambiado: el mismo callejón oscuro, el mismo vecino inquisitivo asomado a una ventana moviendo su lámpara de aceite. La luz destellante no reveló nada, y el hombre volvió a meter la cabeza dentro. Mare tampoco pudo ver nada, pero captó un sonido. La niña, la que había corrido detrás del hombre con túnica y sandalias, estaba llorando en algún lugar del callejón.

Mare siguió el sonido hasta un hueco donde la pared se había desmoronado. Aunque el hueco estaba ensombrecido en la oscuridad, Mare de alguna manera podía ver en su interior. La niña tenía la cabeza cubierta; llevaba un vestido limpio, largo y suelto, sujeto con un broche de plata. No era una niña pobre.

—¿Por qué estoy aquí? ¿Qué tengo que ver contigo? —susurró Mare, olvidando que nadie podía oírla.

La muchacha paró de llorar y levantó la cabeza, mirándola directamente. ¿Podía verla allí de pie? La pregunta no tuvo respuesta, pero una voz en la cabeza de Mare dijo:

«Soy la durmiente. Me has encontrado.»

10

Cuando Galen se desmayó en la entrada, el taxista Jimmy no tuvo otra alternativa que llamar a Lilith. Ella sabría qué hacer.

—Mételo dentro. No podemos dejar que se muera congelado. —Lilith parecía impaciente ante este contratiempo inesperado en sus planes—. Forma parte del grupo, pero se negará a participar si lo dejas solo. Debes convencerlo amistosamente, lograr que se congracie contigo.

—No sé si podré —dijo Jimmy, titubeante—. Creo que será difícil. Se ha ofendido en serio.

—¿Qué le has hecho?

—Nada. Solo que es un tipo extraño.

—Eso ya lo sé. Lo he vigilado durante semanas. Pero ahora todo tiene que unirse. Es lo que quiere Meg. ¿Tengo que recordártelo? —le advirtió Lilith con severidad.

—No.

Jimmy colgó. La llave de la casa ya estaba en la cerradura. Antes de girarla, Jimmy agitó ligeramente el hombro de Galen.

—Vamos, socio —lo incitó, pero el otro no respondió. Se había desmayado tanto de agotamiento nervioso como de miedo.

Jimmy tenía complexión delgada, pero era sorprendentemente fuerte. Logró arrastrar a Galen al interior de la casa y acomodarlo en el sofá cama de la sala sin mucha dificultad. Mientras roncaba con suavidad, Jimmy le quitó los zapatos y luego tomó asiento en una butaca reclinable que había enfrente. La casa era pequeña; el olor mohoso de restos de pizza y platos sucios apilados en el fregadero lo impregnaba todo. Los muebles eran viejos y gastados, probablemente heredados de parientes, pero la casa estaba bien ordenada. La atención de Jimmy recayó en las estanterías que había en una pared. Pensó en pasar el rato leyendo hasta que el desvanecido se despertara, pero cuando examinó los estantes, vio que todos los volúmenes eran sobre temas científicos. Parecían muy técnicos.

Tendría que sentarse y esperar. Jimmy se sentía inquieto. No había pedido esa misión; ni siquiera era taxista. Lilith había urdido la trama para llevar a Galen a un lugar del que no pudiera huir. Resultaba que Jimmy tenía un primo taxista que estaba dispuesto a dejarle el coche después de acabar su turno.

Ahora temía la reacción de Galen cuando despertara. Probablemente montaría un escándalo y amenazaría otra vez con llamar a la policía. Jimmy decidió no pensar en ello. Un año antes, Lilith le había contado que había un grupo —ella lo llamaba escuela mistérica— que estaba a punto de reunirse. El grupo era como una hermandad, pero todavía más secreta. Jimmy no entendía qué tenía que ver con él.

—Vas a formar parte del mismo —le dijo Lilith.

—¿Yo? Ni hablar.

Pero ella parecía tan convencida que Jimmy se puso nervioso. Planteó preguntas que Lilith siempre eludía. Solo logró arrancarle algunos detalles nebulosos, algo sobre la Edad Media, cuando las escuelas mistéricas eran perseguidas por herejía. Si algún beato tropezaba con una, la Iglesia caía inexorablemente sobre sus miembros. Se imponía un período de expiación que empezaba con tortura y terminaba con la muerte (a menos que le pasaras una buena bolsa de oro al obispo local). Pero hasta la tortura física más extrema era insignificante comparada con el destino de tu alma. Por entonces, buscar a Dios fuera de la Iglesia era como pasear por el espacio exterior, solo que en lugar de abandonar el tirón de la gravedad, abandonabas todo lo que constituye una vida normal. Sin embargo, unas pocas personas se atrevían a dar el peligroso paso: místicos, inadaptados, librepensadores y unos pocos locos y espías. Ese era el desagradable esbozo del pasado que hacía Lilith.

—Entonces, ¿por qué debería participar? —preguntó Jimmy.

En su imaginación casi podía ver a esos perseguidos en una bodega o un granero de piedra abandonado, agazapados y temiendo que de un momento a otro la Inquisición llamara a la puerta.

—Porque te han elegido —repuso Lilith.

—¿A mí? Tonterías.

Pero en el fondo sabía que sus protestas sonaban endebles. Si una escuela mistérica necesitaba inadaptados o excéntricos, él cumplía los requisitos.

Jimmy era auxiliar de hospital. Él y Lilith llevaban un año de aliados, una relación extraña surgida de un inicio aún más extraño. Una adolescente, todavía no había cumplido dieciséis, fue llevada al hospital después de que un coche la atropellara cuando caminaba sola por el arcén de la autopista. Fue llevada a urgencias en coma; su tablilla ponía «Jane Doe», equivalente a «sin nombre», porque la chica no llevaba identificación.

Los daños cerebrales eran severos y como no recuperó la conciencia en las primeras veinticuatro horas, los médicos casi la desahuciaron. No acudió ningún familiar y después de la segunda semana la atención médica se redujo al mínimo, poco más que darle la vuelta para prevenir llagas y cambiarle el gota a gota.

Jimmy desconocía los detalles médicos. Solo sabía que una mujer mayor con traje chaqueta de mezclilla aparecía cada día en la UCI. Lilith, descubrió luego. Se presentaba en cuanto empezaba la hora de visita y se quedaba junto a la cama de la chica hasta que terminaba. Nadie más vino a verla.

A las tres semanas de esta vigilia, Jimmy se acercó a la mujer.

—¿Es su hija? —preguntó.

—Mi sobrina.

—Me alegro de que tenga a alguien. No pudieron localizar a sus padres.

Lilith le lanzó una mirada penetrante, como si estudiara una radiografía.

—Bueno, no es mi sobrina. Es una completa desconocida.

Jimmy se quedó desconcertado.

—Entonces no puede estar aquí.

—¿Por qué no? No estoy haciendo daño a nadie. Además, no tienes pinta de ir a denunciarme.

Eso era cierto. Pero ¿para qué necesitaba ella simular?

—Así nadie hará preguntas —fue su respuesta.

Lilith miró a la chica de la cama, que parecía dormida.

—Nunca despertará.

Jimmy parpadeó.

—Suena muy segura. Nadie lo sabe en realidad.

—No puedes decir eso a menos que los hayas conocido a todos, ¿no?

Lilith no desveló el motivo de su observación, y Jimmy no insistió. Eso no formaba parte de su naturaleza, pero sí los cuidados. Se aseguraba de visitar regularmente a la niña, que yacía inmóvil en su cama como un maniquí olvidado, mientras los pitidos de los monitores señalaban que el hilo de vida no se había roto. Si resultaba que Lilith estaba allí, ella lo saludaba con un asentimiento silencioso. Jimmy, que no había terminado el instituto y procedía de una familia inmigrante, era precavido en presencia de Lilith. Como el resto de su clan, los Nocera, se contentaba con recordar cuál era su sitio.

Entonces, un día, Lilith hizo una solicitud en forma de orden.

—Cuando termine tu turno, ven directamente aquí. No te entretengas. Se te necesita.

—¿Para qué? No soy médico.

—No necesitamos un médico. —Le lanzó una mirada severa, con la que él ya se había familiarizado.

Jimmy se sentía incómodo. No era dado a premoniciones, pero la situación le preocupaba. ¿Aquella mujer se proponía interferir? En ausencia de familia ¿desconectaría ella a la chica del soporte vital? Jimmy podría haberse escaqueado fácilmente. Terminó su turno y, ya con su ropa de calle, estaba a medio camino de la puerta cuando se volvió y se dirigió a la UCI.

Lilith estaba sentada al lado de la cama. Se llevó un dedo a los labios.

—No hables. Solo mira.

Jimmy estaba asustado, pero hizo lo que le pidieron. Se quedó detrás de la silla de Lilith; ninguno habló durante lo que se antojó una eternidad. De repente, la niña levantó la cabeza y abrió los ojos. Su mirada era vidriosa. «Dios mío», pensó Jimmy, repitiendo lo que decía su madre cuando se sentía necesitada de protección divina.

La niña comatosa no reparó en sus visitantes; solo lanzó un profundo suspiro antes de que su cabeza cayera en la almohada. Jimmy estaba seguro de que acababa de morir. Nunca había estado en una habitación de hospital en el momento exacto de la muerte. La experiencia le hizo estremecer. Se dio cuenta de que Lilith lo había previsto. Por eso le había ordenado que estuviera allí. Pero ¿cómo podía saberlo?

Antes de que pudiera preguntar, Lilith emitió un sonoro «chitón». De todos modos, era innecesario, porque Jim estaba paralizado. La chica muerta irradió una tenue aura en torno a su cabeza, un hermoso vapor luminoso. El brillo se alzó hacia el techo, separándose del cuerpo. Se convirtió en una forma azul blancuzca del tamaño de la chica, delineando vagamente una cabeza en un extremo y un pie al otro. Al cabo de un momento, se había ido. La forma brillante había desaparecido a través del techo, o se había evaporado de otro modo. Ocurrió demasiado deprisa para que Jimmy lo supiera.

—¿Qué acaba de ocurrir? —susurró.

—Bueno, lo has visto. Sabía que lo verías. —Lilith se levantó—. Pero si de verdad tu sitio es este, sabes lo que acaba de ocurrir.

Jimmy no entendió este último comentario, estaba demasiado desconcertado.

—¿Cómo sabía que iba a morir esta noche?

—Me dirigieron, y yo obedecí.

Lilith recogió sus cosas. Salió con rapidez de la habitación para eludir a las enfermeras de la UCI, que acudirían al ver la línea plana en los monitores.

Jimmy la siguió por el pasillo.

—¿Quién le dio órdenes?

—No fue un quién. —Lilith parecía impaciente, molesta de que él la siguiera—. No espero que lo comprendas.

Ella aceleró el paso, pero Jimmy se adelantó y le bloqueó el camino.

—Me ha metido en esto —protestó—. Merezco una explicación.

—«Merecer» es un poco fuerte —soltó ella.

No le gustaba que el gusano se retorciera, pero Jimmy se obstinó.

—Morir también es un poco fuerte, ¿no le parece?

Estaba sorprendido de su propia insistencia. De niño había aprendido a mantener la cabeza baja. Pasar desapercibido era la mejor defensa para un niño hispano larguirucho cuyos parientes no querían que les inspeccionaran los papeles.

No podía adivinar los pensamientos que discurrían por la cabeza de Lilith en ese momento. Los sucesos habían conducido a la escuela mistérica durante una década. Estaba acostumbrada a obedecer a su voz interior sin preguntar, y así era como había encontrado a Meg. La misma voz le dijo que visitara a la fugitiva anónima en coma. En cambio, en ese momento dudó, esperando alguna clase de señal. La raza humana podía probablemente dividirse en dos grupos, aquellos que comprendían lo que significaba esperar un mensaje del alma y aquellos que se burlarían ante la mera sugerencia. Lilith había pasado de un grupo al otro. Había tardado años, y no quería exponerse imprudentemente.

—Lo que has visto no es tan inusual —empezó.

—Entonces, ¿no es su primera vez?

—No. ¿La tuya? —Lilith le lanzó otra de sus miradas de rayos X.

Jimmy dio un paso atrás.

—Señora, no sé quién cree que soy.

—Eres alguien con posibilidades, solo que todavía no eres consciente de ello.

Su voz interior le dijo a Lilith que ya no había vuelta atrás. Empezó a desplegar la historia completa. Desde que había entrado en el hospital, la niña en coma no se había movido, pero su espíritu estaba agitado. Había sido sacudido gravemente por el accidente de coche. El coma le causó pánico, sabiendo que la muerte era inminente, y por eso llegó Lilith para allanar el camino. Sabía que tenía que establecer un camino de luz para que el espíritu lo siguiera, como una línea blanca en medio de la autopista.

Mientras escuchaba, la cara de Jimmy mantenía una expresión que Lilith no supo interpretar. ¿Todo eso era territorio extraño para él o tenía un don natural? Solo sabía que había sido elegido como testigo por alguna razón.

—Déjame pasar —dijo—. No hay nada más que pueda contarte.

—¿Entonces va a dejarme en vilo? —repuso Jimmy, insatisfecho.

—No. Mantén los ojos abiertos. Si ves algo como esto otra vez, yo lo sabré y volveré por ti.

Jimmy seguía desconcertado, pero se hizo a un lado.

Sospechaba que lo que había visto no era accidental. En el mundo de su abuela, un mundo lleno de velas para los muertos, altares a la Virgen en la carretera y santos pintados con colores brillantes que pasaban de madre a hija, rondaban los espíritus. De niño, no podía imaginar qué aspecto tenían, así que pensaba en ellos como fantasmas cubiertos por sábanas blancas.

Ahora ya no tenía que usar su imaginación. Pero necesitaba saber más. Pasó una semana. Lilith no regresó, así que Jimmy tomó la iniciativa. Nerviosamente, empezó a colarse en habitaciones de hospital donde había pacientes agonizando. Un auxiliar era demasiado insignificante para que los doctores se fijaran en él, demasiado inofensivo para que nadie se preocupara.

La muerte sigue su propio horario, y nunca ocurrió nada. Jimmy trató de quedarse fuera de una habitación durante una emergencia, pero en vano. Los pacientes volvían del borde de la muerte o resucitaban si habían pasado esa línea. ¿Y cómo podía explicar su presencia allí? Por desesperación fue a otro hospital, asegurando ser el primo de un desahuciado, pero su plan fracasó cuando aparecieron algunos familiares auténticos. Hubo gritos y dedos acusadores. Jimmy murmuró excusas en un inglés chapurreado y tuvo suerte de que no lo detuvieran.

Hasta entonces, su existencia había sido extrañamente contenida. Vivía solo, rodeado de imágenes de sus muchos sobrinos y sobrinas en un apartamento como una caja de zapatos, cerca de una ruidosa autopista de cuatro carriles. Su televisor era un viejo aparato portátil en blanco y negro y jamás tuvo microondas. La familia de Jimmy no podía comprender por qué nunca se había casado ni había regresado a su país, República Dominicana, para encontrar un buen partido entre las muchas chicas que habrían estado felices de tenerlo a él y un visado para Estados Unidos.

—Eso es para los de vuestra generación —diría—. Yo nací aquí.

A su espalda, la gente lo veía con compasión. Los sucesos de la infancia de Jimmy se habían desarrollado de formas desafortunadas, primero al dejar la escuela para ir a trabajar, una exigencia de su padre porque había seis niños menores que alimentar. Perdió contacto con todos los de su edad cuando consiguió trabajo de camillero, donde hacía tantas horas extra que llegaba a casa exhausto y se quedaba dormido viendo telenovelas y fútbol brasileño. Ver a un espíritu partiendo de un cuerpo perturbó su extraña contención. Por alguna razón, también le dio renovadas esperanzas.

No obstante, al pasar las semanas sin un segundo avistamiento, su asombro ante lo que había visto empezó a languidecer. Lilith no estableció ningún contacto. El humor de Jimmy se ensombreció. Tratando de atrapar el momento de la muerte de alguien empezó a sentirse siniestro. Entonces, una noche, tras apagar la televisión en su salita, recordó las palabras exactas de Lilith cuando lo había convocado: «Ven aquí directamente. No te entretengas. Se te necesita.»

Eso le dio una pista. Sin saber por qué, envió un mensaje a Dios: «Hazme saber cuándo se me necesita.»

Si no hubiera estado tan agotado, esta plegaria habría inquietado a Jimmy. Se parecía demasiado a cháchara de parroquia y a la humildad del sacerdocio. No quería nada de eso;

las numerosas reprimendas de su madre no lo habían llevado a la iglesia, salvo cuando sus sobrinas, a las que quería con locura, tuvieron que hacer su primera comunión con sus vestidos de satén blanco.

Al llegar al trabajo a la mañana siguiente, no recibió ninguna señal de que fuera a ocurrir nada inusual. Su ruego devoto de la noche anterior no despertó ninguna magia. En la pausa del almuerzo compró un ramo de claveles blancos y los llevó arriba, a la sala infantil. En una cama había una niña de diez años, muy delgada y debilitada. Jimmy había oído a su familia hablando en español en voz baja; sentía un vínculo.

Desde el umbral vio que estaba dormida. Lo prefería así; eso pensó al colocar los claveles en la mesita al lado de la cama.

—¡No toques eso!

Jimmy se volvió. Uno de los médicos residentes había entrado; parecía muy enfadado.

—¿Qué estás haciendo aquí?

—Limpiando —balbuceó Jimmy.

—No veo materiales de limpieza. Estabas trasteando al lado de la paciente. ¿La has tocado?

Jimmy estaba demasiado anonadado para negarlo. El residente era pelirrojo y la cara se le había puesto bermeja. Señalando la placa de identidad que Jimmy llevaba en su camisa, dijo:

—Dame tu tarjeta. Que seguridad se encargue de esto.

Jimmy se sacó la identificación de su uniforme verde y se la entregó. Se sentía condenado. ¿No le había advertido su abuela? «Querido mío, escúchame. Lo que te da más miedo siempre se hace realidad.»

Pero el residente pelirrojo no llegó a coger la tarjeta de Jimmy. Antes de que pudiera hacerlo, una expresión extraña apareció en su rostro. De repente, se llevó la mano al pecho.

Graznó con voz ronca y se derrumbó en el suelo con la pesadez de un saco de harina. Una enfermera que pasaba por allí se alarmó; le dijo a Jimmy que se marchara y corrió al puesto de enfermeras.

Jimmy no se marchó, sino que se arrodilló al lado del hombre caído, levantándole la cabeza para ayudarlo a respirar. El residente tenía los ojos abiertos y había un brillo de conciencia en ellos. Borboteaba saliva por la boca. El aire en la sala parecía muy quieto. Un instante antes de que apareciera el carrito de reanimación cardíaca, los ojos del residente estaban muertos y Jimmy sintió un ligero movimiento cerca. No hubo ningún brillo como en la otra ocasión, solo la leve sensación de que una brisa invisible había pasado junto a la mejilla de Jimmy.

«También puede ocurrir de esta manera», pensó.

El equipo de reanimación apartó a Jimmy a un lado. A diferencia de los demás, que se apresuraban con ansiedad, Jimmy sentía un calmado distanciamiento. La niña de la cama no se había despertado, asombrosamente.

Jimmy salió de la habitación. Lilith estaba esperándolo al final del pasillo.

—Ha mantenido su palabra —dijo él.

Ella esbozó una sonrisa austera.

—Bienvenido a Dios sabe qué.

A partir de entonces se hicieron aliados. Lilith empezó a hablarle del grupo al que pertenecería, la escuela mistérica. Ella había estado esperando diez años, y lo mismo una mujer llamada Meg, aunque su nombre solo surgió una vez. Jimmy estaba desconcertado con la mayor parte de las cosas que le contaba Lilith.

—Es mejor no hacer demasiadas preguntas —le aconsejó—. Un misterio no es algo que descubres. Es algo en lo que desapareces.

—¿Como un barco que desaparece en la niebla? —preguntó Jimmy.

—Exactamente.

Así pues, no fue una sorpresa completa que ella le pidiera que siguiera a Galen. Significaba que todo estaba llegando a un final.

—Estás nerviosa, me doy cuenta —dijo Jimmy.

—No lo fastidies —repuso ella.

Media hora más tarde, Galen dejó de roncar y emitió un gemido bajo. Sus ojos se abrieron para adaptarse a la penumbra de la habitación. Jimmy encendió una lámpara.

Galen ahogó un grito.

—¡Tú! Tú me has atizado.

—No; te desmayaste y yo te entré en la casa. —Se abrió la chaqueta como un sospechoso al ser cacheado—. No llevo arma, ¿ves? —Se preparó para otro arrebato, pero no se produjo.

En cambio, Galen lanzó un suspiro de resignación.

—Coge lo que quieras. No me importa. Solo déjame solo.

—Me temo que te equivocas en todo.

Jimmy se levantó y se acercó al sofá cama. Del bolsillo de la chaqueta sacó una hoja doblada. Era una acuarela que Lilith le había dicho que le llevara.

Galen malinterpretó la razón por la que Jimmy estaba encima de él.

—No me pegues —rogó débilmente.

—Nadie va a pegarte.

Jimmy desdobló la pintura y la sostuvo a la luz para que Galen le echara un buen vistazo.

—¿La reconoces? —preguntó.

La acuarela era de una capilla dorada de cuatro campanarios situada en un prado de flores.

Galen no tenía respuesta. Prorrumpió en lágrimas y agachó la cabeza, avergonzado.

11

Lilith no solía dudar de sí misma, y si hubiera dependido de ella, la escuela mistérica ya estaría al completo. Siguiendo sus instrucciones, Jimmy había conseguido un lugar de encuentro en el hospital donde trabajaba. Cuando se lo mostró a Lilith, ella no ocultó su decepción. Era una sala de reuniones aséptica y sin ventilar. No tenía ventanas, solo una mesa larga con sillas plegables alrededor y una iluminación cruda de fluorescentes.

—No es exactamente un palacio —dijo.

—Pero tampoco una cámara de tortura —observó Jimmy.

—Cierto. Ya hubo demasiadas de esas.

Meg había puesto dos semanas como fecha límite, lo cual solo les dejaba tres días. El gran interrogante era Galen. Todos los demás habían sido atraídos, gracias a Lilith y la orientación de Meg en las etapas complicadas.

—Deja Galen a otro —le dijo Meg.

Se comunicaban por teléfono dos veces al día. Por razones conocidas solo por ella, Meg no quería reunirse en persona. Prefería ser la araña invisible sentada fuera del campo de visión, apartada de la red.

—Puedo ocuparme de él —insistió Lilith.

—No, no puedes. Es un caso delicado. Un paso en falso y lo perderemos.

Así pues, cuando Jimmy llamó con la noticia de que Galen se había desmayado, Lilith se preocupó. Eso había sido dos horas antes y todavía no había recibido más noticias. Decidió acercarse ella misma y se estaba poniendo el abrigo cuando sonó el teléfono.

—¿Jimmy? ¿Lo tenemos?

Pero no era Jimmy, sino Meg.

—Suenas ansiosa. ¿Qué está pasando?

—Estaba a punto de ir a averiguarlo.

—No. —Hizo una breve pausa—. Prepáralo todo. Actúa como si las piezas fueran a encajar.

Si se trataba de una declaración de fe, Lilith no lo captó.

—Lo arriesgaremos todo si nos quedamos de manos cruzadas.

—Está bien.

—¿Cómo puedes decir eso?

Otra pausa.

—Siempre nos están poniendo a prueba. Para mí fue difícil volver después de todo este tiempo. Eso lo sabes. Fue todavía más difícil separarme del sagrario.

No había más que decir y la llamada terminó. Pero Lilith no podía dejarlo correr. La frustración la estaba matando. Faltaban tres días para el objetivo, y la escuela mistérica podía fracasar incluso antes de fundarse. Deberían haberla puesto al mando y no degradarla a cumplir las órdenes de Meg. ¿Acaso la escuela mistérica no había nacido de su sueño? El sueño ambientado en los años de la peste en que Lilith vio seis cadáveres y el sagrario dorado.

Pero fue Meg quien renunció a su vida. Al principio rechazó la idea de hacerse monja. Lilith fue despedida con un rechazo frontal. Luego, dos días más tarde, Meg empezó a presentar síntomas de una extraña enfermedad cardíaca. Al principio se manifestó como un leve dolor muscular en el centro del pecho. Se aplicó hielo, luego una bolsa de agua caliente. Pero el dolor solo se acrecentó. Meg no se atrevía a ir a un médico después de todo lo que había ocurrido. Debe de ser otro castigo, se dijo.

Cada noche se iba a acostar con imágenes de un corazón sangrante en su cabeza, visiones crueles que la devolvían a su infancia. Cuando tenía siete años, las monjas de la escuela dieron a cada niña una imagen del corazón de Jesús. Meg estaba atónita. ¿Por qué Jesús tenía el corazón fuera del cuerpo? ¿Por qué llevaba una corona de espinas y, por encima de todo, por qué goteaba sangre? La mera visión la hizo correr a la cabina de un cuarto de baño a esconderse. Su maestra, la hermana Evangeline, la encontró y le preguntó qué le pasaba.

—Jesús necesita una operación —dijo Meg.

—Es una cosa bonita —la corrigió la hermana—. Si amas a Jesús, amas su Sagrado Corazón.

Quizá Meg no era sugestionable, como la gente que es inmune a ser hipnotizada. No creía que un corazón metido en un círculo con una corona de espinas pudiera ser hermoso. La sangre que goteaba siempre sería horrible. Pero a los siete años ya había aprendido a no decir esas cosas en voz alta.

Al cabo de unos días, el dolor en el pecho se hizo tan severo que empezó a desear que regresaran los estigmas. Los puntos de sangre en sus manos solo le habían causado un dolor sordo. Algunos días se sentía celosa de Lilith y su visión de una capilla dorada; sonaba mucho más bonito, más como algo que enviaría un Dios de amor. Otros días, contemplaba todo el asunto como un episodio de locura del que tenía que escapar. Pero solo parecía haber una salida, una ruta que era la que más temía: convertirse en una fanática religiosa.

Cuando el dolor se volvió intolerable, acuchillando el corazón de Meg como clavos, Lilith apareció en el sendero con su traje chaqueta almidonado y las manos cruzadas sobre el bolso. Así porque sí, sin previo aviso.

No se sentaron, como antes, en el comedor. Meg apenas había superado la jornada laboral con grandes dosis de aspirina y traguitos de vodka de una petaca escondida en su escritorio. Se derrumbó en el sofá del salón mientras Lilith hablaba.

Ella no mostró ningún interés en su sufrimiento.

—Estás obsesionada con una idea, que lo que está pasando es una maldición. Pero te dije que no lo era.

—Entonces, ¿qué es? ¿Una prueba, una penitencia?

Lilith negó con la cabeza.

—Es un mensaje.

—¿Qué me dice?

—Que es mejor sufrir en tu camino que ser feliz sin ningún camino.

Meg se irguió de golpe a pesar del dolor.

—¡Eso es horrible! —exclamó—. ¿Un Dios de amor quiere que sufra? ¿Por qué? ¿Porque soy una pecadora? No, gracias. He oído todo eso antes.

—No puedo leer la mente de Dios —repuso Lilith—. Lo que sí sé es que tienes un camino, una vez que te sometas a él.

—Odio esa palabra, «someterse» —murmuró Meg.

—No te culpo. Pero hay algo detrás del dolor. Solo has de llegar allí, aunque yo no puedo ayudarte. Nadie puede.

Ambos se quedaron en silencio, preguntándose si alguna vez salvarían la distancia que las separaba. Lilith, por más terca que fuera, no iba a vencer a Meg por cansancio. Si el dolor no podía hacerlo, ¿cómo iba a poder ella?

—Vete —dijo Meg con voz exhausta.

Lilith no se movió y Meg rio amargamente.

—¿Por qué estás tan interesada en mí? No es normal.

—Yo tengo mi propio camino. Recibo mensajes que no puedo desoír. No eres la única.

Siguió otro silencio. Habían llegado a un callejón sin salida. Lilith se recompuso y se levantó.

—Si me voy ahora, no volveré.

Meg vaciló. La perspectiva de que Lilith se marchara para siempre de repente parecía amenazadora.

Pero Lilith no esperó a que ella se decidiera.

—De una forma u otra —dijo—, Dios nos encuentra donde estamos, y luego nos lleva adonde hemos de estar.

Se acercó a la repisa, donde había un par de candelabros de bronce. Dibujando una línea imaginaria entre ellos, dijo:

—Vas de A a B. Lo haces cada día, no importa cuántos días tardes. Pones toda tu fe en el camino que Dios te presenta. Es sencillo.

El resentimiento de Meg hirvió.

—¡No es sencillo! No cuando tienes un millar de pequeños cuchillos clavándosete en el corazón. —Se derrumbó en el sofá y se echó a llorar.

Eso suavizó a Lilith.

—No nos abandones. No me abandones.

Meg soltó una respiración entrecortada, tratando de recuperar el control.

—Te llevarás bien conmigo. Las dos lo sabemos. —Lilith sacudió la cabeza—. Ya te dije que sin ti todo se derrumbará.

Meg empezó a gemir, cogiéndose la cara entre las manos.

—¡No es justo!

—Solo puedes saber eso si ves lo que Dios no puede ver. —La rigidez de Lilith había retornado, pero no con severidad—. Lamento que tu camino sea tan doloroso, pero sin ti el resto de nosotros regresaremos a la oscuridad.

Meg estaba sin habla. Todo el asunto sonaba absurdo. La inundó una sensación de impotencia y recordó cómo había empezado todo, con un hombre caminando hacia su crucifixión. La sensación de impotencia del hombre empequeñecía cualquier cosa que ella hubiera experimentado nunca.

A partir de ese momento, todo se había extendido como ondas desde una piedra arrojada en un estanque. Como hace la mayoría de la gente, ella había aceptado los pequeños atisbos de sentido que recibió. Todas las grandes palabras —amor, esperanza, compasión, gracia— se minimizaban, situadas en minúsculos compartimentos como píldoras en un pastillero. Un compartimento era para las pocas personas a las que realmente quería y que la querían a su vez. Otro contenía sus esperanzas, que siempre habían sido modestas. Algunos compartimentos, como los que contenían la compasión y la fe, apenas los había mirado. Pero no había ningún compartimento para la gracia. Tal vez por eso se sentía tan asustada.

—No puedes depender de mí —gimió—. Estoy más perdida que nadie.

Percibiendo la desesperación de Meg, Lilith se hizo más ferviente.

—Hay otra vida, una en la que apenas has soñado. La has estado posponiendo cada día de tu existencia. Está tan cerca como tu siguiente inspiración, pero todavía no la ves. Cuando lo hagas, nos guiarás a los demás.

—Los demás no existen. La única a la que conozco eres tú.

—Los otros serán como yo.

Meg forzó una risita.

—Espero que eso no sea una promesa.

Dejó que Lilith se quedara hasta que recuperó el control. No se había llegado a ningún acuerdo, pero Meg dejó de luchar con tanta fuerza, y sus dolores de pecho remitieron.

Continuó yendo a trabajar. Todavía veía a sus padres cada domingo a la hora de comer. Todavía llevaba el deslumbrante tono de pintalabios borgoña y escuchaba a sus sobrinas hablar de sus novios. Sin embargo, ni una sola vez dijo nada sobre lo que le había ocurrido. En lo que a su familia respectaba, era la misma Meg de siempre. Y esa fue la razón por la cual su decisión de entrar en el convento a los cuarenta años pilló a todos por sorpresa.

—No puedes —protestó su hermana mandona, Nancy Ann—. Conozco un terapeuta.

—No la intimides —dijo Clare, su hermana compasiva. Pero estaba igual de preocupada que el resto de la familia.

Meg se negó a explicarse. El punto de inflexión lo había marcado Lilith, quien dijo:

—Has de estar separada de todos un tiempo. Has de madurar.

—No soy una banana —bromeó Meg, pero sabía lo que quería decir Lilith.

Lilith lo dijo de todos modos.

—Tu alma está preparada, pero tú no lo estás. Hay una discordancia, que es probablemente la razón por la que has estado sufriendo mucho dolor. Tu cuerpo sigue protestando.

Meg no podía negarlo. El dolor en su corazón, aunque mitigado, seguía recordándole su dilema.

—Aléjate. Cúrate —la instó Lilith—. Y cuando lo hagas, estaremos esperándote. Todos nosotros.

Nadie sospechaba que cuando Meg se hiciera monja, habría diez años de silencio entre ellos. Lilith la visitó unas pocas veces al principio, esperando en la verja de bronce que separaba a las hermanas del mundo. Meg nunca apareció. A la tercera visita, le envió una nota: «El paciente sigue en cuidados intensivos.»

La monja que entregó la nota no sabía qué significaba aquellas palabras.

—¿Meg está bien? —quiso saber Lilith.

La monja le ofreció una sonrisa almidonada.

—La hermana Margaret Thomas pertenece a Dios. No cabe duda de que está bien.

Lilith casi se estremeció. Le habían devuelto lo mismo que ella le había dicho una vez a Meg. Hacía años que había dejado de visitarla y simplemente esperó. En una tarde como otra cualquiera, Lilith estaba echando una siesta cuando sonó el teléfono. Respondió con reticencia, temiendo que alguna de sus hijas tuviera algún problema.

—¿Sí?

Soñolienta, oyó una voz familiar al otro lado. Lo primero que dijo esa voz borró diez años en un instante:

—¿Todos me habéis esperado?

Lilith se despertó en el acto.

—Sí.

—Entonces es el momento.

12

Cuando Jimmy sostuvo la acuarela del sagrario dorado, sabía que todo dependía de ello. Era su as en la manga si fallaban las demás formas de persuasión. Pero le impactó la reacción sollozante de Galen.

—No te ofendas —dijo. Sería un desastre si Galen se escabullía lejos de su alcance.

—¡Ladrón! —gritó Galen, cerrando los puños.

La acusación era cierta. Por órdenes de Lilith, Jimmy había robado la pintura de una habitación del hospital. Se sentía culpable, pero ya no había otra salida que seguir adelante.

—Sé que tu mujer la pintó —dijo vacilante—. Ahora te la devuelvo.

Galen levantó la cabeza, limpiándose las mejillas húmedas con la manga de la camisa.

—¿Crees que eso lo arregla?

—No, pero necesitaba que reconocieras la pintura. Es importante.

Galen tuvo un destello de reconocimiento.

—Te he visto antes, en su habitación de hospital.

Jimmy asintió, conteniendo la respiración. Pasara lo que pasara, no podía dejar que Galen lo echara de la casa.

—¿Así que me estás acosando? —dijo Galen con amargura.

—Más o menos, pero es por una buena causa.

Esto provocó una breve risa. Al menos, Galen había dejado de llorar. Toda la situación era grotesca, incluida la parte que él había representado. Jimmy levantó la acuarela otra vez, pero Galen no podía mirarla. Le traía recuerdos de Iris, cáncer y muerte.

Había caminado como sonámbulo a través de los sucesos terribles a medida que se desarrollaban. Iris mostró una sorprendente falta de resistencia para ir a un neurólogo por sus dolores de cabeza. Ella había ocultado a Galen lo severos que eran esos dolores, igual que él le había ocultado el ominoso mensaje de correo que le había enviado su padre. Se realizó un escáner cerebral y el doctor describió lo que mostraba.

—¿Ve esta sombra aquí? Es lo que llamamos una lesión en el córtex prefrontal.

—¿Un tumor? —dijo Galen estúpidamente.

Sentada a su lado, Iris se mantuvo en silencio, agarrándole la mano con fuerza entre las suyas.

El doctor asintió.

—Lo lamento. Debo decirle que es agresivo, y probablemente apareció muy de repente, quizás hace cuatro o cinco meses.

Justo cuando se me acercó en el museo, pensó Galen con tristeza.

Hizo un gesto de dolor. Las uñas de Iris se estaban clavando en sus palmas como agujas.

—Debería haber habido signos tempranos —continuó el doctor—. Una persona callada podría de repente volverse muy comunicativa y emotiva. —Señaló la imagen iluminada en la pared detrás de él—. La lesión está en el lado derecho, justo aquí. Los efectos pueden ser muy misteriosos. En muy raros casos, aparecen de repente habilidades musicales o una manía por la pintura que no había existido antes.

Iris no sollozó, pero las lágrimas empezaron a resbalar por sus mejillas. Bajó la cabeza como si estuviera avergonzada.

—¿Puede lograr una mejoría? —preguntó Galen, con el rostro lívido.

No hubo ninguna promesa. A continuación vino la cirugía, luego radiación. Los padres de Iris regresaron y su humor había cambiado. De repente, miraban a Galen como un intruso, un desconocido que se había aprovechado de la enfermedad de su niña. El doctor Winstone llegó a acusarle de ocultar los síntomas de Iris.

Galen sufrió todo el proceso de la forma más aturdida posible. Iris se trasladó a la habitación libre para dormir. Apenas hablaban, y cuando lo hacían, Iris tenía que esforzarse para mostrar a Galen algún gesto de afecto. Él se compadecía de ambos, como si un mago malicioso los hubiera engañado con sus ilusiones y ahora el hechizo se hubiera roto.

Una mañana, ella no se presentó a desayunar. Galen fue a su habitación, pero estaba vacía. Levantó el teléfono para llamar a emergencias al mismo tiempo que miraba por la ventana. Débil como estaba, su mujer había apilado sus pinturas en el patio de atrás y las estaba prendiendo fuego. Galen salió corriendo y, pese a las protestas de ella, rescató los lienzos que todavía no se habían quemado.

—Hemos de salvarlos. Olvida al doctor. Eres una artista genial.

Iris soltó una risa ahogada.

—Solo estoy enferma. El arte era mi aflicción.

Dos semanas más tarde, Iris murió en el hospital de enfermos terminales. Un auxiliar hizo su cama vacía mientras Galen buscaba en la mesita las cosas de Iris. El auxiliar parecía estar observándolo.

—¿Le importa? Soy el marido —dijo Galen con brusquedad.

El hombre asintió y se marchó. Ahora Galen sabía que era Jimmy.

Los padres de Iris no pudieron impedir que Galen asistiera al funeral, pero él permaneció en la periferia, como una presencia silenciosa e incidental. Cuando echaron sobre el ataúd la primera palada de tierra, la voz burlona en la cabeza de Galen dijo con satisfacción: «La comedia ha terminado.» Galen quería agredir a alguien o destrozar algo por la broma cruel que el destino le había jugado. Como un brote en un campo reseco, empezó a formarse en su cabeza entumecida un plan para vengar esa terrible injusticia.

Se apretó la cabeza con fuerza entre sus manos, como para aplastar esos recuerdos.

Jimmy trató de decir algo que pudiera convencerlo.

—Esta pintura es muy significativa. ¿Te gustaría saber por qué?

—Claro que no. —Agotado como estaba, Galen todavía podía enfadarse.

Jimmy insistió de todos modos.

—Muestra un objeto precioso, una reliquia sagrada. Tu mujer tuvo que verla en una visión. Tú eres nuestro vínculo con ella.

Galen lo observó con desdén.

—Sean lo que sean las pamplinas que dices, te has equivocado de sitio. No tengo dinero. Solo quiero... —No supo cómo terminar la idea.

—¿Solo quieres enroscarte en una madeja de sufrimiento? No puedo dejarte hacer eso, y no tienes que hacerlo. Eres prisionero dentro de ti mismo. Iris lo vio. Por eso se sintió atraída hacia ti. También por eso me enviaron a mí aquí.

La extraña respuesta de Jimmy obligó a Galen a mirarlo

con más atención. La sonrisa que mostraba, que Galen inicialmente había despreciado, parecía diferente ahora.

—No necesito tu compasión —espetó.

—Claro, primero está tu autocompasión.

Galen estuvo a punto de soltar un improperio, como su madre los llamaba cuando él era niño, pero Jimmy hizo un movimiento. Levantándose, dio dos pasos hacia Galen, que no tuvo tiempo para encogerse en un movimiento defensivo. A continuación, Jimmy lo estaba levantando por las axilas como una madre levanta a un niño de dos años con una rabieta.

—Bien, ya estás de pie. Ahora echa otro vistazo. Si no sabes nada de esta pintura, te dejaré en paz. Aunque no vas a encontrar ninguna paz.

¿Esa última parte era una pulla? Galen se sentía incómodo.

—Por favor, deja de mostrarte asustado —rogó Jimmy—. Te estoy trayendo esperanza.

A Galen lo habían puesto en pie demasiado deprisa. Se estaba quedando sin sangre en la cabeza; se sentía mareado. Se apretó los ojos cerrados y se propuso no desmayarse dos veces el mismo día.

—Podemos hablar —susurró—. Solo déjame sentar otra vez, por favor.

Jimmy retrocedió y Galen se arrellanó en el sofá, poniendo la cabeza entre las rodillas. Al cabo de un momento, el mareo se le pasó.

—Cuéntame lo que recuerdes —pidió Jimmy.

Galen parecía desconcertado.

—Nada importante. Lo que ella pintó era solo un síntoma de que estaba enferma.

Jimmy negó con la cabeza.

—Estar enferma solo era una pequeña parte de eso. Cuando alguien está muriendo, una parte de la persona busca la verdad. Al pasar por la puerta a otro mundo, mira atrás por encima del hombro para darnos un atisbo de la verdad.

Galen se sentía impotente para discutir.

—Como quieras. Pareces sincero. Pero fui yo el que recibió la patada en los dientes cuando ella murió.

—Tienes razón. Lo siento. Tú no pediste nada de esto.

Galen le cogió la pintura con un suspiro, intentando evocar la escena, semanas antes de la muerte de Iris. No había tenido mucho tiempo para visitarla en el hospital. La tensión entre ellos era una de las razones. Otra era que se había volcado en su trabajo con ferocidad. Pasaba los días en la biblioteca de investigación con pilas de revistas delante de él. Escribió dos borradores de artículos en el ordenador, quedándose hasta altas horas de la noche, demasiado agotado y distraído para afrontar la realidad.

Galen empezó a fumar y tomaba un chupito de whisky al atardecer, la hora preferida por el demonio de la depresión. Lentamente, empezó a sentir un cambio interior. Se estaba separando de Iris y todo lo que ella había sido para él. Era como estar de pie en la puerta de atrás de un tren cuando este empieza a alejarse de la estación. En poco tiempo, las luces de la estación se van perdiendo en una tenue penumbra, y luego nada.

De todos modos, su plan de fuga no era perfecto. La culpa lo hacía pasarse por el hospital, normalmente a última hora de la tarde, con su llegada sincronizada con la cena de Iris, de manera que podía excusarse al cabo de unos minutos. En esas fechas, Iris todavía comía un poco, pero el cáncer la debilitaba de manera implacable, chupándole hasta el último gramo de energía. Galen se sentía aliviado cuando la encontraba durmiendo, que era a menudo.

Sin embargo, una tarde ella estaba completamente despierta. La cama estaba levantada al máximo, e Iris llevaba el cabello cuidadosamente peinado hacia atrás y sujeto con horquillas, con unos pocos mechones sueltos enmarcando su cara pálida. Galen trató de sonreír, pero ella se había puesto una gota de su perfume favorito y el aroma lo hizo sentirse mareado.

—Tienes buen aspecto —murmuró evasivamente.

—¿Sí? Me aseguré de no traerme un espejo de casa.

La voz de Iris era clara y sus ojos brillaban. Galen apartó la mirada. Los ojos le habían brillado así cuando estaba en plena manía de pintar.

—Por favor, no me tengas miedo —susurró ella.

La mano de él se movió instintivamente hacia los cigarrillos que llevaba en el bolsillo de la chaqueta, hasta que recordó dónde estaba. Antes de que su madre muriera, ella había hecho un hechizo de la verdad. Lo tuvo cautivo junto a su cama expiando sus errores, tratando de compensarlos. «Si hemos de decir la verdad —quería decirle él—, estoy aburrido y harto. Come gelatina, mira la tele. No podemos cambiar el pasado.» Claro que Galen nunca pronunció esas palabras, sino que esperó como un hijo paciente.

Pero no iba a volver a jugar al mismo juego dos veces.

—El doctor quiere que descanses —murmuró—. Debería irme.

—En un momento —dijo Iris, sin ofenderse por su brusquedad. Hizo un gesto hacia la mesita metálica, que estaba justo fuera de su alcance—. ¿Puedes abrir ese cajón, por favor? Quiero enseñarte algo.

Galen lo abrió y sacó una hoja de grano fino y bordes irregulares.

—No sabía que habías traído material —dijo.

—Encontré una enfermera amable. Me trajo algo de papel y colores. Tú no cogías el teléfono.

—Podrías haber esperado —se quejó Galen.

Ella leyó la culpa en su cara.

—No quería que te sintieras mal viendo otra vez todo el

material de pintura. Y tenía prisa. Sentía un deseo irrefrenable de pintar esto. Imagínatelo, después de que intentara quemarlo todo.

Iris cogió el papel de sus manos y le dio la vuelta, exponiendo la imagen que permanecía oculta a las miradas en el cajón.

—Quería que fueras el primero en verla.

Iris no estaba siendo cruel. Galen lo sabía, pero empezaba a dolerle el corazón. Miró estúpidamente la pintura. Mostraba una iglesia con campanarios en un prado. Un brillo dorado envolvía el templo. Galen torció el gesto. La cuestión religiosa otra vez. Su enfermedad no estaba mostrando clemencia.

—No tiene que gustarte —dijo Iris con voz compasiva—. Ni siquiera tienes que conservarla. Pero en cierto modo es sobre ti. —Viendo que él arrugaba el ceño, ella se dio prisa—. La imagen me vino en un sueño. Yo estaba feliz en ese sueño, por una vez. Dormir normalmente es un agujero negro.

Iris se detuvo. Galen no mostró ninguna reacción. Contra su voluntad, había sido arrastrado otra vez a una partida de decir la verdad en el lecho de muerte.

Iris trató de mantener su buen humor, aunque se estaba filtrando un tinte de derrota.

—Esto no es algo que pueda explicarte o con lo que pueda ayudarte, Galen. Yo misma no lo entiendo. Lo único que sé por el sueño es que este es tu lugar. —Señaló la iglesia y a continuación su mano cayó.

Había agotado su energía; su cuerpo cedió y la enfermedad la reclamó. Se puso lívida. Gris y con los ojos vacíos, con la cabeza apoyada en la almohada. La transformación fue asombrosamente rápida.

Galen no pudo sentir compasión. Estaba demasiado enfadado por lo que ella había dicho: «Este es tu lugar.» Esas palabras le dieron ganas de arrancarle la pintura de sus manos flácidas y rasgarla por la mitad. En cambio, se dio la vuelta y se marchó. El dolor en su corazón había adquirido el peso frío de una piedra.

Ahora, en su sala de estar, Galen hizo un gesto fútil.

—Es todo lo que sé.

—Entiendo. Duele volver atrás —dijo Jimmy.

Galen estalló.

—Vete a la mierda.

Jimmy suspiró.

—Así no iremos a ninguna parte.

Sacando su móvil, caminó hasta la cocina vecina. Galen oyó una conversación en murmullos.

—Entendemos por qué te estás resistiendo a todo esto —dijo Jimmy cuando regresó—. Es demasiado para asimilarlo, y estás agotado. Pero nos has mostrado qué hacer.

—¿Yo?

—«Este es tu lugar.» Si ese es el mensaje, una señal (como quieras llamarlo), vamos a confiar en eso. —Señaló la pintura—. Lo que vio tu mujer es real, un don de Dios, y ahora está en las manos correctas. Espero que puedas verlo. Mucha gente depende de ti.

—No me importa. Dios es una mentira, un enorme fraude criminal. Si alguien quiere algo de mí, diles eso. —La voz de Galen se apagó. No quería pensar en su venganza fallida.

—¿Y si lo descubres de una vez por todas? —preguntó Jimmy.

—¿Descubrir qué?

—Si Iris vio algo real. Si Dios es real. Es tu oportunidad de descubrirlo.

—Estás loco.

Pero la protesta de Galen no fue tan enfadada como antes. Había percibido compasión en la voz de Jimmy.

—Solo estoy actuando por la fe —dijo Jimmy—. Pero hay gente en la que confío, de la misma forma que te pido que confíes en mí. Dicen que cualquiera que establece contacto con este objeto nunca vuelve a ser el mismo.

Galen estaba preparado con un torrente de protestas, pero Jimmy no le dio la oportunidad de lanzarlas.

—Aquí. —Escribió el número de la sala de reuniones en el dorso de la pintura—. Nos reuniremos en el hospital. Ya sabes dónde está. La sala está en el sótano.

Galen miró con recelo lo que Jimmy había escrito.

—¿Me pagarán?

—Eso no depende de mí. Solo soy el mensajero. —Jimmy no lo reprendió por alegar motivos egoístas. Se dio cuenta de que Galen tenía que defenderse—. Solo piénsalo. Ahora me voy.

Sin decir más, Jimmy salió, cerrando la puerta tras de sí. Hizo una pausa en el pórtico para mirar al cielo. Estaba nevando, y por la mañana sus huellas se habrían borrado, como si nunca hubiera estado allí. Se dirigió al taxi. La noticia no complacería a Lilith; pero fue idea suya, cuando Jimmy la telefoneó desde la cocina, que apelara a la curiosidad de Galen. Jimmy estaba a punto de informar de nuevo cuando sonó su teléfono.

—Creo que ha escuchado. —Era una voz de mujer, pero no de Lilith.

—¿Quién es?

—No nos conocemos, pero lo haremos pronto. Soy Meg.

—No conozco a ninguna Meg.

—No importa. Solo quería darte las gracias.

—¿En serio? ¿Cómo sabe de esto?

—No es fácil de explicar, pero trataré de hacerlo cuando nos veamos.

Antes de que pudiera plantear otra pregunta, la línea quedó muerta. Jimmy limpió los copos de nieve del parabrisas del lado del conductor con el guante. Subió al taxi, sin mirar por encima del hombro. De alguna manera, estaba convencido de que Galen había salido a la ventana y estaba mirando para asegurarse de que realmente se marchaba.

Jimmy trató de no sentirse descorazonado. Probablemente había desvelado más de lo que debería. Lilith le había advertido que proteger el misterio del sagrario dorado era la primera prioridad del grupo. Galen podría presentarse con los demás solo para husmear. Podría pedir dinero. Ocurriera lo que ocurriese, era el momento de irse. Había una fuerza invisible en juego. Si un escéptico desdichado estaba destinado a unirse, el destino encontraría un camino.

El taxi dejó huellas en la fina capa de nieve nueva al alejarse acelerando. Galen esperó en la ventana hasta que dobló la esquina y se perdió de vista. Ver marcharse al intruso fue un alivio, pero no suficiente para eliminar la tensión en su cuerpo. Arrugó la acuarela de Iris en una bola y la lanzó a la papelera bajo el fregadero; luego se metió en la ducha.

No había razón para confiar en aquel intruso. ¿De qué había servido hablar con él salvo para remover recuerdos dolorosos y jugar con las emociones de Galen? De pronto se quedó solo con dudas inquietantes. Iris creía en su visión. El intruso tenía razón en eso: quería enviar a Galen un mensaje insoslayable.

Abrió el agua caliente y se quedó bajo el chorro humeante hasta que se le formaron manchas rojas en los hombros. Quemaba, pero sus músculos empezaron a relajarse. Después, antes de irse a la cama, bebió tres cervezas y navegó aleatoriamente por internet para distraerse. Pronto no pudo hacer nada más que hundirse en un sueño aturdidor.

No sabía por qué, pero por la mañana siguiente rescató la acuarela de la basura y la desplegó en la encimera de la cocina. Aun sabía menos por qué tres días después, el sábado, cogió su coche y se dirigió al hospital y al número de sala que Jimmy había garabateado en el dorso de la pintura. El corazón de Galen latía aceleradamente al acercarse a su destino.

«¿Qué estoy haciendo?», pensó. La duda, siempre su posición de partida, empezó a tirar de él. Pero intervino otra fuerza. «Vas al lugar al que perteneces», dijo.

Aquello no tenía sentido. Galen casi se dio la vuelta, pero había llegado muy lejos. Además, en lo único en que podía pensar era en Iris, el amor que ella había profesado a un alma perdida, y lo imposible que era abandonar ahora.

SEGUNDA PARTE

EL EVANGELIO INVISIBLE

13

Y así fue que a las siete de la tarde del sábado todos llegaron. Primero Mare, que trajo a Frank, quien amenazó en el coche con irse si empezaba a suceder algo extraño.

—Extraño sería un anticlímax después de lo que hemos pasado —dijo Mare.

Un gruñido fue la única respuesta de Frank. Mare sonrió para sí misma, sospechando que la resistencia de él era meramente simbólica. Tenía olfato de periodista y no veía la hora de seguir esa pista.

El resto del grupo ya estaba sentado en torno a la mesa cuando entraron. Lilith no se había situado a la cabecera, donde todos esperaban que estuviera, sino en la silla más cercana a la derecha.

—No os presentéis y tratad de no mirar fijamente —ordenó—. A alguien le ha entrado el canguelo.

Se refería a Galen, que se había sumido en un humor hosco cuando vio a Lilith. Jimmy había cambiado los turnos de trabajo con otro auxiliar ese día y solo tuvo que tomar el ascensor al sótano.

Cuando los cinco estuvieron sentados, Lilith hizo una señal con la cabeza, y Mare colocó en la mesa la caja de cartón cerrada que había llevado.

—¿Quieres que la abra? —preguntó con nerviosismo. Era la primera vez que el sagrario dorado salía del apartamento.

—Todavía no.

Se hizo un silencio incómodo en el grupo. Galen se movió en su silla. Frank cogió la mano de Mare bajo la mesa. Lilith mantenía una cara impávida. El único que parecía complacido era Jimmy, porque había cumplido con su tarea de llevar la oveja descarriada al rebaño.

Al cabo de cinco minutos, Galen se levantó.

—¿Soy el único que se está asfixiando aquí? ¿El aire acondicionado no funciona o qué?

Nunca se supo si estaba a punto de abandonar el grupo en el último momento, porque ocurrieron dos cosas cruciales de manera simultánea. De entre las rendijas en la caja de cartón mal cerrada empezó a emanar un brillo dorado, provocando un destello como el de las últimas brasas enterradas en las cenizas de un fuego de invierno. Como si fuera una señal, la puerta se abrió y una mujer majestuosa entró en la sala. Llevaba un traje de chaqueta negro y no iba maquillada. Olía ligeramente a un perfume de lirio del valle. Sus ojos se posaron inmediatamente en la caja.

—Bien —dijo—. La durmiente está despierta.

Mare tenía dieciocho años la última vez que había visto a su tía, y la mujer que acababa de entrar no encajaba en sus recuerdos. El cabello de su tía era más gris que el castaño claro que Mare recordaba. También se veía más menuda, como si se hubiera encogido en sí misma, y de manos delicadas. Sus ojos lucían una mirada distante. «¿El efecto de diez años en el convento?», se preguntó Mare.

Si Mare no podía hacer coincidir sus recuerdos con la mujer que tenía delante, Meg inmediatamente reconoció a su sobrina. Se acercó y le susurró al oído:

—Lo has hecho muy bien. Estoy orgullosa de ti.

Mare no supo si sentirse tranquilizada o echarse a llorar; casi se había convencido de que nunca volvería a ver a su tía.

—¿Por qué está ocurriendo todo esto? —respondió en otro susurro.

Pero no había tiempo para hablar. La sala estaba conmocionada. La atención de todos estaba centrada en la luz dorada que se filtraba a través de la caja de cartón, situada justo delante de Mare y Frank.

Tratando de mostrarse impertérrito, Frank empujó la caja hacia Meg.

—Bienvenida otra vez, si eso tiene sentido. Esto te pertenece. —Miró alrededor de la mesa—. Como puedes ver, ha servido.

—Siento que te dejaran en la ignorancia —se disculpó Meg—. Haré todo lo posible por explicar por qué estamos aquí.

Lilith la cortó en seco.

—Eso puede esperar. No todos han visto lo que hay dentro. Es el momento de desvelarlo.

Meg asintió con resignación.

—Supongo que tienes razón.

Con visible incertidumbre, Mare abrió la caja y levantó el templo en miniatura. A su contacto, el aura se hizo más brillante, llenando la sala incluso bajo la luz de los fluorescentes. La reacción en torno a la mesa fue de asombro silencioso, salvo Galen, que se cubrió los ojos para protegerse de la luz.

—Esto podría ser radiactivo. ¿Habéis pensado en eso?

—No causes problemas —dijo Lilith con brusquedad—. No hay nada que temer.

—¿Y se supone que hemos de creerte?

Frank se estaba irritando.

—Debes calmarte. Soy escéptico como el que más, pero esto... —dijo levantando las palmas a la luz— no es un truco barato.

—A menos que se demuestre lo contrario —replicó Galen.

—Es nuestra primera reunión —intervino Meg—, y hay que tomar decisiones importantes. No perdamos el tiempo discutiendo. —Hizo una pausa para dejar que la luz dorada captara otra vez la atención general—. En lo único en que todos podemos estar de acuerdo es en que ninguno de nosotros, incluida yo, imaginó jamás un fenómeno como este. La única reacción posible es maravillarse.

—Este es el misterio que nos convierte en una escuela mistérica —agregó Lilith.

Galen apretó las mandíbulas y nadie contradijo a Lilith.

—Bien —continuó—. Así que nos encontramos en territorio desconocido. Cada uno de nosotros ha sido elegido, aunque no sepamos por qué.

—Tengo una sugerencia —la interrumpió Jimmy, hablando por primera vez. Probablemente era el más preocupado por la luz brillante—. Será mejor que tengamos cuidado con lo que decimos en torno a esta cosa. Podría estar escuchándonos.

La reacción de Lilith fue de una compasión apenas ocultada.

—De verdad, hablo en serio —protestó él.

—Estoy de acuerdo —dijo Meg—. No hemos de cuidar lo que decimos, pero sería estúpido pasar por alto un hecho simple. Hay algo ahí dentro. No tenemos ni idea respecto a de dónde viene ni qué sabe.

Lilith, después de tratar de hacerse con el control, volvió a hundirse en su silla.

—¿Te refieres a un fantasma? —preguntó Jimmy, pensando en los espíritus de los difuntos que rodeaban a su abuela.

Ella les atribuía buena fortuna cuando estaban calmados. Con más frecuencia era al contrario. Si no podía encontrar su libro de oraciones o había goteras, su abuela ponía una expresión expectante y murmuraba «Tío Tito» o el nombre de algún otro pariente fallecido.

Meg negó con la cabeza.

—Yo lo describiría como una presencia. El sagrario es hipnótico, pero solo existe para captar nuestra atención.

—Como dije, ha servido. Esto todavía no nos aclara por qué estamos todos aquí —contrarrestó Frank.

Esta vez intervino Mare.

—Quizá los seis somos un caso de prueba. Nos han dado una señal para ver qué hacemos con ella.

—¿Están experimentando con nosotros? —sugirió Frank, que parecía inquieto ante la perspectiva.

—Exacto —dijo Galen con una sonrisa torcida—. Dios necesita ratones de laboratorio, y somos lo bastante tontos para ser voluntarios.

—Solo estoy tratando de entender esto —soltó Frank—. Si tienes una idea mejor, te escuchamos. ¿O solo estás aquí para interrumpirnos?

—Simplemente no estoy preparado para tragarme falsos milagros —dijo Galen con discreto desafío—. Pongamos todas las cartas sobre la mesa ¿de acuerdo? El resto de vosotros queréis que esto sea un milagro, ¿no? Algunos de la peor manera. Si resulta que os engañaron, reíros todo lo que queráis. Pero os sentiréis estúpidos.

«Porque tú has estado allí», quiso decir Jimmy. Lo estaba pasando mal conteniéndose. Sabía que Galen estaba hirviendo por dentro. Había deseado desesperadamente creer en el amor de Iris, y no iban a tomarle el pelo otra vez.

—¿Por qué iba a engañarnos nadie? —preguntó Frank—. Nadie aquí es rico, y además, yo trabajo para un periódico. Podría hacer saltar la alarma en un abrir y cerrar de ojos.

Antes de que Galen pudiera disparar una nueva salva, Lilith volvió a la vida.

—Yo fui la primera que vio el objeto. Acudió a mí en un

sueño. Una pesadilla, en realidad. Había muerte por todas partes y de alguna manera esta iglesia brillante aparecía entre los moribundos. ¿Era el símbolo de vida, una promesa del cielo? No tenía ni idea. Una realidad superior quería alcanzarnos, igual que trata de alcanzarnos a nosotros ahora. ¿Le daremos la bienvenida o nos daremos la vuelta y saldremos corriendo? Creedme, he pasado noches de ansiedad esperando esto, pero nunca descansaré tranquila si abandono.

Había hablado por todos, pero no hubo ningún murmullo de acuerdo. La Lilith que todos conocían no albergaba dudas, y mucho menos miedo.

Galen defendió su posición.

—¿Crees que es una prueba de fe? Entonces, ¿por qué fui elegido yo?

—Eso podría no tener respuesta, y no solo en tu caso —dijo Meg—. Lo que tenga que suceder, empieza ahora. Esto es un momento nuevo. ¿Cuántos momentos así hay a lo largo de la vida?

Sus palabras silenciaron la sala, cada uno de los presentes perdido en sus pensamientos privados. Se habían espaciado a lo largo de la sala como una serie de desconocidos y no un grupo. Galen había hablado de que Dios necesitaba ratones de laboratorio. Estaba siendo sarcástico, pero Dios acechaba en el fondo de las mentes de todos. ¿Estaba Dios jugando con ellos? Era como una de esas máquinas de feria en las que insertas veinticinco centavos y tratas de enganchar un premio con un gancho. Un jugador cósmico había echado el gancho y los había elegido, seis personas entre todas las del planeta, como su premio.

Al jugador cósmico le gustaba la diversidad. Mare y Frank eran la única pareja obvia. También eran los más jóvenes, vestidos con tejanos gastados y zapatillas de correr. Jimmy, recién salido de su turno, iba vestido de uniforme. Galen se había puesto los mismos caquis y camisa blanca que había estado llevando toda la semana. Lilith y Meg, las dos mayores, vestían trajes de chaqueta, lo cual les daba un aire de autoridad.

Al cabo de unos momentos, Frank empezó a hablar.

—Dices que el sagrario está vivo o que tiene a alguien dentro, lo que sea. No nos está reteniendo contra nuestra voluntad. Hablemos con él y obtengamos algunas respuestas.

—Tienes razón —dijo Meg—. El asombro no basta, y el escepticismo no puede negar lo que está ante nosotros.

Como nadie protestó, se sintió animada. El nerviosismo en la sala, que hasta entonces lo había dominado todo, empezó a disiparse.

—Hemos de contactar —continuó—. La presencia no tiene nombre. Creo que es femenina. La persona que me dio el templo dijo que ella era el decimotercer discípulo de Jesús.

Meg lo dijo en tono suave, pero estas palabras produjeron un escalofrío en el grupo.

—¿Cómo puede seguir viva? —susurró Jimmy, abrumado por este nuevo elemento de información.

—¿Cómo podría estar muerta? Eso es lo que diría un creyente —señaló Lilith—. «¿Dónde está, oh muerte, tu aguijón? ¿Dónde, oh sepulcro, tu victoria?» —citó.

—A riesgo de sonar obtuso —dijo Frank—, estamos aquí con alguien que conoció a Jesús. ¿Es lo que estás diciendo?

—Eso creo —respondió Meg con cautela—. Lilith y yo hemos esperado mucho tiempo para encontraros al resto. Nunca hemos estado seguras de con qué estábamos tratando.

—No me gusta cómo ha sonado eso —murmuró Frank—. Tenéis que decirnos lo que sabéis.

—Muy bien, pero podría no ayudar. —La indecisión de Meg era auténtica. Estaba en el centro de la telaraña que los unía, pero ella había dado un salto de fe tras otro—. Solo recientemente se me entregó el sagrario dorado —empezó—, y ocurrió de manera tan misteriosa como todo lo que os pasó a vosotros.

El delicado hilo de acontecimientos se remontaba a su primer mes como monja. En vísperas del día que se enclaustró, esperó en un pasillo oscuro. Se abrieron las puertas dobles delante de ella y se encontró a toda la compañía de monjas; Meg era la primera novicia en años. Le dijeron que estaba en su noviciado, que duraría tres meses. En términos inequívocos, las monjas dejaron claro que la vigilarían. Pero en su mayoría eran mayores y benévolas, y si no benévolas, perdidas en su contemplación privada, sin ninguna inclinación a molestarla.

La estrategia de Meg era integrarse, pero sin hacer amigas especiales. Eso no fue difícil. Varias monjas comían solas y apenas decían nada. Una hermana que deseaba la contemplación completa era mostrada como un ejemplo para que el resto la emulara. Como recién llegada, Meg no hizo que se levantara ninguna ceja cuando se perdía algunas oraciones y trabajaba en la cocina sin hablar con nadie. Externamente era aceptada, pero ella todavía necesitaba tiempo para adaptarse de verdad. Ataques de pánico iban y venían. Se tumbaba boca arriba, mirando la ventanita de su celda claustrofóbica, amueblada con un camastro de armazón metálico y una cómoda desvencijada. Se sentía como un náufrago en el mar, sin esperanza de rescate.

Después de sus primeras tres semanas, la madre superiora la llamó para asegurarse de que la hermana Margaret Thomas, como Meg era conocida entonces, se estaba adaptando. Sentada en el pasillo delante del despacho de la vieja monja, Meg estaba decidida a decirle que se marchaba. Sería humillante, pero no había alternativa.

Así que cuando le preguntaron si le gustaba su nueva vida. Meg se sorprendió al oírse decir:

—Es todo lo que había esperado.

—¿No te sientes sola? —preguntó la superiora—. Puede

ser impactante. Creo que las nuevas echan de menos la televisión. Yo llegué antes de la televisión, ya sabes.

—Debió de entrar muy joven, reverenda madre —murmuró Meg.

Como la vieja monja pareció desconcertada, Meg repitió las palabras en voz más alta, sospechando sordera. La enfermedad había hecho que la conversación de Meg con sus abuelos resultara prácticamente imposible cuando estos se hicieron mayores.

—Bueno, vengo de una pequeña localidad granjera. La televisión tardó tiempo en llegar allí.

La madre superiora se alegró de ver la sonrisa en el rostro de Meg. Se estuviera quedando sorda o no, la sonrisa la instó a terminar la entrevista con rapidez.

Al salir del despacho, Meg aún no comprendía su decisión impulsiva de quedarse. Pero lo hecho, hecho estaba. En su segundo mes, dejó de esperar dedos que la señalaran acusándola de impostora. Sentía un temor reverencial en torno a las hermanas carmelitas y su dedicación a una vida de oración. «Están casadas con Dios», pensó, recordando la primera vez que su madre le había explicado lo que era una monja.

Fue un alivio no sufrir pánico ni sensación de asfixia, pero no había ninguna luz interior. La rutina del enclaustramiento que había temido se convirtió en algo peor: aburrimiento. La maduración que Lilith había prometido todavía no mostraba signos de empezar. Meg era terca, pero ¿cuánto tiempo podía colgar del árbol como las manzanas bordes del año anterior?

«No llegué aquí con ninguna garantía —se recordó—. Espera y verás.»

Dos veces por semana, la Iglesia enviaba a un sacerdote, el padre Aloysius, a oficiar misa y escuchar confesión como capellán del convento. Aunque Meg tomaba la comunión, temía entrar en el confesionario. Pero no podía evitarse, y pasó por el trance de confesar pecados menores, que cada vez le costaba más inventar. ¿Cuántas veces podía codiciar el rosario de diamantes de la hermana Beatrice, un regalo de una abuela rica y devota? El sacerdote visitante era un viejo malhumorado; cumplía con su labor mecánicamente, sin escuchar en realidad.

Meg disfrutó trabajando en el jardín ese verano. Sin embargo, con la llegada de la primera gran helada, su ánimo se contagió de la luz sombría del exterior. Divisando la fina rodaja de una luna nueva a través de su ventana con barrotes, luchó contra la desesperación. En su siguiente confesión, el padre Aloysius deslizó el panel que los separaba. Olía a jabón fuerte y respiraba con dificultad.

En lugar de decir «Bendígame, padre, porque he pecado», Meg soltó:

—Este no es mi sitio.

El viejo sacerdote vaciló. Esta desviación del ritual lo pilló con la guardia baja. Antes de que pudiera encontrar una respuesta, Meg continuó.

—No estoy aquí porque quiera ser monja. Ni siquiera soy una buena católica. Tenía que contárselo a alguien. Necesito un amigo que pueda mantener mi secreto.

El jadeo crónico del anciano empeoró. ¿Estaba horrorizado? ¿Indignado? Después de una larga pausa, el sacerdote dijo:

—Dios comprende lo que significa tener dudas. ¿Hay más?

—Sí. —Meg tuvo valor para alcanzar el punto de no retorno—. He tenido algunas experiencias muy inquietantes.

Detrás de la pantalla, el padre Aloysius se movió.

—¿Qué clase de experiencias?

—Parecen espirituales, pero ¿quién puede saberlo en realidad?

—Son la razón de que vinieras al convento. ¿Para escapar?

Meg no tuvo más alternativa que describir sus visiones y los estigmas.

—Me sentía atrapada. Ya no estoy bien con la gente normal.

El padre Aloysius murmuró compasivamente.

—Oigo la inquietud en tu voz.

—Creo que Dios se equivocó de persona —repuso Meg con amargura. Siguió un prolongado silencio. Se preguntó si acababa de cometer blasfemia.

—Dios nunca se equivoca de persona —le recordó el sacerdote finalmente—. Tu secreto está a salvo conmigo. Te diré lo que haremos. No vengas a confesión el domingo que viene. Encuentra una excusa para salir. Reúnete conmigo en el aparcamiento.

Antes de que Meg preguntara por qué, el sacerdote cerró otra vez la puerta con un clic, dejándola sola en el confesionario, con pensamientos ansiosos arremolinándose en su cabeza. Oía a las otras monjas en el exterior de la capilla, empezando a entrar en el refectorio para la comida del domingo. Salió presurosa, esperando que su expresión no delatara la agitación que sentía.

Pasó la semana siguiente en vilo. El clima se hizo más frío, y las paredes de la helada celda le daban la impresión de estrecharse con ella dentro. En el ritmo aterrador de los días, el domingo llegó por fin. Fue a misa, pero evitó mirar a los ojos al padre Aloysius cuando le dio la comunión, temerosa de que la expresión del sacerdote pudiera mostrar desprecio por su falta de fe.

Después de misa, Meg lo encontró en el aparcamiento, apoyado en el viejo Lincoln negro que la iglesia le había facilitado para el largo viaje al convento. Un viento frío le alborotaba el fino cabello blanco; estaba fumando un cigarrillo.

—Nos has metido en algo, ¿no?

—¿Sí? —preguntó Meg, desconcertada.

—Más de lo que crees.

El viento escocía la cara del viejo sacerdote. Se quitó las gafas y se frotó sus ojos legañosos con nudillos nudosos.

—Te he investigado —continuó—. Pero antes de que digas algo más, vamos a dejar clara una cosa. Tenías razón cuando dijiste que no eras una buena católica.

Meg se alarmó.

—Pero tengo que quedarme aquí. No me eche.

—Déjame terminar. —El sacerdote dio una calada final a su cigarrillo antes de aplastarlo con el zapato—. Repugnante. —Miró bruscamente a Meg, pero no estaba poniendo ceño—. ¿Sabes por qué no eres una buena católica? —Le ofreció una sonrisa grave—. Porque has tenido noticias de Dios a través de su línea privada. Apartó la Iglesia de en medio. Probablemente, no tienes ni idea de cuántas normas infringió para llegar a ti.

—Fue todo culpa suya —espetó Meg.

—Por decirlo de alguna manera. ¿Dios tiene derecho a ser un mal católico? El obispo es bastante estricto, ya sabes.

Ambos rieron. Meg sintió alivio y un profundo suspiro escapó de sus pulmones. Sin darse cuenta, había estado conteniendo la respiración.

—Creo en un evangelio vivo —dijo el padre Aloysius—. Lo que significa que la verdad está a nuestro alrededor, tan viva como nosotros. Para la mayoría de los creyentes, el evangelio solo está en las páginas de la Biblia. Y ahí muere. La verdad está en un evangelio invisible, y a quien toca, bueno, no hay forma de predecir qué ocurre entonces.

—¿Cree que me ha tocado? —preguntó Meg.

En lugar de responder, el sacerdote dijo:

—No me has preguntado con quién me he informado de ti.

—Me da miedo. No es que el obispo me apruebe precisamente.

—He pasado por encima de él. No estás sola. Otros podrían estar recibiendo mensajes de Dios. Podrían estar tan inquietos como tú, y podría durar muchos años. Por eso no te denuncié.

—Pero preguntó a Dios por mí. ¿Qué dijo?

Los labios delgados del religioso se tensaron.

—¿Hemos llegado a un punto en que un sacerdote no puede mantener los secretos del confesionario? Espero que no. —Buscó en su pesada sotana negra las llaves del coche—. Reúnete conmigo aquí otra vez el domingo que viene. Debes ser sumamente cuidadosa. No te meterás en líos si alguien te ve hablando conmigo, pero la madre superiora es lista. No dejes que su sordera te confunda.

Meg estaba ansiosa por saber más, pero su nuevo aliado ya estaba rodeando el coche hasta la puerta del conductor. Sus miembros artríticos le hicieron gruñir al ponerse al volante. El viejo Lincoln escupió una columna de humo por el tubo de escape al alejarse por el largo sendero. Meg observó hasta que el vehículo desapareció en torno a la curva. El viento penetró en su hábito, pero no estaba temblando. Ya no sentía que estar de pie en el exterior con un frío polar fuera una penitencia.

Cuando terminó esta parte de su historia, Meg hizo una pausa.

—Sé que todos queréis opinar sobre lo que acabo de contaros, pero hemos alcanzado un punto de inflexión. Mirad.

Señaló la miniatura dorada. Su brillo se había hecho más tenue, ya casi enmascarado bajo el brillo de los fluorescentes. En cuanto los ojos de los presentes se volvieron hacia el templo, el brillo se apagó.

—El espectáculo ha terminado —comentó Galen con alivio.

Estaban todos desconcertados.

—¿Ha perdido la confianza en nosotros? —preguntó Jimmy.

—No es eso. Significa que ya no necesitamos una guía

—dijo Meg—. El faro ha cumplido su propósito. Así pues, ¿cuál es nuestro siguiente movimiento?

—Quizá no hay ninguno —dijo Galen—. Quizá somos meros espectadores.

—No coincido con nuestro escéptico amigo —dijo Frank, señalando a Galen—. Alejarse no es una opción.

Mare tomó la palabra.

—Creo lo que dijo el padre Aloysius. Una vez que la verdad te toca, nadie sabe lo que ocurrirá a continuación. He llegado aquí siguiendo la verdad. No había ningún plan. Debe ser lo mismo para el resto de vosotros.

—Claro, pero no podemos avanzar a ciegas —protestó Frank—. ¿Qué ocurrió para recibir respuestas?

Miró con tristeza al sagrario, cuya vida se había apagado. No estaba dando respuestas.

—Vayamos de uno en uno —propuso Meg—. Cada persona puede hacer una pregunta si tiene dudas. Haré todo lo posible por responder. Quizás aclarará el camino.

Hubo un murmullo de acuerdo ante esta sugerencia.

—Yo empiezo —dijo Lilith—. ¿Cómo conseguiste la iglesia dorada?

—El padre Aloysius me la entregó antes de morir.

—Entonces, ¿él mismo formaba parte de la escuela mistérica? —repuso Lilith.

—Eso son dos preguntas —terció Galen—. ¿Quién es el siguiente? —Mantuvo los brazos cruzados, como había hecho desde el momento de sentarse.

Jimmy levantó la mano.

—Yo usaré la pregunta de Lilith.

—Sí, el padre Aloysius pertenecía a la escuela mistérica. Siguió un camino muy difícil —respondió Meg—. De joven, estaba atormentado por las dudas, incluso después de ordenarse. Recibió ciertas señales, pero temía confiar en ellas. Restó importancia al hecho de ser un mal católico cuando en realidad era un gran temor suyo. Al final, fue arrastrado a una escuela mistérica y cuando lo conocí era el único miembro superviviente.

—Lo que significa que no hace falta la presencia de todos los miembros —señaló Frank.

—¿Es tu pregunta? —preguntó Meg.

Él asintió.

—Para ser una escuela hace falta la presencia de todos los miembros, incluso cuando solo hay uno. El propósito es siempre el mismo, mantener viva la llama.

—Supongo que soy la siguiente —intervino Mare—. Te habló de un evangelio invisible. ¿Qué es eso?

—Es un corpus de conocimiento que no aparece en la Biblia —repuso Meg—. El conocimiento se transmite de generación en generación a los que están en armonía con él. Por eso empezaron las escuelas mistéricas, para ver más allá de la palabra escrita. En nuestro caso, la transmisión procede de la fuente más pura, el decimotercer discípulo. Nuestra escuela lleva su nombre.

A esas alturas era difícil que el grupo se mantuviera callado. Querían hacer preguntas a Meg durante horas. Pero ella no había olvidado a Galen.

—¿Qué te gustaría saber? —preguntó.

—Nada. No necesito respuestas, no de la clase que ofreces. Cuando llegue el momento de votar, me iré con la música a otra parte.

Jimmy no pudo contenerse más.

—¿No te da vergüenza? Dios te tocó en lo más profundo. Te trajo amor puro.

Galen se sonrojó; los demás parecían desconcertados.

—Solo quiero volver a la realidad —murmuró Galen débilmente.

—Te entiendo —dijo Jimmy—. Pero ya has llegado allí. La realidad es esto.

Galen había perdido su resistencia, pero todavía parecía dudoso.

—No te marches —intentó convencerlo Mare—. O el resto de nosotros nos quedaremos encallados. La escuela mistérica se derrumbará antes incluso de empezar.

—No le supliquéis —gruñó Frank—. Eso es lo que quiere.

—Suplicar no funcionará. No hay ningún misterio —repuso Galen—. Eso es lo que la gente no parece comprender.

Pero Frank tenía razón. Galen estaba disfrutando de estar en el asiento del conductor. Era un lugar muy poco conocido para él, tan tímido e invisible como había sido toda su vida. Llevaría ese privilegio lo más lejos posible. Pero dentro tenía un deseo secreto que lo desenmascararía. Pasara lo que pasase, quería oír o ver a Iris otra vez.

Meg fue buena interpretando la situación.

—Ha sido una tarde larga. Reunámonos aquí a la misma hora la semana que viene.

Jimmy enarcó las cejas.

—¿No has oído lo que acaba de decir Galen?

—Sí, pero no creo que necesitemos un voto formal ya. ¿Estáis todos dispuestos a volver? Quien no lo esté, que levante la mano.

El resto se sentía inseguro sobre Galen, pero como nadie levantó la mano, tampoco él lo hizo.

Meg sonrió con alivio.

—Entonces está decidido.

No había nada más que decir, así que empezaron a salir. En la puerta, Lilith se llevó a Galen aparte.

—Estás caminando por una línea muy fina. Has sufrido mucho dolor. Esto podría ser tu salida. No la desperdicies.

Tratando de no parecer acobardado, Galen enderezó la espalda y se marchó sin decir palabra.

Al tiempo que se ponía el abrigo, Frank quería disculparse con Mare.

—¿Podemos hacer esto después? He de ponerme al día con el trabajo. He de entregar cosas por la mañana.

Ella lo besó en la mejilla.

—Vete. Estoy bien.

—¿Estás segura? —Frank sonó preocupado, pero era una máscara de culpa.

No quería perder a Mare, y si en ese momento se metían en una discusión más profunda, ella se daría cuenta de lo distanciadas que estaban sus posiciones en relación con la escuela mistérica.

—Te lo he dicho, estoy bien.

Frank asintió y se fue.

Mare agradeció la oportunidad de estar sola con su tía. Cuando la sala quedó vacía, le dijo:

—¿Deberíamos decirle a la familia que has vuelto?

—Eso depende —repuso Meg—. ¿Lo considerarán una buena noticia? Pero no te preocupes por eso ahora. Me corresponde a mí ocuparme.

Mare estaba ansiosa por oír más detalles de la vida reciente de Meg, pero esta recolocó las sillas con parsimonia y apagó las luces. Salieron las dos. Charló de camino al aparcamiento y no hizo caso de la mirada de su sobrina cuando vio su Mercedes plateado, que no estaba cerrado con llave.

—Estás descontenta, lo veo —dijo con amabilidad. Si se marchaba, dejaría a Mare con las manos vacías, así que añadió—: El padre Aloysius me lo dejó todo en su testamento, procedía de una familia rica de banqueros y sobrevivió a todos sus hermanos. Yo estaba destinada a continuar la escuela mistérica donde él la dejó.

—Y la iglesia dorada, ¿de dónde salió?

—No lo sé. Fue un legado en el lecho de muerte. Nunca la había mencionado. —Meg se puso pensativa—. Espero que esté haciendo lo correcto. Todo podría derrumbarse a nuestro alrededor.

Mare vaciló. Su tía había adquirido un aspecto frágil en el convento, y parecía ligeramente desconcertada de volver al mundo. No obstante, sus ojos contenían misterio. Había visto cosas que pocas personas habían visto.

—Has sacrificado diez años de tu vida por esto —dijo Mare—. Quiero que salga bien por ti.

Meg subió a su coche caro con indisimulada vergüenza.

—Parece ridículo, ¿no? —dijo—. Su familia creía en tener solo lo mejor. Pero él no era así. Era excepcional de un modo que el mundo nunca sabrá.

—¿Alguna vez nos conoceremos? —preguntó Mare.

—No me lo has de preguntar a mí. Recuerda, soy experta en esconder mi luz bajo un cesto grande.

El comentario fue improvisado pero cierto. Después de que su tía se alejara, Mare caminó hasta su coche, estacionado en el extremo opuesto del aparcamiento. La noche era glacial, y ella se preguntó por qué todo lo que ocurría en esa historia parecía suceder en tiempo frío. Empezó a canturrear para sí, casi sin darse, uno de sus villancicos favoritos.

En pleno crudo invierno
gime el viento helado.
La tierra es dura como el hierro,
el agua, como una piedra.

Se detuvo en seco y la recorrió un escalofrío. La escuela mistérica había renacido, pero el mundo seguía siendo duro como el hierro. Las pruebas que tenían por delante serían igual de duras. Algo en su interior estaba seguro de ello.

14

Una semana más tarde, la segunda reunión se convocó como la primera. Todos, salvo Mare y Frank, se sentaron otra vez espaciados en torno a la mesa como desconocidos. El sagrario dorado se había colocado en medio. Sin embargo, nadie le prestó atención, ahora que su hechizo había desaparecido. Galen lo miró con suspicacia. No había descartado la posibilidad de que el objeto pudiera ser radiactivo.

—Todos vosotros estabais nerviosos la semana pasada. Esta semana estáis tensos —observó Meg—. Pero nadie ha dejado de venir.

—La curiosidad se impone a la duda —dijo Lilith, sentada otra vez a la derecha de Meg.

—Por el momento —comentó Frank bruscamente—. Mi semana fue un desperdicio total, esperar y esperar. ¿No se supone que hemos de hacer algo?

—Tiene razón —intervino Jimmy—. No vamos a quedarnos sentados como en la escuela, ¿no? —Temía la escuela tanto como se sintió indignado cuando su padre lo obligó a dejarla.

No es que a nadie le importara. Todos habían pasado extrañas experiencias que no podían explicar, pero eso no los había unido, tal vez al contrario. Querían mantener la extrañeza en privado.

Frank y Mare habían encontrado excusas para no pasar mucho tiempo juntos. De alguna manera, la primera reunión los había hecho tímidos el uno con el otro; tímidos o cautelosos. Frank trató de cautivarla por teléfono.

—Llamo de Dios Anónimo. ¿Alguien en la familia tiene una adicción religiosa? Tenemos una solución para eso.

Mare no estaba de humor para bromas.

—¿Has tenido noticias de alguien del grupo?

—Ni pío. Pareces preocupada.

Mare cambió de tema. Frank sabía que era mejor no hacerse el gracioso otra vez. Su propia vida no iba tan bien. No había dormido y le costaba concentrarse en el trabajo. Pensaba que lo estaba llevando bastante bien hasta que su colega Malcolm, el joven reportero, se paró ante su cubículo.

—¿Quieres ver algo para troncharse? ¿Raro y tronchante?

Frank dio un respingo cuando Malcolm le enseñó una foto de Galen, con aspecto derrengado y taciturno en la comisaría. Se le hizo un nudo en el estómago y preguntó:

—¿De qué lo conoces?

—No lo conozco. ¿Y tú? Pareces sorprendido.

—Es que me recuerda a Sad Sack. ¿Al final lo detuvieron?

—Sí. Ocurrió hace un tiempo. Olvide contártelo. —Malcolm rio—. Este tipo trató de pintar con aerosol una obra maestra. Me invitó a una hamburguesa y me contó que odiaba a Dios. Tenía algo que ver con la muerte de su mujer.

—¿Y eso te parece divertido? —preguntó Frank, cuya desaprobación desconcertó a su amigo.

—Pensaba que querrías reír. Este tipo está como un cencerro. Te enseñaré mi nota.

—No hay prisa.

Frank se sumió otra vez en su trabajo. Malcolm se alejó con una mirada de «¿y a ti qué te ha dado?».

Cuando recogió a Mare para la reunión del sábado siguiente, Frank tenía razón sobre la preocupación de ella.

—La tía Meg ha estado ilocalizable toda la semana —explicó—. Me dijo que se ocuparía de todo sobre la familia, pero no ha dicho ni mu.

—A lo mejor necesita tiempo para adaptarse. Ha estado en un convento diez años. Da gracias de que no esté chalada.

La ansiedad de Mare no iba a desaparecer con argumentos. Ni siquiera se calmó al entrar en la sala de reuniones y ver que Meg estaba allí, calmada y sonriendo levemente. Cuando Frank quiso cogerle la mano, ella la apartó.

Ahora que todos estaban ventilando sus frustraciones, Galen dijo:

—Hagamos lo que hagamos, basta de preguntas y respuestas sobre el fantasma de la caja. Es como un concurso con respuestas imaginarias y sin premios. —Se balanceó hacia atrás en su silla y esperó.

«Colega, si estuvieras un metro y medio más cerca, te patearía la silla para que te cayeras de culo», pensó Frank. Pero se mantuvo en silencio. La discusión de la semana anterior no los había llevado a ninguna parte.

Nadie estaba a gusto con Galen, que estaba decidido a meter cizaña. No obstante, si Meg estaba enfadada, no lo reveló.

—Entiendo lo que estás diciendo, Blake.

—Llámame por mi nombre de pila. No soy tu jefe —gruñó Galen.

—Cierto. —Meg lo miró con una sonrisa imperturbable.

El resto del grupo intercambió miradas de desconcierto. ¿Por qué Meg se estaba doblegando ante un obvio alborotador? Ella y Lilith llevaban los mismos trajes de chaqueta que la semana anterior, pero el aire de autoridad se había diluido. «Podrían pertenecer a un grupo de hacer calceta —pensó

Frank—, o de apoyo a solteronas.» Lilith le lanzó una mirada de soslayo, y Frank de repente recordó su enervante capacidad de leer el pensamiento cuando quería.

Meg continuó:

—La semana pasada dimos vueltas en círculos, pero acordamos que la presencia en el sagrario sabe que estamos aquí. ¿Qué más sabe de nosotros? Vamos a descubrirlo.

—¿Y si conoce nuestros trapos sucios? —preguntó Jimmy con nerviosismo.

—No te asustes —se burló Galen—. Ser un títere no es un trapo sucio. Saltas cuando Lilith dice que saltes.

Jimmy se sonrojó.

—Retira eso.

—¿Por qué? Me consta que le haces el trabajo sucio. ¿No sería mejor que trataras de pensar por ti mismo? —Galen disfrutó al ver a Jimmy avergonzarse.

En realidad ambos eran tímidos como ratones, pero al menos Galen era el ratón grande.

Meg no les hizo caso.

—Imagino que la presencia conoce lo mejor y lo peor de nosotros. Eso lo ve Dios. Si está del lado de Dios, no podemos esperar menos.

Fue la primera declaración abierta sobre Dios que se oía, salvo los arrebatos sarcásticos de Galen.

—Creo en Dios —dijo Jimmy tras un silencio incómodo—. ¿Eso es un crimen aquí?

—Basta —intervino Lilith con brusquedad—. Hemos de ceñirnos al trabajo.

Galen le lanzó a Jimmy una mirada de «¿lo ves?». Jimmy empezó a ruborizarse otra vez.

Antes de que la chispa se convirtiera en llama, Meg levantó la mano.

—Tengo una idea, y creo que funcionará.

El hecho de que diera un paso adelante resultó una sorpresa. Las miradas que recibió la hicieron sentirse incómoda, pero insistió.

—Propongo que cada uno de nosotros toque el objeto y sea sincero con lo que ocurre. Que se comunique de ese modo.

Le lanzó a Frank una mirada significativa. Ambos sabían que algo tenía que ocurrir.

—Buena sugerencia —dijo él—. Averigüemos exactamente lo que la presencia quiere decirnos.

—Yo empiezo —se ofreció Jimmy.

Había perdido seguridad durante la semana. Quería que la sala se llenara otra vez de un brillo dorado. La luz le hacía sentir que pertenecía a esa aura trémula. También había otra cosa. ¿Y si un discípulo de Jesús vivía realmente en el diminuto templo? No era imposible. Había oído historias en el barrio en las que un *ghoul*, un demonio necrófago, se colaba en el cuerpo de alguien por la noche, cuando dormía. Cuando Jimmy era niño, las ventanas de su habitación siempre habían estado cerradas después del anochecer, por más sofocante que fuera agosto.

—El primero será Galen —anunció Meg, para decepción de Jimmy.

—Yo no voy a tocar eso —protestó Galen.

—Entonces no lo hagas —dijo Jimmy, viendo una oportunidad para él.

Mare respiró profundamente.

—No se lo he dicho a nadie, pero yo lo he tocado y tuve una experiencia, así que quizá debería empezar yo.

Meg negó con la cabeza.

—Tiene que ser Galen.

Todos parecían desconcertados, pero Galen sintió que las palabras le perforaban el corazón. Detrás de sus refinadas gafas a lo Trotski, sus ojos estaban exhaustos, y si mirabas más profundamente, notabas que se sentía derrotado. No importaba lo mucho que lo intentara, no podía apartar el recuerdo de Iris. Estaba atormentado por imágenes de su cuerpo enterrado y el espeluznante proceso de descomposición. Un médico le había prescrito somníferos y un antidepresivo, que le provocaron una neblina química. Peor, las pastillas hacían que las imágenes de su sueño fueran más intensas y más difíciles de soportar.

Después del funeral, el padre de Iris había enviado una larga nota a Galen, básicamente una despedida, declarando que el matrimonio con su hija había sido una farsa. Galen leyó por encima las acusaciones cáusticas. Por inmaduro que fuera en el plano emocional, se dio cuenta de que el padre de Iris estaba usando la culpa para camuflar su impotencia por la muerte de su hija. Pero una frase, una de las pocas que no tenía a Galen por objetivo, decía: «Era una santa, pero ninguno de nosotros lo reconoció.»

Las lágrimas se agolparon en sus ojos. Galen no creía en santos, y despreciaba el sentimentalismo. Se había protegido para no sentir nada, ese había sido su hábito desde mucho antes de que Iris enfermara. Se había vuelto hacia la ciencia para no hundirse en el pantano de las emociones. Nadie le había dicho que las lágrimas eran una liberación, tras lo cual venía algo mejor. Para él, las lágrimas eran una grieta en el dique, y a menos que taparas la grieta, la inundación te arrastraría.

Así que el grupo no sabía el valor que necesitó para decir:

—Muy bien. Empezaré yo. Pero no me culpéis si no pasa nada.

Jimmy negó con la cabeza.

—Ten fe, hermano.

—Si Dios es Dios —dijo Lilith—, un poco de escepticismo no lo parara. Adelante, Blake.

Si llamarlo por su apellido pretendía ser una pequeña pulla, Galen no hizo caso. La iglesia dorada estaba a su alcance, y la acercó hasta que quedó justo delante de él.

—¿Veis? La he tocado. Y no ha ocurrido nada.

—Bien, pásala —dijo Frank.

Mare no era la única que había experimentado los poderes del sagrario.

—Espera —dijo, poniendo una mano en el brazo de Frank para silenciarlo—. Sé que probablemente odias esta palabra, Galen, pero tiene que haber una comunión entre tú y ella.

—¡Qué estupidez! —resopló—. O funciona o no funciona. —Ya estaba lamentando haberse situado en el centro de atención. Presentarse voluntario había sido una tontería.

—Está perdiendo el temple —lo provocó Frank—. Lógico.

El temor de Jimmy a la confrontación hizo acto de presencia.

—Nadie debería hacer lo que no quiere. ¿No puede simplemente acompañarnos?

Frank se encogió de hombros.

—Claro, dejemos que sea el lastre del barco. No sirve para mucho más.

A esas alturas, Frank estaba molestando a la gente tanto como Galen. Pero nadie estuvo en desacuerdo con el argumento de Jimmy. No era obligatorio participar en aquello.

Galen sintió que se le aceleraba el corazón y empezó a sentir dolor otra vez. Cedió a regañadientes. Con una sonrisa críptica, cerró los ojos y cerró las manos en torno al sagrario. En algún lugar en el fondo de su mente, albergaba una voluta de esperanza de que Iris podría hablar con él. No creía en la comunión, pero ¿quién sabe? Quizás eso podía convertirse en una especie de sesión de espiritismo.

Detrás de sus párpados cerrados, percibió una luz tenue. Al principio no se fijó en ella, porque siempre hay un brillo residual en los ojos, nadie está literalmente a oscuras. El brillo empezó a girar y hacerse más reluciente. En cuestión de segundos, empezó a formarse la cara de una mujer. El corazón de Galen dio un vuelco y se le hizo un nudo en el estómago.

Sin embargo, cuando la imagen se aclaró, vio que no era Iris. La mujer tenía el cabello y los ojos oscuros. Galen oyó que le hablaba, aunque sus labios no se movieron. «Has sufrido mucho. No hay necesidad. Encuentra una salida. Te la mostraré.»

En justicia, su corazón debería haberse hundido al no tratarse de Iris. Pero la mujer, que parecía una adolescente, sonó tan compasiva que Galen se sintió atraído hacia ella. Tenía una sonrisa tan radiante... Galen quería hablarle, pero no sabía cómo.

«¿Qué debo hacer?», pensó.

Pasó un momento en silencio que pareció una eternidad. Tenía miedo de abrir los ojos, convencido de que desaparecería.

«Mata a Dios.»

Galen se quedó demasiado anonadado para responder. Lo había oído mal o se trataba de alguna clase de burla rara y maliciosa. Sin cambiar la sonrisa, la mujer repitió:

«Mata a Dios.»

Una sola pregunta se formó en la mente de Galen: «¿Por qué?»

«Eso puede terminar con tu sufrimiento.»

Con un sobresalto, los párpados de Galen se abrieron por voluntad propia. Entornó los ojos a la luz como si hubiera pasado una hora dormido. Los demás lo estaban mirando expectantes.

—¿La has visto? —preguntó Mare, que tenía una intuición de que eso ocurría cuando alguien tocaba el templo.

Galen asintió, todavía sin palabras. La mujer no se había desvanecido gradualmente como el fantasma de Marley o el gato de Cheshire. Estaba allí un momento y al siguiente había desaparecido.

Lilith miró de reojo.

—Algo va mal. Podría estar en *shock*.

«Estoy bien», trató de decir Galen, pero no pudo emitir sonido y la sala empezó a flotar.

Un velo cayó sobre sus ojos. Al momento siguiente, estaba tumbado en el suelo y Jimmy le estaba acercando un vaso de agua a los labios.

—Te has desmayado, tío. Suerte que hay moqueta. —Y con una sonrisa maliciosa agregó—. Es la segunda vez. Quizá deberías alejarte de mí.

Aparentemente, Galen había resbalado lentamente de su silla hasta el suelo.

—Estoy bien —murmuró. Cuando miró a su izquierda, Mare estaba arrodillada a su lado, y preguntó otra vez con urgencia contenida:

—La has visto, ¿verdad?

Galen no hizo caso de la pregunta.

—Levántame.

Aceptó el agua y se la bebió antes de ponerse en pie, todavía inestable.

—Has sido valiente —dijo Jimmy, dándole una palmadita en el hombro—. Ahora cuéntanos.

Galen esperó hasta que todos estuvieron sentados otra vez.

—He recibido un mensaje. Pero no os va a gustar.

—Solo suéltalo —dijo Frank con impaciencia.

No se creía del todo el numerito que Galen había escenificado.

—He visto una cara. Era una mujer joven y ha dicho: «Mata a Dios.»

Frank estalló.

—¡Lo sabía! Este tipo solo crea problemas. —Se levantó de un brinco, señalando con el dedo a Galen—. Háblales de tu proeza. Te detuvieron, ¿verdad? Es hora de que lo cuentes.

—Mata a Dios —repitió Galen con voz firme, segura.

La confusión se adueñó del grupo. Lilith pidió que mantuvieran la calma, pero nadie pudo oírla en el caos creciente.

Frank sopesó la idea de darle un puñetazo a aquel imbécil. Mare estaba alicaída, lo cual conmovió a Jimmy. Por un momento pensó que él debería estar con ella y no Frank.

Galen siguió mirando, al principio con expresión desconcertada, como si no supiera realmente lo que acababa de decir. De hecho, dos impulsos pugnaban en su interior. Uno era el asombro de haber encontrado la presencia en el sagrario, de haberla visto y hablado con ella. El otro era triunfo: estaba otra vez controlando al grupo, como en la primera reunión.

La combinación resultaba embriagante. Su voz interior estaba exultante: «No eres débil. Eres poderoso. Adelante.»

Así lo hizo.

—Solo puedo deciros lo que me dijo. Todos sois creyentes o al menos pretendéis serlo. Ahora tenemos algo en lo que creer juntos. Vamos a matar a Dios. Estoy preparado.

—Deberías avergonzarte de ti mismo —lo reprendió Lilith.

Galen vio miedo y repugnancia en los ojos de los demás. Sintió la euforia consecuencia de haber estado privado de atención toda su vida. Hasta la mala atención es mejor que ninguna. «¡Más!», le dijo su voz interior. Su otro sentimiento, el de asombro ante un misterio inminente, no podía competir. Galen se disponía a jactarse más todavía, pero regresó un destello de la imagen de la mujer y se contuvo.

En la indignación general, nadie reparó en que Meg se había quedado en silencio. Ni siquiera parecía afligida.

—Mata a Dios. Sí, quizás es una buena idea —murmuró.

Frank estalló de nuevo.

—¿Qué? Este tipo intenta manipularnos. Tiene un plan. Si no me creéis, puedo probarlo. Otro periodista escribió la historia completa. Hubo un complot descabellado, pero fracasó y Galen se escaqueó. Vamos, cuéntaselo.

Galen le clavó una mirada fría y no dijo nada. Así que

Frank contó él mismo la historia del acto fallido de terrorismo contra el arte, como lo llamó. Estaba tan alterado que explicó el incidente de manera confusa, pero todos estaban paralizados.

—Ahora lo sabéis —dijo Frank—. Votemos su expulsión y terminemos con esto.

No se atrevió a mirar a Mare. Pese a lo alterado que estaba, sabía que los ojos de la joven lo harían sentirse avergonzado de sí mismo.

La primera en contestar fue Lilith.

—Los que odian a Dios son a veces los mayores buscadores.

—¿Qué? No este personaje —espetó Frank.

«¿Cómo lo sabes?», pensó Galen, sin defenderse.

Entonces Frank sintió que Mare le tocaba la mano y se deshinchó, derrumbándose en su silla.

Esperaron a que Meg hablara. Ella y Lilith eran las únicas que parecían conocer el terreno.

—Si somos una escuela mistérica —dijo Meg en voz pausada—, seremos orientados en formas que no comprendemos.

—Pero ¿Dios no es el misterio? —preguntó Mare—. Por eso estamos aquí.

Meg negó con la cabeza.

—Yo nunca dije eso. Estamos aquí por la verdad, y hemos de tener el valor de ir adonde nos lleve el camino. Si el mensaje es «Mata a Dios», no puedo cambiarlo. Lo siento.

Esa no era forma de calmar al grupo. Lilith la miró asombrada.

—No tengo motivos para no creer a Galen —continuó Meg en voz firme—. Todos vimos lo agitado que estaba. A menos que sea el mejor actor del mundo, no estaba siguiendo un plan premeditado.

—Su odio no es actuación —protestó Frank.

—Yo no veo odio —dijo Meg—. Veo a alguien que ha sufrido mucho. Si hizo algo extremo e insensato, fue solo una expresión de dolor.

Galen se sentía expuesto, y su momentáneo control del poder estaba diluyéndose. Si coincidía con Meg, saldría la verdad. Entonces, ¿qué? Tendría que regresar a su ratonera. No iba a volver allí sin luchar.

—Nadie en esta mesa tiene licencia para analizarme —gruñó—. ¿Creéis que soy la única persona del mundo que odia a Dios? Despertad. —Sintió que recuperaba parte de la energía—. ¿Por qué la gente se asusta tanto de tres palabras? «Mata a Dios.» Si Dios no puede protegerse de alguien como yo, tiene que ser muy penoso.

—No hay discusión en eso —murmuró Frank para sus adentros.

Meg no cambió de opinión.

—El mensaje no era para todo el mundo. Era para ti personalmente, Galen. Yo en tu lugar me lo tomaría en serio.

Galen no podía escabullirse. Ella era mejor que él en este juego. Galen lo comprendió con un estremecimiento de angustia; su sensación de derrota empezó a abrirse paso otra vez. Intentó una nueva estratagema.

—Es un truco o alguna clase de código. Nadie puede matar a Dios. Ya está muerto —dijo.

—¿Y si no está suficientemente muerto? —preguntó Meg.

Galen pareció confundido.

—Había algo que odiabas lo suficiente para que te detuvieran por ello. Debías pensar que Dios estaba vivo entonces —señaló ella.

Galen cambió de posición con incomodidad.

—No era yo. Hice una estupidez.

Meg se obstinó.

—No puedes negar el hecho de que odiabas a Dios, así que tenía que haber algo o alguien que odiar. Quizás eso es lo que has de matar.

—Muy bien. —Galen suspiró—. Odiaba al Dios con que lavan la cabeza a los niños para que lo amen y adoren. Ese Dios es un fraude, una trampa. No existe. —Se puso emotivo—. Esa es la verdad auténtica, más que decir que Dios está muerto. Es un producto de nuestra imaginación.

—Que has de destruir para que la gente no continúe siendo engañada —lo instó Meg.

—Alguien tenía que levantarse. Mi único error fue pensar que podía encabezar la carga. Soy demasiado insignificante. Soy un don nadie. —Vilipendiarse de ese modo le resultó fácil a Galen, una vez que decidió sincerarse.

—Entonces diría que la presencia que encontraste te conocía muy bien —dijo Meg—. Te está diciendo que termines lo que pretendías hacer.

Galen apartó la cabeza y, mientras duró su silencio terco, Meg se dirigió a los otros.

—¿Por qué no destruir a un Dios que odias? Aquí no hay ningún ingenuo. Suceden cosas horribles cada día, cosas atroces, mientras Dios permanece sin hacer nada.

Nadie se mostró en desacuerdo con ella. Sus rostros parecían ansiosos y culpables.

—No temáis atacar a ese Dios —les tranquilizó Meg—. Es hora de matarlo si es lo que hace falta para llegar a la verdad.

Galen quería enfurruñarse, pero se le ocurrió algo nuevo.

—¿Es por eso que dejaste el convento? —preguntó—. ¿Calaste la trampa?

La respuesta de Meg fue críptica.

—Lo dejé por la razón contraria, pero no se trata de mí. —Miró a su alrededor en la mesa—. Cuando el discípulo da a alguno de vosotros un mensaje, ese se convierte en la mente y el corazón de todos en el grupo. Te miramos para descubrir la siguiente pieza del enigma.

El pequeño discurso de Meg causó un movimiento. Galen ya no era el pelo en la sopa. Pese a su hostilidad, en ese momento estaba sosteniendo la linterna cuyo haz podía fundir la oscuridad. Eso no significaba que lo respetaran, pero ya no causaba asco.

Galen notó el cambio y dijo en voz baja:

—Lo intentaré. —Hizo una pausa—. Esto es de lo más increíble, ¿no? Un pelele dirige la manada. Prometo defraudaros.

Por primera vez recibió las sonrisas de los demás, incluso una tensa y envidiosa de Frank.

Meg estaba complacida.

—«Matar a Dios» significa eliminar todo lo que es falso en Dios, todas las imágenes y mitos y creencias infantiles en que nunca nos molestamos en pensar. Hay que desembarazarse de ese Dios, eliminarlo. —Se volvió hacia Galen—. Por eso montaste en cólera. Así que continúa.

De repente, Galen recuperó su ansiedad. Estaba siendo conducido a lo desconocido. Sus viejas heridas se reabrirían. En ese mismo momento sintió que empezaban a supurar su veneno negro.

Meg vio el dolor en su rostro.

—Sé valiente —susurró—. ¿Puedes destruir para siempre al Dios que te hizo daño?

La sala de pronto se quedó en silencio, aguardando.

—No lo sé —murmuró Galen de forma casi inaudible. Quería agarrar su corazón y cerrar sus heridas otra vez.

—Puedes. Es solo una imagen —le dijo Meg.

Pero él sabía que no era así. Una imagen no podía ser la fuente de tanto dolor. Una imagen no podía convertir la vida de alguien en un desierto carente de amor.

Logró camuflar las ganas de llorar en una risa ahogada.

—Esto es más difícil de lo que pensaba.

—Lo sé. De lo contrario no sería una escuela mistérica —dijo Meg—. Sería un parvulario.

«Deberías haber visto lo que he perdido», pensó Galen.

Deseaba que Meg contemplara a Iris en toda su belleza. Sin odiar a Dios, se quedaría sin vínculos con ella, sin forma de mantenerla en él, aunque fuera de manera arrugada y patética. Esta vez no pudo contener las lágrimas.

—Temes tu propio vacío —dijo Meg lentamente—. Todos lo hacen. —Lanzó al grupo una mirada significativa—. ¿Por qué si no iban a aferrarse a las imágenes con tanta desesperación? No quieren tropezar y caer al vacío. ¿Quién los recogería? ¿Dios? Nadie más puede hacerlo. Ese es el misterio.

Todos contuvieron la respiración. Habían estado obsesionados en observar a Galen desenredándose ante sus ojos, pero eso fue una sorpresa total. La mirada de Meg pasó de uno a otro.

—Cuando destruyes todo lo que es falso, lo que queda tiene que ser cierto. —Esperó a que sus palabras calaran—. ¿Lo comprendéis?

Hubo unas pocas sonrisas nerviosas, pero nadie contestó.

—Para conocer a Dios como una realidad, hay que alcanzar el punto cero, donde no hay fe en nada. Es aterrador, pero completamente necesario. En el punto cero todas las ideas falsas sobre Dios se han abandonado. Gritas con todo tu corazón: «Muéstrate como eres realmente. He terminado con las falacias. O te muestras o estoy perdido.» Cuando puedes decir eso, Dios te oye. Sabe que tu búsqueda de la verdad es seria. Si Dios es verdad, no tiene más remedio que revelársete. Ahí es adonde nos ha guiado Galen hoy.

Galen sintió una oleada de emoción al oír eso. Era como si una telaraña enredada se hubiera transformado en una senda luminosa. El amor de Iris formaba parte de esa senda, y también la desesperación que sintió cuando se la arrebataron. Cada golpe lo había acercado más al punto cero. Galen nunca había tenido mucha fe en nada, pero incluso esa poca fe había quedado al descubierto.

«No me queda nada», pensó.

—Estás en los huesos —dijo Lilith, recogiendo lo que estaba pasando.

Galen no pensó en cómo Lilith lograba sintonizar con su mente. Estaba demasiado agradecido por ser vaciado del veneno que había estado devorándolo vivo.

15

Pasó una semana, y la siguiente reunión estaba a punto de empezar. Galen llegó tarde. Su ropa parecía más arrugada de lo habitual, como si hubiera dormido vestido. Frank no esperó a que se sentara.

—Saliste bastante maltrecho la última vez —dijo—. ¿Has tenido una semana dura?

—Más o menos —repuso Galen cautelosamente.

Había un silencio de tensión en la sala. «¿Por qué está todo centrado en mí?», se preguntó. Por primera vez, todos se sentáron juntos. A Galen le dio la impresión de que era un jurado observándolo: el testigo reticente dando testimonio sospechoso. Meg estaba sentada con aspecto imparcial, con las manos dobladas en el regazo. Solo Mare parecía mirarlo con ojos compasivos, así que se sentó al lado de ella, por si necesitaba una aliada.

—¿Qué está pasando? —preguntó Galen—. No os he hecho nada.

—Cierto, pero algo se hizo a través de ti —dijo Meg. Hizo un movimiento de barrido con la mano sobre el grupo—. Lo que experimentaste cuando tocaste el sagrario se ha extendido a todos.

—Como un virus —agregó Frank—. Y tú eres el portador.

Eso era totalmente injusto, pero Galen sintió una especie de triste satisfacción.

—¿Por qué sonríes? —preguntó Frank con brusquedad.

—Por nada.

Lilith tomó la palabra.

—No podemos empezar hasta que alguien explique algunas cosas.

Como nadie se presentó voluntario, Mare dijo:

—Solo puedo hablar por mí. Justo después de la última reunión estaba nerviosa. Me sentía en peligro. Cuando llegué a casa no paraba de comprobar que la puerta estaba cerrada con llave. El mínimo sonido me sobresaltaba, y entonces...

—Estaba a punto de revelar algo pero no podía.

Jimmy parecía muy agitado.

—No he sido yo mismo en toda la semana. Me sentía como vacío. Cuando me miraba en el espejo era como ver un zombi. No puedo creer que nos hicieras esto, tío.

Galen estaba desconcertado. Había experimentado el mismo vacío, pero pensaba que estaba solo.

—No tienes ni idea de qué trata esto, ¿verdad? —terció Frank con asco—. No va a admitir nada.

Meg se volvió hacia Frank y, para una persona tan amable, su tono fue severo.

—¿Y qué estás dispuesto a admitir tú?

Frank se reclinó en la silla.

—No quería decir... —balbuceó.

Frank se estaba acercando a algo importante; Meg siempre estaba con las antenas desplegadas. Nada se le escapaba. Miró a Mare en busca de apoyo, pero ella se sentía impotente respecto a su propia situación.

Cada noche, cuando se iba a acostar, Mare no podía cerrar los ojos sin sentir que estaba suspendida sobre un pozo sin fondo. Debajo de ella solo veía negrura. Al llegar el miércoles, estaba tan ansiosa y somnolienta que llamó a Frank. Él fue a verla. Se sentó en la cama sosteniéndola hasta que ella cayó en un sueño intermitente. Esperó hasta que se quedó dormida para besarla en la mejilla. Fue el momento más tierno entre ellos hasta el momento, pero ¿y si volver esa noche solo empeoró las cosas para ella?

—Frank tiene tanto miedo como Galen a mostrar debilidad —dijo Meg tras un momento incómodo—. Pero no se trata de quién es débil o fuerte. Todos habéis tenido una semana horrible. Era de esperar. Recordad que cuando una puerta se abre, todos pasamos por ella.

—¿Incluida tú? —preguntó Mare. Era la primera pregunta personal que alguien le planteaba a Meg, que no se molestó.

—Yo no he sufrido como vosotros, no —reconoció—. Ese no es mi papel.

—Pareces saberlo todo. Entonces, ¿por qué no nos proteges? —preguntó Jimmy.

Lilith contestó antes de que Meg pudiera hacerlo:

—No seas infantil. No es tu mamá.

Jimmy se sonrojó, algo que ocurría con demasiada facilidad.

—Está bien —dijo Meg—. A Galen no le gustó su experiencia. A ninguno de vosotros os gustó. Pero tenéis que experimentar el punto cero. No hay otra forma.

—Dijiste que alcanzar el punto cero era positivo —le recordó Mare.

—Y lo será, lo prometo. En cierto nivel todos queremos estar protegidos. Ansiamos amor. Nos aferramos a la vida como algo precioso. El punto cero elimina esas cosas. La pérdida es lo mismo que perder a Dios.

La presencia de Meg era tranquilizadora, pero al mismo tiempo ella se mantenía distante. Nadie la había visto fuera de las reuniones. Permanecía apartada de Lilith a pesar de su vieja amistad. Ni siquiera Mare había tenido noticias suyas, y cuando le dejó mensajes en el teléfono, su tía no los contestó. El jueves llamó su madre.

—He tenido noticias de mi hermana muerta por fin —empezó—. Tu tía Meg se escapó porque se hartó del convento, así de sencillo. Y diría que esperó bastante.

Mare se mantuvo cauta.

—¿Te contó algo más? ¿La veremos?

—No; se ha desembarazado de nosotras. Tiene que hacer un viaje. Puede que llame cuando vuelva. Espera sentada. —La madre de Mare sonó más irritada que angustiada.

Así pues, la intuición de Meg había sido correcta. La familia no había recibido su regreso como una buena noticia y cuando ella se excusó de visitarlos, no insistieron. Estaban más cómodos con un lugar vacío en la mesa.

El ambiente en la sala era más sombrío que nunca.

—No creo que vayamos a conseguirlo —murmuró Jimmy.

—El punto cero es muy desolador —dijo Meg—. Pero no es el final. Es un preludio.

—¿De qué?

—De ser llenados con la gracia.

Jimmy abrió los ojos como platos, pero Frank seguía contrariado.

—¿Y yo? A mí no me preocupa Dios. ¿Por qué debo pasar un infierno?

—Creo que es lo que estoy defendiendo —dijo Meg—. El discípulo saca la alfombra de debajo de los pies de todos. Lo justo es justo.

Lo dejó ahí. Mare no era la única que no quería desvelar lo que les había ocurrido. El lunes, Frank fue enviado a entrevistar madres solteras sin hogar para un reportaje. Debajo de un paso elevado en el límite de la ciudad encontró un campamento. Las mujeres parecían acabadas; sus hijos, demacrados y tristes.

El fotógrafo que lo acompañó estaba inquieto.

—He de fotografiar todo esto —dijo—. Algunos de estos niños necesitan un médico con urgencia. A ese pequeño de allí se le están cayendo los dientes. A nadie le importa.

—Sí, es un crimen —murmuró Frank. Se quedó atrás, sin sacar la grabadora del bolsillo.

—Bueno, ¿por dónde empezamos? —preguntó el fotógrafo.

—Por cualquier sitio. No importa —repuso Frank.

Se sentía extrañamente desapegado. El rugido del tráfico por encima en la interestatal le crispaba los nervios. Quería salir de allí.

El fotógrafo se puso a sacar fotos espontáneas furiosamente.

—¿Te pasa algo, tío? —le dijo a Frank, que se había quedado inmóvil.

—No; estoy bien.

Espabilándose, Frank se acercó a una de las madres de ojos demacrados que estaba acurrucada en una manta sucia con un niño de dos años en brazos. Ella lo miró con suspicacia: los visitantes indicaban que cerca estaría la asistencia social o la policía.

—¿Por qué nos acosáis? —preguntó.

—No estoy acosando a nadie. Solo soy periodista.

Ella le dijo que se largara. Frank se encogió de hombros y pasó a la siguiente.

El fotógrafo seguía tomando instantáneas, pero se estaba enfadando.

—Has de conseguir que se sinceren.

—Conozco mi trabajo; tú haz el tuyo —soltó Frank.

Continuó actuando mecánicamente un rato más; volvieron al coche y se marcharon cuando empezaba a caer una fina llovizna.

El redactor jefe de local puso ceño cuando leyó el borrador de Frank, que era tan emotivo como la transcripción de una reunión de la compañía del agua.

—Gran corazón el tuyo —ironizó.

Frank fue devuelto a su mesa dos veces más hasta que el artículo empezó a mostrar cierta empatía. No se atrevió a revelar lo poco que le importaba en realidad o lo aterrorizado que eso le hacía sentirse.

Frank no contó su historia a nadie, pero Meg pareció comprenderle.

—Os diré lo que todos habéis sentido —dijo—. En ausencia de Dios, hay un agujero dentro de ti.

Frank se arrugó por dentro. Así que eso significaba cuando miraba a esas madres sin hogar sin un atisbo de piedad. El recuerdo le provocó un escalofrío.

Galen protestó.

—Hay otra explicación. Sentirnos vacíos expone lo solos que estamos. Dios no tiene nada que ver con eso.

Para sorpresa de todos, Lilith parecía indecisa.

—Quiero creerte, Meg. Dices que lo que es justo es justo. Una justicia muy cruel, si me lo preguntas.

A diferencia de los otros, Lilith no se estaba refiriendo a una semana dura. Nadie podía imaginar lo que había pasado antes de que la conocieran. Había mantenido la fe durante casi treinta años. Ni una palabra escapó de sus labios sobre el extraño sueño de la Muerte Negra o la luz dorada que apareció en su dormitorio. Lilith había mantenido una buena fachada —matrimonio, hijos, profesión, todo— mientras por dentro vivía una agitación secreta. Esa agitación nunca la abandonó del todo, ni siquiera en sus momentos más felices. Su corazón siempre le daba la sensación de ser una cueva en la que soplaba un viento frío, aterrador.

La reconfortaba el hecho de que su marido no tenía ni idea de lo que ella experimentaba. Él trabajaba en el sector de seguros. Llevaba una tarjeta con un eslogan de su propia cosecha: «Asegura y quédate tranquilo.» Lilith pensaba que era mediocre, pero no lo criticaba, igual que él nunca la criticaba a ella por ser demasiado estricta con sus dos hijas.

Un domingo delante de la televisión, él puso en pausa el torneo de golf que estaba viendo. Las chicas ya estaban en la universidad. No había nadie en la casa salvo Lilith.

—Me pregunto quién eres —dijo él. Su tono no era acusador sino de desconcierto—. No te conozco.

Ella se quedó atónita.

—No he cambiado, Herb.

—Muy bien. —Volvió a poner en marcha el golf—. Pero si alguna vez quieres contármelo, estoy aquí.

Lilith se sintió desenmascarada y casi tembló. Le quitó de la mano el mando a distancia a su marido y apagó la tele.

—¿Qué estás diciendo? ¿Quieres el divorcio? ¿Vas a dormir en la habitación libre a partir de ahora?

Su marido se quedó perplejo.

—Por supuesto que no. Te quiero.

Siguieron durmiendo en la misma cama, pero Lilith dobló el grosor de su armadura. No iba a perderlo todo. Su vida iba a parecer ordinaria si eso la mataba. Confiar su secreto a Herb era impensable, como pedirle que volara con ella a Neptuno.

Pero ocultarlo no estaba funcionando del todo bien. Empezó una búsqueda solitaria de la verdad. Su única pista era el objeto dorado que había aparecido en su habitación tantos años antes. Empezó a acechar la biblioteca de la universidad, estudiando libros sobre los años de la Peste. Nunca se registró nada similar a su sueño de los seis cadáveres irradiando de un círculo.

¿Y luego qué? El objeto dorado tenía forma de iglesia. Lilith sabía lo que era un relicario, así que investigó a los peregrinos de la Edad Media. Descubrió centenares de relatos, luego miles, y después decenas de miles, la mayoría escritos en idiomas extranjeros. La ruta se reveló imposible, como todo lo demás que había intentado. Lilith recordaba el momento exacto en que renunció a su búsqueda.

Estaba sentada a una mesa de roble larga en la sala de lectura de la biblioteca. Ante ella se tambaleaba una torre de volúmenes dedicados al París del siglo XI. Olían a polvo y a eruditos mohosos que nunca se casaron.

«Estoy perdida», pensó.

Entonces, por encima de su hombro, una voz chirriante dijo:

—No sabía que tenía competencia.

Lilith se volvió para encontrarse con un viejo con perilla blanca, pajarita a topos y tirantes.

—Yo también estudio el período, mire —explicó—, pero no soy egoísta. Si necesita más libros sobre las escuelas mistéricas, devolveré los míos en una quincena. Ya los he tenido demasiado tiempo.

—¿Escuelas mistéricas? —repitió ella, desconcertada.

El hombre señaló el volumen encuadernado en piel de lo alto de la pila.

—He mirado a hurtadillas el título. *Escuelas mistéricas, la Iglesia y el papel de la magia*. Espero que no le moleste.

La expresión desconcertada de Lilith le hizo dudar.

—¿No cree que su tesis es sensata? Yo estoy de acuerdo. Mágica, de hecho.

Con una mirada de soslayo, el desconocido empezó a alejarse, murmurando para sí. Lilith quiso ir tras él. Ella nunca había oído hablar de escuelas mistéricas, pero las palabras le provocaron una descarga eléctrica. Había topado con alguna clase de pista, estaba segura. Empezó a levantarse de la silla, pero algo la detuvo. Los eruditos como él no la ayudarían. Ni siquiera llegaría a la primera valla si quería hacerles creer en su sueño, tan extraño y tan viejo. Sin embargo, no se desanimó. El puro instinto la llevaría a la siguiente pista. Siendo el único camino que quedaba, era el que ella tenía que seguir.

Las pistas restantes no llegaron pronto, sino en largos intervalos, normalmente por casualidad, como hojas de otoño aterrizando en tu cabello o la sombra de un cuervo cruzando tu camino. Cada pista la excitaba; cada largo lapso hasta que recibía la siguiente la volvía loca de frustración. Pero Lilith estaba emperrada, y cuando la captura estuvo en su red —restos flotantes de comentarios oídos al azar, encuentros casuales y descubrimientos crípticos— finalmente comprendió. Solo podía ser el decimotercer discípulo quien la estaba guiando. Ningún historiador bíblico creía en tal personaje. Las dos fuentes arameas ocultas en las profundidades de la Biblioteca Vaticana habían sido completamente desacreditadas. Sin embargo, Lilith creía, y cuando encontró a Meg se sintió reivindicada; no, triunfante. Todo era real si sabías dónde mirar.

Entonces, ¿por qué el discípulo la lanzaba otra vez a la desolación? Los otros podían tener un agujero en su interior, pero ella no. Era injusto, cósmicamente injusto.

Sin embargo, ahora solo importaba una cosa. Si el grupo se disgregaba, la situación empeoraría.

—Me disculpo por mi momento de debilidad. El punto cero es nuestro punto de partida —afirmó Lilith.

Galen habló con voz cansada.

—Hemos dado vueltas a esto hasta la muerte. —Señaló el sagrario en medio de la mesa—. Yo fui el primero. ¿Quién es el siguiente? Necesitamos un voluntario.

Como nadie hizo un movimiento, Meg levantó las manos.

—La discípula os hace sentir incómodos una semana y ya estáis listos para abandonar.

Nadie parecía contento.

—Entonces, ¿qué quieres que hagamos? —preguntó Mare.

La respuesta de Meg fue inesperada:

—Vamos a empezar a actuar como una verdadera escuela mistérica. Toquemos el templo.

—¿Todos? —preguntó Mare.

—Sí. Seguidme. —Meg tocó ligeramente el tejado de la iglesia dorada con la yema de los dedos—. Ella ha estado esperándonos durante siglos. Hemos de mostrarle que no se ha equivocado.

Uno por uno siguieron su ejemplo, incluso Galen. El sagrario empezó a brillar otra vez.

No estaba muerto; la presencia en su interior había estado escuchando. El brillo pulsó con debilidad, enviando oleadas de paz. Para que todas las manos cupieran en la miniatura, tuvieron que entrelazar los dedos.

—Nuestro momento kumbayá. Sabía que llegaría —se burló Galen.

Pero sus palabras se perdieron cuando las paredes de la sala se fundieron y una brisa les alborotó el pelo.

—¡Sé dónde estamos! —exclamó Mare.

Eso parecía improbable, porque era una noche sin luna. Mare no necesitaba luz para reconocer al hombre que estaba en el estrecho callejón adoquinado. Siempre estaba allí. Pronunció el nombre de Jesús, pero, como antes, no salió ningún sonido. Mare señaló y los demás miraron en su dirección, presencias silentes de una escena que se desenvolvía. Para Mare era distinto esta vez; estaba viviendo la escena con él, desde el interior de su mente.

Hacía frío para ser primavera, incluso al abrigo de las murallas de Jerusalén. A Jesús le temblaban las manos. Apenas podía verlas en la oscuridad, pero sentía su miedo. Lo que sus manos temían eran los clavos. Él no podía hacer nada al respecto. Quizá debería pasar las últimas horas antes del alba pidiendo perdón a sus manos, luego a su corazón, a sus ojos.

En cambio, continuó caminando por el laberinto de calles y callejuelas ocultas de Jerusalén, que se entrelazaban como arterias y venas. Pidió paz. Rezó:

—Padre nuestro que estás en los cielos. —Pero el temor no abandonó su cuerpo.

Solo horas antes, sus manos y corazón obedecían su voluntad. Era posible permanecer en calma en el *séder* de Pascua con sus discípulos. Jesús recitó el texto ritual, pero añadió:

—Cuando comes este pan, compartes mi cuerpo. Cuando bebes este vino, compartes mi sangre.

Las palabras se le acababan de ocurrir, como salidas de la boca de Dios. Los discípulos parecían desconcertados. Cada parte del *séder* existía para recordarles que eran judíos. La comida llevó a Moisés y Abraham a la sala. Hizo del éxodo de Egipto un recuerdo vivo, aunque sus antepasados habían huido de la cautividad siglos antes. En Pascua, con soldados romanos armados con palos patrullando por Jerusalén, a los judíos se les recordaba otra vez que no tenían poder en su propia tierra, salvo el poder de la memoria. Era la única cosa que los odiados ocupantes no podían arrebatarles y controlar.

Cómo pudo decir Jesús «¿Esta comida es sobre mí?». Era más que escandaloso. Si hubiera habido un fariseo en la sala, habría vuelto corriendo al templo y les habría dicho a los sacerdotes que tenían entre ellos a un peligroso zelota.

Los discípulos estaban siguiendo a un rabino milagroso, y esos hombres estaban inspirados por Dios. (El fariseo los habría condenado simplemente por pensar semejante cosa.) Las palabras de Jesús siempre significaban más de lo que aparentaban. Siempre instaba a los discípulos a captar su significado. Ellos rara vez lo conseguían, pero al menos podían discutir al respecto. Ser judío es discutir de manera interminable, y así la sala se llenaba de preguntas y dudas. En esta ocasión, Jesús no les dio las respuestas. Se quedó sentado, observando en silencio. Las velas parpadeantes hacían que su sombra temblara en la pared. Y entonces se levantó de un brinco.

—Hay un espía en esta sala. Sé quién es, pero no permaneceré en su presencia.

—¡Señor, levántate y señálalo! —gritó Pedro, alzando la voz sobre el murmullo de confusión.

—¿Por qué? ¿Para que puedas atacarlo?

—¿No deberíamos? —preguntó Judas con la más calmada de las voces—. Estaríamos cumpliendo con la voluntad de Dios.

Jesús apartó la mirada.

—Me voy.

Los discípulos se levantaron, bloqueando la puerta para que no pudiera marcharse.

—Por favor, maestro, piensa en nosotros. Quédate y enséñanos —rogó Judas—. Esta es una noche sagrada.

Cuando un hombre que contempla el suicidio se ha decidido, lleva a cabo con calma las pequeñas tareas que preludian la muerte. Compra un rollo de soga y pide prestada una escalera adecuada. Bloquea la puerta con una mesa pesada y se sienta a preparar con atención el nudo. Lo embarga una especie de valor fatal. Ocurre lo mismo con los traidores. Cuanto más se acercan a su pecado, más audaces se vuelven.

—Dejadme salir de aquí —insistió Jesús.

Los discípulos se apartaron, salvo Iscariote. Él acercó la cara al maestro para que los demás no pudieran verle sonreír.

—Eres el hijo de Dios. No puedes temer a uno de nosotros.

Sin responder, Jesús se marchó. Descendió por la estrecha escalera que conducía de la atestada habitación de arriba a la calle y desapareció. En su mente, vio ahora cada momento de lo que le esperaba. El Padre le había concedido eso. Judas huiría de la sala con un débil pretexto. Los discípulos esperarían desconcertados hasta que regresara el maestro, y después de medianoche Jesús les pediría que rezaran en el jardín.

Sin rumbo, sus pisadas lo habían llevado a un callejón encajonado entre casas altas, dejando solo una rendija de cielo nocturno por encima. La proximidad le presionaba, y dejó de vagar.

«Hágase tu voluntad» no le dio fortaleza. Se rebeló contra su sacrificio.

—Padre, te imploro. Si me amas, escúchame ahora.

Cuando las palabras salieron de su boca, la cara de Jesús se puso colorada a pesar del frío nocturno. Estaba rogando. Era la única cosa que nunca les había enseñado a hacer a sus discípulos. Un judío nunca ruega a un Dios de amor. El Padre sabe todo lo que sus hijos necesitan y da por el amor de su gracia.

Pero Jesús sentía pánico. «¡Sálvame! ¡Sálvame!»

El ruego llegaba demasiado tarde. Desde un extremo del callejón, que estaba oculto por una curva cerrada, captó un destello de luz que se acercaba. La traición de Judas tenía que haber ocurrido antes de lo que Jesús pensaba y las manos toscas de los soldados se lo llevarían. El rabino de los milagros se enfrentaba a su peor temor. No era la muerte, sino morir con dudas.

La luz se acercó, trazando la curva. Extrañamente, no hubo sonido de botas pesadas. Y la luz no parpadeaba como en las antorchas.

—Oh —dijo una voz de mujer. La luz dejó de acercarse.

—No temas —dijo Jesús—. No te haré daño.

Su corazón estaba acelerado, como siempre ocurría cuando un misterio lo buscaba. No se había topado con una prostituta, que se habría acercado con audacia a un hombre que caminara solo en la noche. Hubo una vacilación; entonces la mujer se acercó a él y a la luz Jesús vio que era solo una muchacha.

—Déjame pasar. Lo necesito —dijo ella.

La muchacha avanzaba a tientas como si no hubiera luz. Jesús estaba paralizado por el asombro.

—A mi padre le ha caído encima un muro y está herido —dijo ella—. No han podido moverlo en horas. He corrido a buscar medicinas para sus heridas.

La muchacha dijo todo esto con un ligero nerviosismo. Por lo demás, no parecía asustada.

—Ojalá tuviera una antorcha para verte. Llevaba una pero se apagó.

«Ella no lo sabe», pensó Jesús.

Había luz en todas partes y emanaba de ella. Eso era lo que le asombraba.

—Estás bendita —dijo Jesús.

—Gracias, *rebbe*.

Nadie la había bendecido fuera del templo, lo cual significaba que ese desconocido tenía que ser sacerdote.

Jesús dudó. Conocía esa luz. Era la *Shejiná* de las escrituras, la luz del alma. Que irradiara brillantemente de la muchacha significaba algo. Jesús esperaba que Dios le dijera qué hacer.

Y entonces lo hizo.

—¿Puedo hablar contigo? —preguntó Jesús.

—Lo haría, pero la medicina... —repuso la niña con dudas, sosteniendo el paquete de hierbas metido en la manga de su vestido.

—Tu padre ya ha sanado.

—¿Qué? —La muchacha sintió que el aire helado se colaba por el callejón, haciéndola temblar.

—Tu padre no te necesita, pero Dios sí. —Jesús no esperó a que ella protestara. Tenía la urgencia del tiempo—. Tengo una enseñanza para ti. Presta atención. Los judíos prueban que son hijos de Dios de dos maneras. ¿Cuáles son?

La muchacha no era pobre. Su familia había contratado tutores religiosos para sus hermanos, y a ella se le permitía escuchar desde detrás de una cortina.

—La palabra y el templo —contestó—. La palabra une a Dios con nosotros. Hacer el sacrificio en el templo nos une a él.

Jesús negó con la cabeza.

—¿Basta con eso? Las palabras no son eternas y el templo puede derrumbarse en ruinas.

—Perdón, mi *rebbe*, pero la palabra es eterna.

Jesús sonrió para sí. El Padre le había enviado a la persona adecuada.

—Sí —dijo—, la palabra es eterna, pero puede caer en el olvido entre los hombres. Te contaré un misterio. Hay una cosa más allá de la palabra: la luz. La muerte no puede tocarla. Yo soy la luz. Ten la seguridad de eso. Esta verdad te conducirá al cielo.

La niña estaba desconcertada, y todavía no podía ver la cara del desconocido. Él se volvió para alejarse, y entonces ella sintió un dolor agudo en el corazón. Ella gritó, pero él continuó caminando. Ella corrió para darle alcance, pero una segunda punzada de dolor le atravesó el pecho y tropezó.

Por encima se abrió una ventana y alguien se asomó con una lámpara de aceite.

—¿Quién anda ahí abajo? —gritó el hombre, irritado y somnoliento.

Para entonces, el desconocido había alcanzado el extremo del callejón y había desaparecido en la noche.

La escena se cortó como un carrete de película roto y las manos de los seis se separaron del sagrario. Abrieron los ojos. El grupo miró el brillo dorado, que todavía pulsaba tenuemente.

—No habléis —les advirtió Meg—. El decimotercer discípulo era una muchacha, una inocente. Se le confió un misterio. Ahora el mismo misterio se nos ha transmitido a nosotros.

Al cabo de un momento, el brillo dorado se atenuó. Se llevó la presencia de la discípula. Todos la habían sentido.

Galen fue el primero en hablar.

—Hemos sido unos estúpidos, todos.

—Desde luego —lo respaldó Jimmy.

Meg sonrió.

—No podíais evitarlo.

No dijo lo cerca que habían estado de fracasar. Ahora el temor en sus corazones estaba perdiendo agarre.

—Tenemos una última cosa que discutir —dijo Meg—. Hemos viajado en el tiempo esta noche. ¿Cuál es la lección que nos espera?

Sus respuestas se solaparon.

—Jesús es real.

—No estamos locos.

—La luz.

La última fue de Lilith, y Meg estuvo de acuerdo:

—Nuestra única salvación es la luz. La semana que viene, quiero que vayáis solos a la luz.

Hubo un murmullo de asentimiento. Podían sentir la protección que los rodeaba como brazos envolventes.

Mare tenía una pregunta.

—¿Cómo sabremos qué hacer?

—No puede planearse con anticipación —repuso Meg—. Cede a la luz. Es mi mejor consejo.

—No quiero ser aguafiestas —dijo Frank—, pero ceder condujo a una semana bastante horrible la última vez.

—Entonces cede más —respondió Meg—. La discípula no sabía absolutamente nada. Fue enviada a ciegas a la luz, si puedo decirlo así.

«Como yo», pensó Lilith. Lo que había considerado una maldición era una bendición camuflada.

Se dispersaron de un humor muy diferente al que tenían al empezar la reunión. Meg se quedó atrás para cerrar. Que el grupo confiara en la decimotercera discípula significaba que confiaba en ella. Ella lo sabía, y eso le hacía guardarse algunos secretos.

—Todo pinta bien hasta el momento —dijo a la sala vacía.

Sus pupilos habían atravesado un velo invisible.

¿Quién sabía realmente como podía ser una escuela mistérica? Monjes con hábitos y capuchas arrodillados ante la cruz. El incienso pesado en el aire. Los escudos de los cruzados y sus espadas melladas alineadas en las paredes. Había algo que decir sobre el atrezo.

Una escuela mistérica no podía estar formada por gente ordinaria en una fea sala de reuniones de un sótano, con la piel verduzca por la luz de fluorescentes baratos.

Pero esta vez lo era.

16

La semana siguiente no pasó ni despacio ni rápido para Meg. Ya apenas era consciente del tiempo. Tan acostumbrada estaba al silencio que el tiempo ya no era útil. Se había marchitado como el jardín del convento en invierno, dejando ramas desnudas donde había pendido fruta dulce. Cuando volvió al mundo, el tiempo no estaba esperando en el umbral para darle la bienvenida.

La esperaban en la siguiente reunión de la escuela mistérica, pero Meg se entretuvo en el enorme salón de la casa del padre Aloysius, un lugar frío y en penumbra donde rara vez entraba cuando estaba vivo. El buen sacerdote prefería una modesta rectoría. Cabezas labradas de leones le gruñían a Meg en silencio desde los rincones de pesados muebles victorianos. Algunas de las pinturas enmarcadas en oro en la pared seguían cubiertas por sábanas, pero ni siquiera años de desatención habían logrado disminuir los símbolos de la riqueza familiar.

El padre Aloysius nunca mencionó que iba a dejarle a Meg la casa, una mansión en realidad. Hacia el final, sabiendo que le quedaba poco tiempo, desafió a los doctores para visitar una vez más a las monjas para bendecirlas. A las hermanas les sobrecogió su aspecto demacrado.

—Ahora hemos de hablar de la discípula —dijo el sacerdote cuando él y Meg consiguieron estar un rato a solas.

Sus reuniones semanales se celebraban en el maltrecho cobertizo y en cabañas cerradas con tablones dispersas por los terrenos del convento. En esta visita final, se sentaron uno junto al otro en un banco desvencijado de un cobertizo de jardín, la última reliquia de los jardineros italianos que habían trabajado en la finca. La respiración de ambos empañaba el aire frío. Ninguno de los edificios exteriores tenía calefacción, y las grietas en las ventanas nunca se repararon.

—Cuando me vaya, la discípula no tendrá nadie con quien hablar aparte de ti —dijo el padre Aloysius.

Meg parecía indecisa.

—Pero en realidad no sé quién es. ¿La ha visto?

—Oh, sí. Pero ya sabes lo más importante. Ella es la guardiana del evangelio invisible. —El viejo sacerdote le lanzó una mirada severa—. Sería un mal momento para perder la fe.

—No quiero perderla —murmuró Meg.

El padre Aloysius suspiró.

—¿Crees que no has hecho nada estos últimos diez años? Sí has hecho. Has permitido que la presencia de Dios acuda a ti. Ahora su presencia está contigo. Está contigo en todo momento.

Aloysius dio una calada a su cigarrillo. Nunca había dejado el hábito, pero había vivido lo suficiente para ver la llegada de los cigarrillos electrónicos.

—Un sistema electrónico de entrega de nicotina. Qué cosa —murmuró con un toque de lamento.

Meg sintió una oleada de emoción.

—¿Qué haré sin usted? —dijo entre lágrimas.

—Dejarás este lugar. Eso es lo primero. Debes continuar la misión de la discípula, y no puedes hacerlo encerrada entre estas paredes.

Sentada en el cobertizo helado y ventoso con las manos

metidas en las mangas para conservar el calor, Meg observó mientras el padre Aloysius abría la maleta de piel raída que llevaba consigo. Del interior sacó un objeto envuelto. Lo desenvolvió con cuidado para revelar el sagrario dorado, que ella nunca había visto.

—Vivimos en una época terrible para los milagros —dijo—. Están en peligro como el ave del paraíso. Cuando vuelvas a tu celda, comulga con este objeto precioso.

Por más que confiaba en él, Meg estaba anonadada de miedo. Ser una mala católica nunca había llegado tan lejos.

El padre Aloysius puso su mano, nervuda y fuerte a pesar de su enfermedad, sobre la de ella.

—No te estoy pidiendo que practiques magia negra, hija mía.

—No estoy segura de estar preparada para la magia blanca —repuso ella con una risa nerviosa—. Esto podría ser un error.

—Si Dios comete errores, entonces no es Dios.

Meg negó con la cabeza.

—Con eso no basta, padre.

—Ha de bastar, por ahora.

El pecho del sacerdote se sacudió de repente con una tos alarmante, y ante los ojos de Meg se volvió débil y exhausto. Pasó un brazo sobre los hombros de Meg, y ella le ayudó a salir del cobertizo. El camino de regreso a su coche fue dolorosamente lento.

—En realidad no importa quién nos vea —dijo con una sonrisa triste—. Los dos estamos a punto de desaparecer.

En el aparcamiento, descansó un momento antes de ponerse al volante del desvencijado coche negro.

—No pienso en la muerte —musitó—. Espero con sosiego. Lo que venga, vendrá.

No había nada más que decir. Habría sido una bendición si Meg hubiera visto lo que llegó a continuación. Mientras descendía por la carretera de curvas del convento, el padre Aloysius se acordó de la ocasión en que, con diez años de edad, estaba con los pies colgando en el agua azul y fría de la piscina municipal. Su mejor amigo, Ray Kelly, señaló el alto trampolín que se recortaba contra el cielo.

—Te reto a que no saltas —dijo.

Ninguno de los dos había reunido el valor de subir tan alto. Pero Aloysius, que tenía ese peculiar nombre porque una abuela devota y testaruda había insistido en ello, no podía rechazar una apuesta. Subió por la escalera y las cabezas se volvieron cuando un niño flaco se acercó de puntillas al borde del trampolín. Por más ligero que fuera su paso, la tabla sonaba bajo sus pies. Al mirar hacia abajo, vio el agua, que parecía a kilómetros de distancia. Su miedo le decía que no saltara, pero ¿qué podía hacer? Su reputación dependía de no volver a bajar por la escalera.

Ahora se hallaba al borde de otro salto, después de caminar de puntillas hacia él durante setenta y ocho años.

«No tengo elección —pensó—. Arruinaría mi reputación si retrocediera.»

Meg esperó hasta la hora de cenar para sacar la vieja maleta que contenía la iglesia dorada en miniatura. Se excusó de ir a la mesa alegando indigestión, y se apresuró entre la oscuridad hacia el desvencijado cobertizo de jardín. La maleta estaba escondida detrás de un cortacésped viejo y oxidado.

Volvió a su celda sin que la detectaran y metió la maleta bajo su camastro. Si no asistía a las oraciones de la noche, una hermana médica vendría a verla.

Regresando al grupo, Meg murmuró que se sentía mucho mejor, gracias. Durante las plegarias, la única cosa en la que podía pensar era en la instrucción misteriosa del padre Aloysius: «Comulga con este objeto precioso.» ¿Qué significaba eso?

Las hermanas se fueron a acostar después de la última plegaria. No había relación social, porque la siguiente ronda de oraciones empezaba muy temprano. Meg se sentó en el borde del camastro y esperó un tiempo prudencial. Era muy poco probable que otra hermana llamara a la puerta, pero igual esperó hasta que el pasillo estuvo completamente en silencio y vacío.

Al sacar la maleta de debajo del camastro, le asombró lo pesada que era. Había estado demasiado ansiosa al llevarla en la oscuridad para reparar realmente en su peso, pero cuando la abrió y levantó el objeto, todavía envuelto en un trozo desgarrado de sábana blanca, casi se le escapó de las manos.

Durante una fracción de segundo sintió pánico al pensar en el ruido que haría el objeto si caía contra el suelo de piedra. Lo agarró justo a tiempo, se sentó con rapidez y lo colocó en su regazo. Se obligó a respirar lentamente para que su corazón se calmara. Demasiado nerviosa para encender la lámpara a esa hora, miró el objeto en una oscuridad casi total. «Tiene que ser muy valioso —pensó—, pero si esa es la única razón de su existencia, el padre Aloysius no lo habría rodeado de secreto.»

Esta idea le recordó el rostro del sacerdote, y sintió pena. Nunca más volvería a verlo. Eso le provocaba un gran dolor que no había querido afrontar en todo el día. Un final definitivo causaba miedo y pesar, aunque su viejo amigo continuaba vivo. Si no fuera monja de clausura, incluso podría telefonearle y escuchar su voz otra vez.

Sería fácil ceder a la autocompasión allí en la oscuridad. Meg se resistió, centrando su atención en la iglesia en miniatura.

«Qué hago contigo ahora», pensó.

Era una pregunta retórica, pero Meg tuvo la sensación de que alguien la oyó. No es que eso fuera posible racionalmente, solo que su duda retrocedió un poco. Se sentía comprendida, como le pasaba con el padre Aloysius. Pero recordar su rostro otra vez se reveló peligroso. Se encontró llorando, y se acercó la iglesia dorada y la abrazó, usándola para aferrarse al viejo sacerdote.

De repente, vio una colina en el ojo de su mente, con tres cruces recortadas contra un cielo de tormenta. Ser testigo de tres cuerpos colgando de cruces sería insoportable. Había estado allí antes y su corazón latió con fuerza. «Por favor, otra vez no. No puedo.»

Las voces zumbaban a su alrededor, y la imagen iba y venía como una señal de televisión débil. Meg tenía la leve esperanza de que podría escapar, hasta que de repente su celda atestada desapareció y se encontró allí. Había regresado a la Crucifixión, pero no veía los cuerpos, solo la muchacha alejándose de ellos.

La escena dio un salto adelante. Ahora la muchacha estaba en la ciudad. No había multitudes en las calles estrechas por las que corría. La Pascua había llevado a los judíos al templo; pocos fueron a contemplar embobados el espectáculo del Gólgota, el «lugar de las calaveras».

La chica corría a ciegas, apenas capaz de ver el camino a través de sus lágrimas. Meg se acercó a ella, tanto que sintió que el latido acelerado de la discípula era el suyo. La muchacha huyó hasta que quedó exhausta; se derrumbó a la sombra de un olivo retorcido justo detrás de los muros de la ciudad. Durante un rato no ocurrió nada. Su respiración entrecortada empezó a aplacarse. El miedo también se aplacó y por fin pudo pensar. Sus pensamientos llegaron a Meg con claridad.

«Era un desconocido. Ahora está muerto. No tengo que hacer nada.»

La muchacha cobró conciencia de una sombra pasando sobre ella. Levantó la cabeza, avergonzada de verse atrapada cuando sus emociones se habían descontrolado.

Era él.

Se quedó tan desconcertada que de sus labios salieron palabras infantiles.

—¿No deberías estar muerto?

Jesús sonrió.

—Eso depende de cómo lo mires.

La figura que vio Meg era baja y oscura, con un aspecto que le pareció mediterráneo, ni siquiera judío. La muchacha solo había visto al desconocido de noche. Su voz era amable, igual que cuando lo encontró en el callejón, pero parecía asombrosamente ordinario. Para Meg, Jesús podría haber sido el iraní propietario de la tintorería del barrio.

La muchacha estaba desconcertada. No había escapatoria posible.

—Vi lo que te hicieron —dijo.

—A ojos de los hombres, sigo allí —repuso Jesús—. No terminará hasta dentro de un rato.

Se sentó al lado de ella a la sombra del olivo, que proyectaba sombras moteadas en su cara.

—El que habla contigo ahora, el que se te aparece ahora, es el único al que debes prestar atención. Los hombres que creen que pueden crucificar la luz están equivocados.

La muchacha parecía afligida. Ese hombre podía ser un mago que había lanzado un hechizo sobre ella. O los demonios podrían haber entrado en su cuerpo. O ella podría haber perdido el juicio. Sin embargo, ninguna de esas explicaciones captó su atención. Respirando profundamente, aceptó lo que veía.

El desconocido notó su aceptación.

—Has oído lo que dicen, muchos son los llamados, pero pocos los elegidos. Tú has sido elegida, y a través de ti otros los serán también.

La muchacha quiso protestar, pero Jesús se levantó y empezó a alejarse en dirección al Gólgota, que no podía verse por encima de los muros de la ciudad y las casas que se interponían.

La noche anterior ella había corrido tras él. Esta vez, en

cambio, se quedó sentada, casi derrumbada en el suelo. Meg quiso acercarse y cogerla en brazos. Sabía lo insignificante que se sentía la discípula en ese momento. Meg estaba acuciada por el mismo sentimiento.

De repente, las dudas estallaron en la cabeza de la discípula.

—¡Dime qué hago! —gritó con pánico.

Jesús ya estaba demasiado lejos para oírla. Pero la mente de la muchacha respondió por él: «Serás guiada como él fue guiado.»

En un instante, la escena se desvaneció. Meg estaba sentada en el camastro de su celda, sumida en la oscuridad. Cobró conciencia de la pequeña iglesia en su regazo, sujetada por sus manos. En un momento ordenó sus ideas e incluso se las arregló para sonreír. Había logrado comulgar con el sagrario. La superficie metálica del objeto se notaba caliente. Sabía cuál era su deber a partir de ese momento, y aunque era imposible, el objeto empezó a brillar tenuemente, como si también lo comprendiera.

17

El aire en la sala de reuniones del sótano del hospital estaba más viciado que nunca. Esperar una hora a que Meg apareciera los había puesto tensos.

Frank miró su reloj por quinta vez.

—No va a venir. ¿Qué hacemos?

No era la pregunta más sencilla. Cuando llegaron, la puerta estaba cerrada. Lilith tenía otra llave. Entraron y vieron el sagrario dorado en el lugar que siempre ocupaba, el centro de la mesa. Estaban desconcertados.

Ahora Galen se inclinó y puso una mano sobre el techo suave de la capilla.

—¿Qué estás haciendo? —preguntó Frank.

Su tono no era hostil. La sesión de la semana anterior había fundido toda rivalidad. El ambiente era más de suspense que de otra cosa.

—Quiero ver si ocurre algo cuando ella no está aquí —repuso Galen—. A lo mejor la energía viene de Meg.

—¿Y?

Galen se encogió de hombros.

—Nada.

—Creo que ella nos está dejando solos deliberadamente —señaló Lilith—. Deberíamos empezar sin ella.

El grupo no se mostró entusiasta con su propuesta.

Frank se levantó de golpe.

—Nos ordenaron ir a la luz esta semana. ¿Alguien lo ha logrado?

Silencio.

—Yo tampoco. Sesión pospuesta.

—Espera —protestó Jimmy—. Deberíamos hablar un poco más de eso. Esta semana fue mucho mejor para mí. No vi un zombi en el espejo.

Recibió unas pocas sonrisas débiles. Nadie más habló. Mare dijo lo que todos empezaban a pensar.

—Y si se ha ido, quizá no vuelva.

—No os dejéis llevar —dijo Lilith—. Jimmy ha empezado. ¿Quién más quiere compartir su experiencia?

Silencio. Lilith negó con la cabeza.

—Esto es muy peculiar —murmuró.

—¿Y tú? —preguntó Jimmy.

—Me temo que no.

De hecho, Lilith se había empeñado toda la semana en su búsqueda de la luz. Era más ambiciosa que los demás o quizá solo estaba más motivada. La discípula tenía que haber planeado algunas experiencias extraordinarias para ella. ¿Una iluminación? ¿Una gran revelación? ¿Qué sería?

Lilith reflexionó sobre esto en la gran casa donde vivía con Herb. Él nunca había vuelto a interrogarla sobre cosas que no podía comprender. Sus dos hijas crecidas se habían ido de casa a otras ciudades para sus cursos de posgrado o en busca de un trabajo. En realidad, eran hijas de Herb. Tenían la misma mente literal que las ponía a salvo. «Demasiado a salvo», pensó Lilith. Muchas veces había tenido la tentación de revelarse ante ellas, sobre todo cuando afrontaban una crisis.

Cuando Tracy, la mayor, estaba en el instituto, salía con un chico que de repente empezó a perder peso y sentirse cansado. Tracy se irritó cuando canceló dos citas seguidas. Nunca estaba en casa cuando ella lo llamaba. Al localizarlo por fin, lo primero que él le dijo fue: «Tengo cáncer de huesos.»

La noticia la destrozó. Lilith se quedó en el pasillo, delante de la habitación de Tracy, oyéndola llorar al otro lado de la puerta. Cualquier madre habría entrado a reconfortar a su hija, pero Lilith vivía un conflicto. No sentía nada por el chico enfermo, que posiblemente estaba condenado. Lo maligno avanza con despiadada rapidez en alguien tan joven. Lilith se alejó de la puerta y bajó la escalera.

Se sentó a la mesa de la cocina, todavía sin sentir nada. Eran los años en que le daba miedo buscar en su corazón. Tuvo un impulso repentino. Debería preguntarse por qué no sentía lo que sentía la gente normal. En silencio, planteó la pregunta al vacío.

Una voz contestó en su cabeza. «Porque tú sabes. Porque tú puedes ver. Te lo mostraré.»

El corazón de Lilith latió más deprisa. «Muéstramelo ahora. Estoy preparada.»

Pero no pasó nada más. Se sintió amargamente decepcionada. ¿Por qué cada experiencia era un martirio? Se levantó de la mesa y subió a la habitación de su hija.

—Tracy, cielo, ¿estás bien? ¿Puedo entrar?

La puerta se abrió y Lilith se acercó y se sentó en la cama para abrazar a la chica y tranquilizarla. Fue bien porque Lilith había aprendido hacía mucho que otra gente no puede ver quiénes somos en realidad. Esa noche, después de asegurarse de que Tracy se había quedado dormida, Lilith tuvo uno de sus sueños «especiales». Vio al chico, Greg, tumbado en la cama de hospital con tubos conectados a su cuerpo. Estaba dormido, con la cara pálida y demacrada. Lilith lo vio a vista de pájaro, como si flotara en el aire sobre su cama.

—Estoy aquí para llevarte a casa —susurró.

Él se removió en su sueño y gimió suavemente sin despertarse. Entonces, una voluta de luz emergió de lo alto de su cabeza. Lilith se sintió como si fuera su madre, convenciéndolo con ternura de que no tuviera miedo. La voluta de luz se convirtió en un hilo plateado que, cuando emergió, se hizo más largo, extendiéndose hacia el techo. El chico dejó de gemir o moverse. Y allí terminó el sueño.

Tracy volvió pronto de la escuela al día siguiente, con el rostro surcado de lágrimas. Greg había muerto de repente en el hospital esa noche. Su corazón se había detenido. Los doctores estaban perplejos, pero se ahorraron contarle que su cáncer se había extendido tanto que era intratable.

Durante días, Lilith fue sintiéndose bien y mal. Bien porque había hecho un recado de misericordia. Mal porque era solo un sueño. La experiencia se negaba a desaparecer, instándola a seguir. Pero Lilith tardó mucho tiempo antes de reunir valor para visitar la unidad de enfermos terminales del hospital, donde se demostró a sí misma que podía ser realmente testigo del espíritu de alguien abandonando su cuerpo.

Así que era cierto que no había visto la luz esa semana, pero la verdad completa era que la había visto muchas veces antes.

Transcurrió otra media hora en la sala de reuniones. Al grupo le resultaba difícil aceptar la derrota.

—No es culpa nuestra —dijo Frank—. Meg no nos contó lo suficiente. —Miró por encima del hombro para ver si había entrado por la puerta—. Mientras Meg no esté aquí, tengo una pregunta para todos. ¿Hasta qué punto hemos de conocer a Jesús? La escena que vimos la semana pasada no está en la Biblia que yo sepa. ¿Alguno de vosotros tiene idea de dónde viene?

—Te digo que ella podría ser la energía —afirmó Galen. Había reincidido durante la semana—. Quizás es hipnotista. No me mires así. Es una mejor explicación que creer que hemos conocido a Jesús.

Lilith le lanzó una mirada amarga.

—Bravo. Nuestro archiescéptico quiere quemar una bruja en la hoguera.

—No he dicho eso —contraatacó Galen—. No pongas palabras en mi boca.

Frank negó con la cabeza.

—La conclusión es que ninguno de nosotros ha visto la luz.

—Entonces habéis buscado donde no debíais.

Todos se volvieron. Meg estaba de pie en el umbral, escuchando.

—Me complace por vuestra sinceridad, pero os rendís demasiado pronto.

Entró y ocupó su lugar a la cabecera de la mesa.

—Sospechaba que no lo lograríais. Por alguna razón, eso debe ser lo que pretendía la discípula.

—¿Dejarnos en ascuas? —preguntó Mare.

—Ella quería que buscarais con todas vuestras energías en todos los lugares ordinarios —repuso Meg—, hasta que os dierais cuenta de lo esquiva que es la luz en realidad. No está en ninguna parte y está en todas partes. Brilla tanto en una mina de carbón como en una catedral.

El desconcierto general la hizo sonreír. Meg tenía dotes teatrales.

—Si os hubiera seguido esta semana, ¿cuánta búsqueda habría visto? Frank estaba trabajando, y Jimmy también. Mare y Galen sobre todo vieron la televisión y se preocuparon por no tener trabajo. Vosotros cuatro apenas os habéis esforzado. —Volviéndose hacia Lilith, añadió—: Pero no es tu caso, ¿eh?

—Les dije antes de que entraras que yo tampoco vi nada —dijo Lilith a regañadientes.

—Pero no les has contado toda la verdad. Estoy segura. —Meg también tenía dotes para el interrogatorio.

—No fui a la tienda por bombillas si es lo que quieres decir. —El instinto de Lilith le decía que guardara su secreto. Así era como había sobrevivido. Pero Meg estaba esperando a oír algo de ella—. Nunca hubo un lugar especial al que ir. La luz es lo mismo que la presencia. Si sientes la presencia, estás en la luz —añadió.

—Sí. —Meg asintió de manera aprobadora.

—Pero eso no ayuda —dijo Mare—. No había presencia fuera de esta sala.

—Ese es el misterio, cuando algo está en todas partes y en ninguna —repuso Meg.

—Más acertijos —gruñó Galen.

Meg no le hizo caso.

—Imaginad todos que sois un pez. No estáis satisfechos con ser un atún o un halibut común. Queréis ser espirituales. Un día nadáis hasta la entrada de una cueva profunda donde se supone que mora un maestro sabio. No entráis nadando, por si acaso es solo un truco y hay un tiburón esperando a devoraros. «Dinos cómo encontrar a Dios», rogáis. Y desde lo más profundo, una voz grave dice: «Mojaos.»

»Qué es esto, pensáis. Preguntáis otra vez. «Queremos desesperadamente ver a Dios. Dinos la respuesta verdadera.» Pero la misma respuesta sale desde el fondo de la cueva: «Mojaos.» Os alejáis nadando, desanimados y decepcionados. Encontráis otros maestros que os dicen toda clase de cosas que hacer, pero al final nunca os mojáis y Dios sigue siendo un misterio. —Meg miró alrededor de la mesa—. ¿Quién ve el significado de esta parábola?

Jimmy tomó la palabra.

—El pez ya está mojado, solo que no lo sabe, porque toda su vida el agua ha estado demasiado cerca.

—Exacto.

Mientras Jimmy disfrutaba de haber dado con la respuesta, Lilith rebatió el argumento.

—Ahora que sabemos que estamos en la luz, ¿cómo la vemos en realidad?

—Con esto.

Meg levantó una bolsa de supermercado. Dentro había media docena de gafas de sol de plástico.

—Unas para cada uno. Son todas iguales.

Frank eligió unas con montura verde neón.

—Yo llevaba baratijas como esta a la playa cuando tenía ocho años.

—No exactamente como estas —dijo Meg—. No analices. Solo póntelas mañana. ¿De acuerdo?

Meg no esperó una respuesta. La reunión llegó a un abrupto final cuando se levantó y se marchó sin mirar atrás.

Cuando acompañaba a Mare a su coche en el aparcamiento, Frank giró las gafas de sol de plástico en el aire, como un niño con un molinete. Algo lo había puesto de un humor maníaco.

—¡Compra tus gafas divinas aquí! —gritó, imitando un mercachifle de feria—. ¡No esperéis la última trompeta, amigos! Es un bajón.

Mare no hizo nada por detenerlo, pero tampoco se rio. Desde la noche en que él la abrazó hasta que se quedó dormida, deberían haberse acercado más. Frank se preguntaba por qué no había sido así. Quizá la escuela mistérica ya era un peso suficiente.

Su hechizo maníaco desapareció con la misma rapidez con que había aparecido.

—¿De verdad hemos de llevar estas cosas estúpidas?

Era una noche sin luna y estaba demasiado oscuro para probarlas.

—¿Por qué no? —dijo Mare—. Lo peor que puede pasar es nada.

—No sé. Quizá lo peor es que nos arrastre demasiado —repuso Frank—. ¿De verdad no te importa seguir pase lo que pase? —Ahora él estaba inquieto e incómodo. Todas las reuniones lo dejaban con esa sensación.

Encontraron el coche de Mare. Frank buscó una excusa para impedir que se marchara.

—Deberíamos hablar más, de todo. De nosotros y de lo que está ocurriendo.

Mare no se metió en ese terreno.

—¿Qué es lo que de verdad te molesta?

—¿Estás de broma? Todos deberíamos preocuparnos. Quiero decir que meterse en la madriguera del conejo no es nada comparado con esto.

—Galen también está asustado. Lo vi esta noche —dijo Mare.

—Yo no estoy asustado —protestó Frank—. Quizá, solo quizá, tenía razón sobre la energía de tu tía. Nuestras mentes están distorsionadas, y alguien lo está provocando.

Para su sorpresa, Mare dijo:

—Vamos a mi casa. Puedes quedarte esta noche y recoges tu coche por la mañana.

Frank asintió y subió al coche. En condiciones normales, se habría emocionado por la invitación. Se sentía atraído por Mare como un colegial. Desde el punto de vista físico era perfecta a sus ojos, y cuando él la hacía sonreír sentía que se había apuntado una pequeña victoria. Pero ella encendía su inseguridad. Mare era más profunda que él, y Frank no pensaba que fuera a bajar la guardia por completo. Ella pasaba las reuniones observando y casi sin hablar. La sensación de extrañeza por lo que estaban pasando podría no ser buena para ella.

Habían superado la fase en que él se lanzaría en picado con una ofensiva encantadora.

—Hablo en serio respecto a implicarnos demasiado —dijo en tono serio—. Me preocupa tu bienestar. —En cuanto pronunció las palabras lo lamentó—. Parezco tu padre. Lo siento.

Pero a ella no le importó.

—No me preocupa implicarme demasiado. Me preocupa ser otra tía Meg.

Él se quedó perplejo y no reaccionó de inmediato. A pesar del frío invernal, las carreteras estaban despejadas. Frank no iba sujetando la manija de la puerta, combatiendo el impulso de coger el volante como había hecho la primera vez que Mare lo llevó a su apartamento.

Ella no necesitaba una respuesta de él.

—Mi tía entregó su vida. No sé lo que ocurrió en el convento, pero sé que es una *outsider* total. También puedo verlo en mí.

—Entonces, ¿no nos vamos a fugar?

Mare rio.

—No te desquicies, pero pienso dormir contigo esta noche.

El corazón de Frank dio un vuelco, pero su mente no se aceleró. Incluso se contuvo.

—Tengo la sensación de ser tu cobaya. Para asegurarte de que sigues siendo normal y no como Meg.

—Quizá.

Mare lo dijo en tono neutro, manteniendo la mirada en la carretera. El asfalto parecía limpio, pero el hielo es casi invisible.

Cuando llegaron a su casa, los sucesos se desarrollaron según un patrón familiar para Frank. Disfrutaba desnudando a una mujer y admirando su cuerpo, seguro de que ella también admiraba el suyo. Mare apagó la bombilla del techo y encendió una vela para que la habitación no estuviera a oscuras.

Admitieron en silencio que el sexo iba a ser un aplazamiento. Pensar en la escuela mistérica estaba prohibido; pensar en cualquier cosa estaba prohibido. A Frank le encantaban los prolegómenos de caricias, y esta no era su primera vez ni su quincuagésima: podía apartarse un poco, observando cómo una mujer se comportaba en la cama. Fue considerado respecto a dar placer a Mare. Se quedó en su interior todo lo que ella quiso; estaba orgulloso de tener suficiente control para prolongar el coito sin darse prisa o buscar primero su placer.

Lo que no esperaba era que ella lo atrajera tanto como lo hizo. Ella era una amante tranquila. Cuando hacía sonidos suaves, no eran necesitados o egoístas. No era una niña pequeña o un cuerpo maleable sometido a su voluntad. No podía comprender lo que era. La carne tomó el mando después de cierto punto, y se rindió a la avidez de su piel, dejándose llevar por sus sensaciones. En el momento del orgasmo estaba solo, no unido a ella, ni a nadie ni a nada. No era el momento de preguntarse de dónde salía ese sentimiento.

Tras el éxtasis físico, siempre demasiado rápido, se besaron y abrazaron. Ambos querían posponer el regreso a la existencia ordinaria: cuando el brazo de alguien empieza a quedarse dormido por culpa de la cabeza del otro apoyada, el sudor parece un poco pegajoso y el cuarto de baño te llama. Frank era realista y hacer el amor era solo un interludio, una especie de respiro de medianoche. ¿Esta vez sería más? Se quedó dormido pensando en eso.

Despertó solo en la cama. Mare se estaba duchando, y las persianas rotas dejaban entrar la luz brillante del sol. Había dormido mucho tiempo. Sentándose, le sorprendió ver las gafas de sol de plástico verde neón sobre la almohada de ella. Curioso, Frank las levantó. «¿Más energía o algo verdaderamente desconocido?» No sabía qué era mejor o peor.

En ese momento, Mare salió desnuda del cuarto de baño, con aspecto hermoso y ridículo porque llevaba unas gafas de sol de plástico.

—No te rías —dijo ella—. Solo póntelas.

Frank obedeció. Al principio las lentes verdes negruzcas le entorpecieron la visión. Habría preferido mirarla a ella.

—¿Lo ves? —susurró Mare.

—¿Qué?

Y entonces lo vio. El aire estaba lleno de chispas doradas

brillantes. Al principio eran como una niebla reluciente. Al cabo de unos segundos, eso cambió. Todo en la habitación empezó a brillar, exactamente como la capilla dorada.

—Asombroso —murmuró Frank.

—Espera. No hables.

Nada cambió. Frank se preguntó si tenía que enfocar mejor. Quizá no sabía qué hacer. En cuanto estas dudas entraron en su mente, el brillo se apagó, volviendo a la neblina dorada.

—Creo que hemos de relajarnos por completo. Ese es el secreto —le dijo Mare notando sus dudas.

—No es fácil relajarse con una mujer desnuda espectacular a tu lado.

—Pues mira hacia otro lado.

Él lo hizo, de mala gana. Observó la puerta y esta empezó a brillar. El efecto era cálido y acogedor, igual que con la miniatura. De pronto, la puerta había desaparecido y un instante después también las paredes. Frank ahogó un grito. Veía el mundo exterior, y todo emitía una luz dorada refulgente: los árboles desnudos, la nieve sucia, la alambrada. Volvió la cabeza y en todas direcciones era como si el mundo real se hubiera fundido, dejando solo vagas siluetas en torno a las cosas.

Ninguno de ellos se movió. Estaban paralizados por aquella belleza. Y había algo más: la luz no era emitida por las cosas.

Todo era luz y nada más.

18

Jimmy despertó a la mañana siguiente a su hora habitual, justo antes del amanecer. El sol estaba asomando en el horizonte cuando bajó del autobús delante del hospital. No había tiempo para probar lo que harían las gafas de sol de plástico, así que se las metió en la chaqueta, junto con los caramelos que les daba a los niños enfermos cuando no había personal mirando.

Después de diez años en el mismo trabajo, su rutina funcionaba de manera automática. Cuando Jimmy vaciaba las papeleras y ordenaba las habitaciones, sentía lo que los pacientes estaban sintiendo. La impotencia y el miedo eran endémicos en el hospital. Los pacientes rara vez veían a médicos y cuando lo hacían, normalmente durante unos minutos de ansiedad, eran como acusados culpables esperando a ser sentenciados. Se tensaban para leer la cara del doctor cuando este repasaba sus historiales; esperaban que saliera la siguiente palabra de su boca, que podía enviarlos a casa con una sonrisa o sumergirlos en un abismo oscuro.

Jimmy percibía su angustia y quería hacer algo, pero ¿qué? Había gravitado hacia la planta infantil, y a lo largo de los años se había convertido en parte de la instalación. Esa mañana entró en la sala más grande, donde lo recibieron con gritos excitados de «¡Señor Afortunado!». Enseguida estuvo rodeado de niños de seis y siete años. Una mano pequeña buscó un caramelo en su bolsillo y salió con las gafas de sol. Tenían una montura rosa brillante con reflejos y de repente tres niños quisieron ponérselas al mismo tiempo.

Desconcertado, Jimmy se las quitó a la niña que las había encontrado.

—No, cariño, estas son solo para mí.

La niña rompió a llorar. El nivel de ruido en la sala se elevó rápidamente y Jimmy sabía que muy pronto llegaría una enfermera. Salió de allí murmurando: «Perdón, perdón.» Se escabulló por el pasillo, evitando el contacto visual con cualquiera que pasara.

Estaba jadeando y con el corazón acelerado cuando logró ponerse a salvo en el servicio de caballeros. Jimmy no sabía por qué estaba tan agitado. Había reaccionado como si las gafas estuvieran malditas, pero no podían estarlo siendo Meg quien se las había dado. Las miró con incertidumbre antes de ponérselas.

No se produjo ningún efecto al instante, y entonces alguien entró en el servicio. Era un médico, pero no saludó a Jimmy, que estaba de pie ante los lavabos. Nerviosamente, Jimmy se marchó, obedeciendo su instinto habitual de permanecer invisible.

En su distracción, no recordó que llevaba las gafas. Diego, otro joven auxiliar, estaba al lado de una camilla en el pasillo. Sonrió y levantó los pulgares a Jimmy.

—La vida loca, ¿eh, tío?

Jimmy fue a quitarse las gafas, pero entonces una avalancha de luz dorada llenó el aire. Se quedó paralizado. El proceso no fue gradual como en el caso de Frank. En un momento, el pasillo del hospital estaba allí y al siguiente había desaparecido, sustituido por un brillo reluciente. Las paredes se fundieron. La gente se iluminaba por dentro, aunque solo un instante, antes de desaparecer también.

Desorientado, Jimmy trastabilló unos pasos.

—Eh, cuidado.

Jimmy notó que rozaba a alguien con el hombro, pero no pudo ver a quién.

—Lo siento —murmuró, o pensó que lo hizo.

La luz brillante lo absorbió por completo. Los sonidos eran confusos y lejanos. Apenas lo notó cuando una mano lo agarró por la espalda.

—Camillero, despierta. Acabo de decirte que te necesito.

«No puedo ayudarle —pensó Jimmy—, estoy flotando.» Tenía la extraña sensación de que sus pies no tocaban el suelo y cada fibra de su ser deseaba liberarse, elevarse y elevarse y elevarse, adonde lo llevara la luz, como una pluma en el viento.

Desde cierta distancia oyó palabras indeterminadas, más impacientes en esta ocasión.

—¿Vienes o no? El chico tiene un ataque.

Una alarma se disparó en su interior y Jimmy se quitó las gafas. El mundo tardó un segundo en regresar. Uno de los residentes estaba corriendo a una sala privada. En el suelo había un niño retorciéndose en convulsiones. El médico se arrodilló a su lado, sujetándole los miembros. El niño solo tenía nueve o diez años, pero era casi imposible mantenerlo quieto.

Mirando por encima del hombro a Jimmy, el doctor lanzó un torrente de instrucciones.

—Necesito una enfermera, inmediatamente. Dile que preparé intravenosa. Le inyectaremos Dilantin y fenobarbital. También necesito un depresor y traed cintas por si hay que atarlo a la cama.

Al no ver respuesta en Jimmy, el doctor soltó:

—¿Me has entendido?

Jimmy quería correr a hacer todo lo que le habían dicho, pero el resplandor de la luz lo llenaba; se preguntó si estaba flotando.

—¡Maldita sea! —gritó el doctor—. ¡Date prisa!

De repente, el cuerpo de Jimmy se puso en marcha. Corrió al puesto de enfermeras, y al cabo de un momento el niño estaba recibiendo su inyección. Lo peor del ataque había pasado, y no hubo que atarlo a la cama. El residente, que era más joven que Jimmy, le lanzó una mirada dura.

—Sé que tienes buena reputación. No has de explicar nada, pero la próxima que te quedes pasmado cuando hay una urgencia, voy a pedirte un análisis de drogas aleatorio. ¿Me explico?

Jimmy asintió, poniendo su cara de máxima contrición. Pero por dentro no se sentía humillado ni culpable. En medio de la crisis se le había ocurrido una idea valiente: «Puedo sanar a este niño. Cuando todos se vayan, será el momento adecuado.» Como golpeado por un rayo, supo al instante que él, Jimmy, el modesto camillero, era un gran sanador, la respuesta a las plegarias de cualquier niño enfermo.

Se contuvo de exclamar a viva voz sus gracias a Dios. Había demasiada actividad en torno a la cama del niño epiléptico, así que Jimmy se fue. Había otros muchos niños enfermos en las salas. Su revelación le dijo que los curaría a todos.

«Se van a meter en problemas. Estoy segura», pensó Meg con ansiedad. Antes de repartir las gafas de sol baratas, sabía que ver la luz con tus propios ojos era una experiencia gloriosa, pero también peligrosa. De una forma u otra, cada persona del grupo estaba trastabillando.

—Mantenlos a salvo —murmuró.

Pese a todo el tiempo transcurrido, todavía no estaba segura de con quién estaba hablando. Podía ser la discípula o la luz o simplemente ella misma. Se había tumbado en la cama mirando el techo ornamentado, que estaba pintado como un cielo azul con querubines asomando de nubes rosadas. Solo la cama era más grande que su celda del convento.

Un rayo de luz matinal encontró un hueco en las pesadas cortinas de terciopelo. Meg se levantó de la cama y las descorrió. Miró directamente al sol y por un segundo su resplandor llenó el mundo. Pero eso era solo un atisbo de la luz dorada que realmente llenaba el mundo, no, el cosmos.

Meg no les había explicado qué podían esperar. ¿Cómo podía expresarlo en palabras? Solo el padre Aloysius se había acercado.

—La luz está viva —le había contado—. Es inteligente más allá de lo que pueden comprender nuestras mentes. Nos conoce mejor de lo que nos conocemos nosotros mismos. Así que ir a la luz puede ser muy simple o muy complicado. Es simple si te rindes. Es complicado si te resistes.

Se habían reunido detrás del viejo establo de vacas de la finca. Meg no recordaba qué año fue, pero había llegado el verano y olía a hierba recién segada.

—Odiaba la idea de rendirme —reconoció ella.

—Resistirse es mucho más fácil —repuso él—. Pero eso ya lo sabes.

—Supongo. —Meg era reticente a hablar de sus luchas internas.

—Eres muy especial en muchos sentidos —señaló el padre Aloysius—, pero no en este. Todo el que atisba la luz cae en la confusión. Yo también caí.

—¿Usted, padre?

Él rio.

—Yo fui el peor, bastante atolondrado y fuera de mí. Imaginaba que estaba enamorado de todas las chicas de la calle. Estuve a punto de proponerle matrimonio a la criada. Era de Brasil y yo planeaba sorprenderla con dos billetes de avión a Río. —Sonrió al recordarlo—. ¿He mencionado que tenía once años?

Estaba comunicativo. En el calor de la brisa estival su cabello blanco era como el receptáculo floral del diente de león contra el sol. (Esta se convirtió en la imagen favorita de Meg después de que él murió, la que evocaba cuando quería recordarlo.)

—Mira, a la luz no le importa si eres joven o viejo —dijo—. Te deshará cuando quiera. La luz expone todo lo que has ocultado al mundo.

—Entonces, ¿qué? —preguntó Meg con sentimiento—. ¿Te deja que te estrelles por ti mismo?

Todavía tenía días en los que estaba perdida, retorciéndose al viento. Una parte de ella odiaba a Dios por dejarla de ese modo.

El padre Aloysius percibía lo que ella sentía.

—Ten calma, hija, he acudido a ti, ¿no? Siempre viene alguien. La luz solo trabaja para el bien. No tiene otro propósito.

Meg no estaba segura de creerle, pero no discutió. Era mejor estar agradecida por que hubiera venido.

Ahora habían cambiado las tornas. La escuela mistérica estaría a merced del viento a menos que Meg acudiera al rescate. Se vistió con rapidez. Diez minutos más tarde estaba en un taxi dirigiéndose al hospital, donde Jimmy ya estaría trabajando. Un impulso le dijo que era a él al que tenía que rescatar primero.

Ella ya estaba acostumbrada a rendirse. Se rindió a sus visiones y a la iglesia dorada. Ya nada místico le parecía descabellado. (La mayoría de la gente se aburriría si lo místico no fuera descabellado.) No cuestionó a posteriori a la discípula cuando la guio al *drugstore* a por esas gafas de sol. A Meg le dijeron que su magia era temporal. Al cabo de un día, volverían a ser gafas de plástico baratas. Entonces el grupo estaría en caída libre.

El taxi la dejó en la entrada principal del hospital. Dentro bullía de gente. La cola delante del mostrador de recepción era enorme. Atravesó el vestíbulo sin que repararan en ella y se dirigió a los ascensores.

Meg no sabía en qué planta trabajaba Jimmy, pero recordaba que pasaba cada mañana por la sala infantil para animar a los niños. Simulaba ser *Señor Afortunado*, el poni que el hospital poseía para que los niños pudieran montarlo. Decidió probar allí primero.

Cuando se abrieron las puertas del ascensor, Meg salió a un pasillo pintado en colores primarios brillantes, con arcoíris y pequeños animales jugando. Había una docena de puertas a cada lado, pero no tuvo que mirar en ellas. Al final del pasillo vio a Jimmy sentado en una silla. Le colgaba la cabeza y daba la impresión de haberse desplomado allí.

Meg sabía que su calma era engañosa. Corrió por el pasillo y al acercarse vio que Jimmy tenía las gafas de plástico en las manos.

—Jimmy, ¿qué está pasando?

No levantó la mirada por la sencilla razón de que no la vio. Había caído en picado, hundiéndose en sí mismo, y era todo culpa suya. Después de su revelación, había regresado a la gran sala donde *Señor Afortunado* debería haber repartido caramelos en lugar de salir corriendo. La atmósfera ya estaba más calmada, pero los niños no corrieron a su lado. Lo miraban con cierto recelo.

Jimmy sonrió magnánimamente, extendiendo los brazos como hacía Jesús en una Biblia ilustrada que su madre le había regalado cuando era pequeño. «Dejad que los niños se acerquen a mí.» Era todo lo que haría falta. Un toque y todos sanados, uno a uno.

—Venga —los instó, pero estaban demasiado nerviosos.

Demasiado impaciente para esperar, se acercó a la cama de una niña aquejada de leucemia. Tenía la cabeza calva por la quimioterapia y dormía la mayor parte del día, con el cuerpo agotado y débil. Ella sería la primera. Jimmy puso la palma de su mano en la frente de la niña. Le envió ondas de amor. Fuera por esto o por sentir su contacto, la niña se despertó. Lo miró y Jimmy contuvo la respiración.

—¿Cómo te sientes, princesa? —susurró.

—Duele.

—¿No te sientes mejor ahora?

Ella negó con la cabeza.

—Me duele todo. ¿Por qué estás molestándome? —La niña no estaba enfadada con él, solo adormilada y de mal humor.

Volviendo la cabeza, la niña volvió a dormirse, pero no antes de que Jimmy viera en sus ojos una expresión ausente, extraviada.

«Oh, Dios mío.» Jimmy se sintió desfallecer. Había cometido un error terrible. Trató de salir corriendo de la habitación, pero le flaquearon las rodillas y apenas llegó al pasillo. Si no hubiera habido una silla allí, se habría desplomado. Sentía náuseas y le dolía el corazón. ¿Qué le había ocurrido? Notó una punzada de miedo en el pecho. ¿Y si alguien lo había visto?

Mientras estaba allí, una mujer empezó a hablarle. Como si nadara hacia la superficie desde una gran profundidad, Jimmy logró levantar la mirada. Reconoció a Meg.

Ella se inclinó y le musitó al oído.

—No eres Jesucristo. Lamento decepcionarte.

Él se sintió aliviado y desconcertado al mismo tiempo.

—¿Entonces quién soy?

—Eres uno de nosotros. Y un alma muy hermosa.

Jimmy logró esbozar una sonrisa agradecida. Entonces lo invadió un nuevo espasmo de náusea, que le llenó la boca de un regusto amargo, y empezó a llorar.

Meg convocó una reunión de emergencia esa noche. Acudieron todos los miembros. Iba a ser guiada para rescatarlos, como había ocurrido con Jimmy, pero necesitaba ayuda.

Lilith probablemente era la única que no se había desquiciado. Meg la llamó a su casa. Tuvo que intentarlo tres veces antes de que respondiera.

—¿Cómo te sientes? —preguntó Meg. Suponía que Lilith habría probado las gafas de sol.

—¿Qué?

—¿Has sentido algo inusual?

—Me siento muy bien —repuso Lilith—. Muy bien, la verdad. —Sonaba como siempre, aunque levemente confundida.

—Escucha con atención —dijo Meg en tono apremiante.

—Vale.

—Tú no eres Dios. No eres una santa ni un ángel ni esperas el éxtasis. Sé que estás tratando de decidir cuál es tu caso. Ninguno lo es. Sigues siendo Lilith, ¿entiendes?

Silencio al otro lado. Luego, con una voz temblorosa que sonaba más vulnerable de lo que jamás le había oído, Lilith dijo:

—Si no soy Dios, ¿no me lo diría Dios?

—No; está ocupado. Te lo digo yo. Tuviste un estallido de realidad, eso es todo. Es maravilloso, pero tienes que entrar en razón. Hemos de encontrar a los demás y rápido.

Afortunadamente, Lilith bajó a la tierra después de tres tazas de café; sus años de experiencia le habían permitido no delirar.

Mare también estaba bastante estable. La encontraron en la parada de autobús al lado de su casa. Los autobuses iban arrancando, pero ella se quedaba a la puerta, con la mano levantada para bendecir.

—Te bendigo —decía a los pasajeros que subían y bajaban—. Id en paz.

Unas pocas personas le sonrieron. El resto estaban acostumbrados a los pirados que pululaban por la ciudad; esta parecía inofensiva. Solo un hombre se molestó lo suficiente para decir:

—Busque ayuda, señora.

Mare se sorprendió al ver a Meg y Lilith en la acera.

—¿También os han enviado aquí? —preguntó—. Todo el mundo es hijo de Dios. Lo veo. ¿Por qué ellos no lo ven?

—Tienen otras cosas en la cabeza —dijo Lilith—. Ven, hemos de llevarte a casa.

—¿Por qué? He encontrado mi llamada.

—Tal vez —dijo Meg—. Pero ahora no es el momento.

—¿Qué significa eso? —preguntó Lilith con recelo. Había captado la mirada que intercambiaban las otras dos.

—No importa. Vamos a llevarte de aquí.

Mare había salido corriendo al frío llevando solo una chaqueta ligera y ahora estaba temblando. Igual que Jimmy, Mare sujetaba con fuerza las gafas de plástico. Meg inmediatamente comprendió lo que aquellas gafas le estaban haciendo a su sobrina. La mirada que cruzaron tenía historia.

Se remontaba a la legendaria masacre de Acción de Gracias, como lo llamaba la familia Donovan. Un primo lejano se iba a ordenar y la familia de Mare llenó dos coches y condujo ciento cincuenta kilómetros para asistir a lo que Tom, el abuelo de Mare, denominó fiesta de despedida.

—Se perderá la mejor parte de la vida, te lo digo —sentenció.

Mare, que tenía seis años, se preguntó qué significaba eso. Su abuela le dijo a Tom que callara.

Tom, que era un irlandés moreno, adoraba al IRA y le molestaban los curas. En la fiesta se convirtió en un incordio. Sabía que era mejor no hacer comentarios cortantes sobre la Iglesia, así que prefirió hacer diabluras incitando al que pronto sería sacerdote a beber demasiado.

—Otro traguito no puede hacerte daño, o no eres un Donovan —dijo.

El joven, que apenas había cumplido los veinte, hizo lo que le dijeron. Al final, alguien intervino y le dijo al padre Ronnie, como ya habían empezado a llamarlo, que tomara un poco de aire fresco. El joven salió solo, tropezó en la raíz de un árbol en el patio y se golpeó en la cabeza. El resultado no fue terrible: un corte en la frente y una pequeña conmoción. Pero el tajo sangraba profusamente, los padres intercambiaron unas palabras malsonantes con Tom y ese lado de la familia Donovan nunca más volvió a ser bienvenida en la casa.

La parte inquietante no fue la pelea, porque a Tom nunca le habían caído bien sus primos estirados y devotos. La parte inquietante ocurrió en el camino a casa cuando Mare, en el asiento de atrás, empezó a gritar:

—¡Para el coche! ¡Para el coche!

Su arrebato estuvo completamente fuera de lugar. Su madre miró hacia atrás desde el asiento delantero.

—¿Qué te pasa?

Mare empezó a llorar y nadie pudo calmarla.

—Por favor, por favor —gemía.

—¿Necesitas vomitar? —preguntó su padre, mirándola en el retrovisor.

—No.

—Entonces, ¿qué es?

Mare recordó que estuvo a punto de soltar «Vamos a morir todos». Una imagen brutal había destellado en su mente: un ferrocarril cruzando y un coche retorcido en un accidente espantoso. En ese momento oyó las campanas que anunciaban la aproximación de un tren y las luces rojas destellantes de la barrera a solo cien metros de distancia. Estaba demasiado asustada para hablar, cerrando los ojos de terror.

—¡Cuidado! —advirtió su madre.

Se oyó la ruidosa sirena de la locomotora lanzada hacia el cruce, seguida al instante por un espantoso ruido.

—¡No miréis! —ordenó Tom al tiempo que pisaba a fondo el freno y luego se apeaba de un salto.

Delante de ellos, un conductor había intentado burlar la

barrera, pero había fallado por segundos. En el horror y confusión de la escena nadie tuvo tiempo de preguntar a Mare por qué había gritado. Ella se sentía horriblemente culpable, porque podría haber salvado a aquella gente. El periódico dijo que el conductor había bebido en abundancia en una fiesta.

Después, su madre recordó que Mare había montado un escándalo, pero Acción de Gracias era al día siguiente, y estaba el principal suceso a discutir, la gran discusión sobre el que pronto sería sacerdote. Mare nunca se delató.

La tía Meg empujó el pavo en silencio y luego llevó a su sobrina al patio de atrás mientras recogían la mesa.

—Percibes cosas, ¿no? Cosas que otra gente no percibe.

Mare se alarmó.

—Intento no hacerlo.

—¿Por qué? No es nada malo. ¿Tu madre te dijo que lo era?

Mare se mordió el labio.

—Muy bien, vuelve a entrar —le dijo su tía—. Sacúdete antes la nieve de los zapatos.

A los seis años, a Mare no se le ocurrió preguntarse por la motivación de la tía Meg. Lo único que quedó en su cabeza de aquel traumático día de Acción de Gracias fue una pesadilla recurrente. El sonido de metal aplastado la hacía despertarse temblando.

Aquellas gafas de plástico despertaron otra vez ese mal recuerdo, que por suerte desapareció en cuanto Mare empezó a bendecir a los pasajeros del autobús.

Ahora oyó a Meg decir:

—Ven con nosotros. No queremos una sobrecarga de bendiciones. Podrían saltar los circuitos.

Mare parecía confundida, pero se dejó llevar dócilmente. Cuando Meg y Lilith la llevaron a casa y la metieron en la cama, se quedó dormida al instante.

—A por el siguiente —dijo Meg con seriedad.

Encontraron a Frank sentado en su coche en el aparcamiento del periódico. Tenía puesto *heavy metal* a un volumen ensordecedor y no las oyó acercarse. Lilith golpeó en la ventanilla del conductor. Frank la bajó.

—¿Por qué estáis aquí? —preguntó.

Parecía muy agitado.

—Para ver cómo lo llevas —repuso Meg.

Él hizo una mueca.

—La cola aún no se ha secado.

—¿Qué ha pasado?

Frank se había puesto en ridículo. En el apartamento de Mare el efecto de las gafas de sol había sido abrumador, pero en algún rincón de su mente recordó que tenía que ir a trabajar. Se quitó las gafas y trastabilló hasta el cuarto de baño. Una ducha fría ayudó. Se vistió para marcharse, pero Mare no le prestó atención, sentada en el borde del sofá amarillo mostaza con una sonrisa fija en la cara.

—Me voy —dijo él—. No te dejes eso puesto demasiado tiempo.

—Ajá.

Las calles estaban despejadas, pero la conducción de Frank era temblorosa, y se detuvo junto a la casa de su joven colega Malcolm. Este se sorprendió de verlo.

—Necesito que conduzcas —dijo Frank, intentando sonar normal.

Quizá no lo logró. Malcolm lo miró desconcertado y se puso al volante.

—Tienes esa historia política dentro de una hora —dijo—. A lo mejor te acompaño.

—Claro, bien —murmuró Frank.

No tenía ni idea de qué era esa historia política. Seguía mirando por la ventanilla. En lugar de una ciudad sucia, sus ojos se empaparon de un zumbido de colores que era casi musical.

—¿Una noche dura? —preguntó Malcolm—. Pareces agotado.

La preocupación de su amigo hizo que Frank tratara de centrarse. Cerró los ojos y se concentró. Las cosas aparecieron.

—¿Esa historia política es una conferencia de prensa? —dijo con dudas.

—Sí. Chico, me alegro de que me hayas pedido que conduzca.

En un hotel del centro, un candidato de derechas que se presentaba al Congreso había programado una conferencia de prensa absurda. Iba por detrás en las encuestas y quería causar revuelo hablando del aborto y el matrimonio homosexual. Los únicos miembros de los medios que se presentaron fueron Frank, Malcolm y una chica con edad de ir al instituto de una cadena de televisión local.

El candidato parecía mosqueado. Era un pastor fundamentalista local que no encajaba bien que sus viejos temas candentes se hubieran enfriado. Sacó su hoja de puntos a tratar, pero antes de que pudiera hablar, Frank levantó la mano.

—Las preguntas después —dijo el relaciones públicas del candidato.

Frank se puso en pie de todos modos.

—Solo quería decirle algo al reverendo Prescott. Eres hermoso, tío.

El candidato, una figura imponente de casi setenta años con pelo blanco, gruñó.

—¿Qué ha dicho?

Frank tragó saliva y repitió:

—He dicho que eres hermoso. En realidad, estás completamente equivocado. Te has convertido en un hazmerreír. Pero a Dios no le importa. Te ama.

Frank empezó a sentarse, pero se le ocurrió otra cosa.

—Yo también te amo.

Malcolm miró alrededor con nerviosismo; la chica de la tele local se rio.

Con un desapego onírico, Frank observó que la cara del candidato se ponía colorada. El director de relaciones públicas, que conocía a todos los periodistas locales, agarró el micrófono.

—¡Salga de aquí, Frank! —gritó—. Voy a llamar a su jefe. Espero que su pequeña proeza le cueste el puesto.

—No te preocupes. Dios también te ama. Lameculos.

Nadie oyó a Frank añadir ese comentario al marcharse, porque Malcolm se lo estaba llevando a rastras de la sala. Nada se dijo en el coche de vuelta al periódico, pero cuando bajó, Malcolm estaba visiblemente enfadado.

—Lo siento, tío —murmuró Frank.

—Si quieres cometer un suicidio en público, me parece bien —dijo Malcolm—. Pero no me metas en eso. No quiero que me alcance la metralla.

Frank lo observó alejarse, luego encendió la música en su coche a todo volumen para despejarse la cabeza. Pasó el tiempo; no sabía cuánto. La siguiente cosa de la que tuvo conciencia fue de Lilith llamando en la ventanilla.

—¿Puedes bajarla? —pidió.

—Sigue en *shock* —dijo Meg.

Le dieron a Frank unos minutos. Él apagó la música y bajó del coche.

—Joder, qué lío —gimió—. Estoy arruinado.

No quería hablar de su mal humor. Las dos mujeres decidieron esperar en el aparcamiento mientras él entraba para conocer su destino. Frank volvió al cabo de dos minutos.

—No puedo creerlo. Mi redactor jefe estaba listo para darme la patada, pero ha recibido una llamada del propietario del periódico. Resulta que odia a ese predicador reprimido. Puede que ahora consiga un ascenso. —Frank negó con la cabeza—. Dios existe.

Lilith se encogió de hombros.

—Dale un premio al chico.

Lo cual solo dejaba a Galen. Pasaron por su casa, pero su coche no estaba, y nadie respondió a la puerta.

—La pintura que trató de destrozar —dijo Lilith—. Puede que haya vuelto a arrodillarse delante del cuadro.

—No, no es propio de él —repuso Meg—. Todos reaccionan según su naturaleza. Así es como funciona.

Adivinar dónde podría estar era imposible, pero Galen respondió a su móvil a la primera. Sonó calmado, demasiado.

—Todavía no he probado las gafas de sol —dijo él—. ¿Aún he de hacerlo?

Meg dudó. No tenía derecho a revertir las instrucciones de la discípula.

—Déjame que vaya a verte primero. ¿Dónde estás?

—En el planetario.

—¿Por qué?

—Me gustaba de niño. Parecía un lugar seguro.

—Espera ahí. No hagas nada.

Meg metió prisa a Lilith para que volviera al coche.

—Tengo un mal presentimiento con esto —dijo.

Cuando llegaron al planetario, en la taquilla les dijeron que el siguiente pase se retrasaría. En la distancia, Meg vio dos guardias uniformados entrando en el auditorio.

—Voy a entrar —le susurró a Lilith—. Distrae al taquillero.

Lilith vació el bolso en el suelo y luego le rogó al hombre que la ayudara a encontrar un anillo que había rebotado en el pavimento. No fue una gran maniobra de distracción, pero sirvió para que Meg se colara. Entró en el auditorio vacío y tenuemente iluminado. El techo abovedado estaba sin estrellas. Oyó una conmoción en medio de la sala y, una vez que se adaptaron sus pupilas, divisó a los dos guardias. Estaban sacando a Galen de una especie de máquina. Echó a correr y vio que Galen se había cogido al proyector de estrellas. Llevaba las gafas de sol.

—Hágase la luz —estaba murmurando—. Y la luz se hizo.

Los guardias fornidos no conseguían arrancarlo del proyector.

—Vamos, señor —dijo uno—, sea sensato.

Cuando tiraron con más fuerza, Galen empezó a chillar y se aferró con más fuerza.

—Soy su hermana —intervino Meg—. Déjenme intentarlo. Está asustado.

Los guardias no le dieron permiso, pero ella pasó por su lado de todos modos, acercándose lo suficiente para quitarle las gafas.

—Lo he sacado en un permiso de un día. Está en tratamiento —explicó.

Los guardias parecían recelosos. Al menos, Galen había soltado el proyector. Resbaló hasta el suelo, murmurando en voz baja «Caray», una y otra vez.

—Su hermano necesita mejores médicos —dijo un guardia, el más mayor.

—Oh, desde luego —repuso Meg—. Aprecio su comprensión. Y, por supuesto, si nos permite marcharnos, habrá una contribución generosa al planetario.

—Está bien —gruñó el guardia joven—. Me voy a comer.

Meg y Lilith sacaron a Galen a rastras. Él toqueteó el bolso de Meg, donde ella había guardado sus gafas de sol.

—Son mías —balbució—. Mías, mías, mías.

Pero lograron impedir que las cogiera.

—Ya no hay nada —gruñó Galen en voz baja.

Su cabeza se ladeó y se quedó dormido.

19

Cuando esa noche se celebró la reunión de urgencia, el grupo parecía formado por cinco gatos sacados del agua y escurridos. Pero no había señales visibles de locura. Meg los escudriñó.

—¿Todos estáis bien?

—Estamos a salvo en nuestras jaulas —dijo Lilith con sequedad—. Metafóricamente hablando.

—Tal vez —gruñó Frank.

Todavía estaba conmovido, y sospechaba que los demás también. Pero nadie quería intercambiar notas, al menos hasta que las cosas se aplacaran.

Meg tomó el hilo de Lilith.

—No es una jaula física. Los barrotes son mentales. Bloquean la luz. En lo más profundo es como queréis que sea, porque vivir con normalidad es fundamental si deseáis sobrevivir. La discípula os ha mostrado una salida, una vía de escape.

—¿Que podemos ganar viviendo vidas anormales? —preguntó Frank. Sacó sus gafas de plástico—. No necesito ayudas como esta, gracias.

A pesar de la protesta, Meg sintió que ninguno de ellos

lamentaba ni un momento del tiempo pasado fuera de la jaula.

—Tuve un gran maestro —dijo ella— y un día me dio un consejo: «No juzgues a nadie por lo que aparenta ser. Capta una sensación de su alma. Una clase de alma está enmascarada, y no produce luz. Otra clase de alma en ocasiones se asoma por detrás de la máscara produciendo una luz destellante. El alma más rara no se oculta de nada; está a la vista de todos. Eso eres tú.»

—Hermoso —murmuró Mare.

—¿Te lo parece? A mí no. Me sentí expuesta y culpable —dijo Meg.

—¿Culpable de qué?

—De ser un fraude. Si no tienes ni idea de quién eres en realidad, toda tu vida es un fraude, ¿no? —Lanzó una mirada astuta en torno a la mesa—. Ahora ya no tenéis excusas.

Se quedaron en silencio, y entonces Lilith se levantó.

—Quiero disculparme. He estado viéndoos como gente ordinaria. Esa visión era extremadamente decepcionante, os lo aseguro.

—Gracias, señorita Dios —murmuró Galen entre dientes.

—No soy sorda —dijo Lilith—. Todos habéis hecho muy buen trabajo ocultando vuestra luz. Y me engañasteis. Ya no más, y por eso me disculpo.

Lilith no lo dijo con una sonrisa. Si acaso parecía enfadada al volver a sentarse. «Todos estos años desperdiciados», empezó a decir una voz en su cabeza, pero ella desvió la atención, negándose a escuchar.

Jimmy levantó sus gafas de sol.

—Estas cosas me aterran. Estoy con Frank. Te las devuelvo.

—No hay necesidad —dijo Meg—. Eran solo una invitación. Dios no va a forzarte.

—¿De verdad es tan malo ser un fraude? —preguntó Jimmy con una sonrisa nerviosa—. En serio, no sé cómo cambiar.

—Estaría preocupada si no quisieras seguir engañando a la gente —repuso Meg—. Has tardado años en perfeccionar tu acto. Pero la discípula cree que estás preparado, todos vosotros.

—Morderé —dijo Galen. No había lanzado una queja porque en realidad no tenía ninguna. La luz lo había tratado con más atención que el resto.

Meg sintió un acuerdo tácito generalizado. Si hubieran dudado, estaba preparada para hacer la misma promesa que una vez le había hecho el padre Aloysius:

—Probar la luz no es lo mismo que vivir allí. Cuando vives allí, no necesitas esperanza o fe. Lo sabes todo.

Entonces su ansiedad no se había mitigado.

—No quiero saberlo todo.

—Sí. Lo que ocurre es que todavía no te das cuenta —le había dicho el sacerdote.

El sagrario dorado estaba en su lugar habitual en el centro de la mesa. Meg colocó sus manos sobre él. Los otros siguieron su ejemplo sin necesidad de que ella lo pidiera. La habitación empezó a desvanecerse. El cambio a otra realidad ocurrió con suavidad esta vez, aunque no tenían ni idea de qué los esperaría al otro lado.

Esto es lo que vieron. La discípula iba por una carretera en el desierto, vacía en ambas direcciones. Un viejo criado guiaba al burro dormido que ella montaba, con su *clip clop* levantando nubes de polvo. La primavera había florecido en torno a Jerusalén. Durante tres semanas mágicas, destellos de amarillo y púrpura llevaron alegría al paisaje. Pero allí la única vegetación eran matojos bajos.

—El sitio ha de estar cerca —dijo ella con ansiedad.

El criado se encogió de hombros.

—Quién sabe.

Ese tramo del camino a Tiro solía estar lleno de caravanas de mercaderes. El comercio atraía a los bandidos. Pero no había colinas ni acantilados para que se escondieran en los kilómetros siguientes, y Jerusalén todavía se atisbaba en la distancia como un espejismo azul neblinoso.

El criado miró la posición del sol en el cielo.

—Si no vemos una casa pronto, tendremos que volver.

No quería sufrir las consecuencias si su señorita era abordada.

¿Dónde podía ocultarse una casa en un terreno tan plano y sin refugios? La respuesta llegó en la siguiente curva, donde un barranco profundo cruzaba la carretera como una cuchillada en la piel.

—Allí —dijo ella, señalando un sendero que conducía al barranco.

El criado receló.

—Allí abajo no hay nada más que serpientes y demonios.

—Dentro de unos minutos habrá serpientes, demonios y nosotros.

Gruñendo, el criado incitó al burro con un palo. El sendero se curvaba en torno a salientes rocosos. Una vez que alcanzaron el suelo seco del barranco, que estaba tallado por siglos de súbitas inundaciones, el lecho viraba para alejarse del camino.

Diez minutos después divisaron a un hombre sentado en una roca de arenisca tallando un palo. El criado se preguntó si el propósito de esa actividad consistía en mostrar que tenía un cuchillo.

Cuando estuvieron cerca, el hombre habló de manera críptica.

—Tuve un presentimiento.

La discípula no dudó.

—Yo también.

El hombre se levantó, revelando lo alto que era. Su túnica, atada con una cuerda a la cintura, era de cáñamo de buena calidad, pero no de la seda hilada que vestía la muchacha. Tenía una barba bien recortada y ojos que la estudiaban con brutal claridad.

—¿Hemos de hablar a solas? —preguntó mirando al criado, que no parecía precisamente complacido con su encuentro.

—Yo me quedo —insistió el criado.

—Está bien —dijo ella.

La muchacha sabía que la edad lo había dejado bastante sordo. Había demasiado trabajo en los graneros y campos de su padre para prescindir de alguno de los hombres jóvenes. No habría enviado a ninguno si hubiera sabido que ella iba a buscar a uno de los discípulos de Jesús. El rabino de los milagros había causado problemas entre los judíos, que hacían más estricto el control romano. Matarlo solo logró que los ocupantes buscaran a otros como él.

Ella desmontó y se acercó al hombre.

—¿Cómo debo llamarte?

—Simeón. O si eres más romana que judía, Simeonus.

—Simeón, pues. ¿Tienes un escondite cerca?

—Sí. Los bandidos cavaron algunas cuevas. Con la agitación, ahora las usan los rebeldes. Estarás más segura aquí.

Simeón hizo un gesto hacia la roca en que habían estado sentados, la única cosa que podía pasar por un asiento. La muchacha se sentó mientras él lo hacía con las piernas cruzadas en la tierra.

—Lo he visto todo —empezó ella—. Igual que vi cómo encontrarte hoy.

No quería herir sus sentimientos. En una visión había visto a Simeón huyendo cuando los soldados romanos atraparon a Jesús. Se escondió en un agujero en el barrio más pobre de la ciudad, llorando desconsoladamente. Pero eso fue lo que atrajo a la muchacha. Ella también había llorado con desconsuelo.

—¿Qué quieres de mí? —preguntó él.

—Ojalá no quisiera nada. Mi familia debería ofrecerle un escondite a alguien tan santo como tú.

Él negó con la cabeza.

—¿Crees que soy santo? Traicioné a aquel al que había prometido no traicionar nunca. Ahora no tengo adónde ir en el mundo. Pescaba en Galilea, pero eso quedó muy atrás.

—Así que vives como complace a Dios —dijo ella.

Simeón se echó hacia atrás.

—Vivo como mi maestro me enseñó, porque sé que me perdona.

Habló con sinceridad y eso alentó a la discípula. El burro fue hacia una mata de hierba metida en una rendija y el viejo criado se sentó a la sombra con el sombrero de paja calado sobre los ojos.

—Hablé con Jesús —dijo la discípula y respiró profundamente—. Estaba en la cruz cuando acudió a mí.

Ella esperaba que Simeón se levantara de un brinco por rabia o asombro, pero permaneció calmado.

—¿Qué te dijo?

—Me dijo que era la luz del mundo. ¿Sabes qué significa eso?

—Significa lo que dijo. —Simeón extendió los brazos—. Todo esto, y todo lo que podemos ver es luz. Cuando el espíritu nos llena completamente, somos la luz. Jesús enseñó eso.

—Entonces, ¿puedes convertirte en lo mismo que Dios?

Él se alarmó.

—Esas palabras son blasfemas.

—Toda tu vida es blasfema. No me importa. Deja que te siga.

Simeón negó con la cabeza.

—Algún día volveré a Jerusalén, Dios mediante. No quiero que tu padre me apedree por echar a perder a su hija.

—¿Cómo puedes echarme a perder? —Planteó la pregunta sin parpadear, mirándolo a los ojos.

—Apartándote de tu fe. Con fe, todavía puedes ser judía.

—No; soy como tú. Ninguno de nosotros puede volver a ser como fue.

Simeón puso ceño. Nunca había oído a una mujer hablar así. Ella podría haberle explicado que escuchaba detrás de una cortina cuando los rabinos enseñaban a sus hermanos. Podría haber señalado su corazón, que muchos días era como una bola de fuego ardiendo. Pero no había tiempo.

—Es raro ver a una mujer en la cruz —dijo él—, pero no imposible. Debes irte. No tengo nada más que contarte.

El sol ya se había puesto tras el barranco. La muchacha se levantó, sacudiéndose el polvo del desierto de su vestido y sandalias.

—Sé lo que he visto. Esté maldita o bendita, soy una de vosotros.

—Entonces te compadezco. —Los ojos de Simeón se humedecieron—. Jesús podría no volver nunca a nosotros. No te pongas en peligro. Solo vete.

Vio lo alicaída que parecía la muchacha y su voz se suavizó.

—Si eres una de nosotros, el Señor te guiará. Incluso en la sombra de la muerte.

Ella hizo una pausa.

—Sé por qué te duele el corazón. No es porque traicionaras a tu maestro. Es porque te dejó atrás. Lo culpas. Crees que es injusto.

«¿Cómo lo sabes?», pensó él. Ser bendecido cuando el maestro estaba vivo y luego ser abandonado como una chispa perdida de una hoguera en la noche. ¿Cómo podía ella saberlo?

Como él no respondió, el tono de la muchacha se volvió triste.

—Mientras te revuelcas en el pesar, no tienes maestro ni esperanza.

Estas palabras volvieron para acechar a Simeón todas las mañanas hasta su muerte. Esperó mientras ella despertaba a su viejo criado adormilado. Los acompañó hasta el inicio del sendero y observó al burro subir el camino. El pequeño grupo tenía que regresar a Jerusalén antes de que la noche y sus peligros los devoraran.

Con un impulso, todos apartaron las manos del sagrario dorado. Pese a las veces que la discípula los había devuelto a tiempo, seguía siendo difícil de creer. Lilith miró a los demás. ¿Se daban cuenta de que el fugitivo del barranco era Simón Pedro? ¿O que solo se uniría al maestro al ser crucificado en Roma? Todos los discípulos tuvieron muertes violentas. Si la muchacha compartió su vida, también tuvo que compartir su destino. Lilith decidió no mencionar nada de esto. Guio al grupo en una dirección diferente.

—Has dicho que volver allí nos ayudaría a tomar una decisión —le recordó a Meg—. ¿Cuál es?

—Vivir como complace a Dios —repuso ella, citando a la discípula—. Sin duda ni temor.

Sus palabras estaban pensadas para inspirarlos, pero ese no fue el resultado. Jimmy parecía ansioso.

—Suena demasiado duro —dijo—. Míralos agachados en una zanja. Eran miserables.

—Y perseguidos —añadió Galen.

Hubo un murmullo de acuerdo.

—A los discípulos se les prometió el cielo y de la noche a la mañana eran criminales fugitivos.

Lilith estaba irritada.

—Por el amor de Dios, ¿por qué no podéis ver más allá de eso?

—Tal vez lo hago —repuso Galen—. Lamento que ocurrieran cosas horribles. Pero la historia es una pesadilla y pasamos toda nuestra vida tratando de olvidarla.

Quizás esa era la idea más profunda que se había expresado allí, desde luego la más pesimista. Jimmy sintió pena por Galen. Pero su pesimismo no era el único camino.

—Si todo es tan horrible, quizá no tenga que serlo —dijo Jimmy—. Yo soy optimista.

—¿Durante cuánto tiempo? El optimismo eterno es locura si nunca cambia nada —declaró Galen.

—Estás buscando en el mundo de la oscuridad —dijo Meg cuando Jimmy no respondió—. Pero la luz nunca nos abandonó; nosotros la abandonamos. ¿Es eso lo que quieres?

Meg les estaba lanzando un desafío, pero ninguno se implicó.

Frank puso en palabras lo que todos estaban pensando.

—Vale, así que miro a la luz y digo: «Ven a buscarme.» ¿Voy a volverme loco otra vez?

—No soy adivina —repuso Meg—. En esta nueva vida, cada día es desconocido. La alternativa es previsible. Os quedáis detrás de los barrotes.

Todos se dieron cuenta de que iba al grano, pero no podían ver adónde los estaba llevando. Meg tampoco lo sabía. Desde la muerte del padre Aloysius moraba sola en un reino desierto. Era la reina de su propia soledad. Ahora el reino estaba empezando a poblarse. Cinco viajeros náufragos habían llegado a la costa a la luz de la luna. No tenía ni idea de si pertenecían a esa tierra extraña. Era hora de descubrirlo.

Meg miró en torno a la mesa, sopesando a cada náufrago.

—Cuando me miráis, ¿veis a alguien que es como vosotros? —No esperó una respuesta—. No soy diferente de vosotros, lo prometo. Salvo en una cosa. Cuando la discípula dice «Vive como complace al Señor», yo lo entiendo.

Buscó en su bolso y sacó un pequeño monedero.

—Basta de charla. Hay cinco centavos en este monedero, uno para cada uno de vosotros. —Extendió las monedas, que resonaron en la mesa—. Coged una y consideradla preciosa. Si la perdéis, significará que queréis volver a vuestra antigua vida.

En silencio se fueron pasando las monedas. Galen miró la suya, luego la lanzó al aire.

—Cara. ¿Ahora qué?

—No es un juego —advirtió Meg—. La discípula dio a las gafas de plástico un poder secreto. Ha hecho lo mismo aquí.

Frank negó con la cabeza.

—Toda esta historia respecto a alejarse suena como una amenaza.

—No lo es —insistió Meg—. Las instrucciones son simples. Llevad cada uno vuestra moneda durante una semana y cuando volváis habréis cambiado.

Galen gruñó.

—Cada vez que explicas cosas no explicas nada.

Si esperaba más pistas, Meg no ofreció ninguna.

—Estás solo —dijo—. No pierdas el centavo, pase lo que pase. Si lo haces, no te molestes en volver.

El grupo se dispersó, marchándose cada uno por su lado a la luz menguante del crepúsculo, más desconcertados y preocupados que antes.

20

Esa noche Galen durmió fatal y se despertó enredado en las sábanas. Las había retorcido cada vez más tratando de atrincherarse en la cama, como un animal que cava para escapar del peligro. Las reuniones tenían ese efecto en él, y lo detestaba. Pero no había ningún sitio más al que volverse. Sus días eran vacíos sin la escuela mistérica.

En el cuarto de baño, se miró al espejo, entristecido por la hinchada redondez de su cara, su línea de nacimiento del pelo ausente y sus ojos inyectados en sangre. ¿Por qué no estaba funcionando nada?

«Nadie te debe nada —se recordó—. Contrólate.»

De regreso en el dormitorio, se puso los pantalones y la camisa que tenía colgados en una silla. Una luz brillante relucía en la comisura de su ojo. Se inclinó y cogió el centavo, que se le había caído de los pantalones.

«¿En serio?», pensó. No estaba claro qué provocaría otra dosis de magia. Ya había flotado a través del universo. Estuvo tentado de lanzarlo en cuanto llegó al aparcamiento del hospital. Galen desconfiaba de la magia. Era algo primitivo y sin sentido. De niño, recordaba las visitas esporádicas de un tío patilludo que olía mal, el último del linaje granjero del que procedía su madre. Cuando Galen tenía diez años, el tío Rodney se lo llevó aparte y sacó un billete de dólar de su cartera.

—Tengo algo importante para mostrarte —dijo.

Su tono era conspiratorio. Apartó la mano infantil de Galen, que intentó coger el dinero.

—Esto no es para ti, no señor.

El tío Rodney agitó el billete.

—Este es el primer dólar que gané. Es sagrado para mí. Si alguna vez lo pierdo, solo el Señor sabe qué pasará.

—Tendrás un dólar menos —dijo Galen.

—¡No! Mucho peor. Probablemente acabaré en la ruina.

—¿Por qué?

Su tío puso ceño.

—¿Qué quieres decir? ¿No crees en la suerte? —Su aliento olía a tabaco de mascar y a dentadura estropeada.

Galen se dio la vuelta y salió corriendo para disgusto de su tío. La única suerte era la mala suerte: el chico sabía eso muy bien. La fortuna era un enemigo secreto, y no importaba lo mucho que rogaras que fuera amable, su alevosía nunca se apaciguaba.

Este recuerdo lo distrajo de tirar el centavo. Sin pensar, se lo guardó junto con el resto de cambio, que ordenaba a la perfección en pilas sobre la cómoda. El sol invernal brillaba alto en el cielo. Hora de salir.

Como era malhumorado y distraído, no se fijó en que iba en dirección contraria, alejándose de su parada de autobús. Galen bajó la cabeza y empezó a contar sus pasos mecánicamente, hasta que un desconocido chocó con él. En el acto notó algo húmedo y caliente. El hombre había derramado su café encima de Galen.

—¡Tenga cuidado! —soltó Galen.

Se levantó y no era ningún desconocido. Era Malcolm, el chico periodista, que había salido corriendo de Starbucks sin mirar adónde iba.

—Lo siento. ¿Está bien?

—No lo sé.

El café no estaba ardiendo, pero Galen tenía la costumbre de hacer que los demás se avergonzaran cuando tenía la oportunidad.

Las disculpas de Malcolm parecían sinceras.

—Escuche, tengo un rato. ¿Puedo invitarle a tomar algo? ¿Cómo se encuentra?

«¿Qué es esto?», pensó Galen. La última persona que le había dicho una palabra amable había sido Iris. El recuerdo le produjo una punzada de dolor. Su instinto natural le decía que apartara al chico y se largara de allí.

Antes de que pudiera hacerlo, Malcolm dijo:

—Espero que no haya tenido problemas.

Sonó el teléfono de Malcolm. Levantó una mano diciendo «perdón» y respondió.

La mano de Galen buscó en su bolsillo, tocando las monedas que llevaba. En ese momento se le ocurrió una idea inusual.

«Este chico se compadece de mí. ¿Se equivoca?»

Galen no sabía cómo reaccionar. La llamada de Malcolm fue breve y cuando dijo adiós su expresión era alicaída.

—Supongo que tengo más tiempo del que pensaba —murmuró—. Han cancelado mi encargo.

La mano de Galen se entretuvo en su bolsillo. En el fondo de su mente sabía que estaba tocando el centavo mágico.

Sin pensarlo dos veces, dijo:

—Te van a despedir mañana.

—¿Qué? —el chico retrocedió un paso.

—Mañana por la mañana, el jefe de local te lo dirá. Por eso te ha quitado el artículo hoy.

—Joder. —Malcolm se alteró de repente. Tenía la desoladora sensación de que estaba escuchando la verdad—. ¿Qué voy a hacer?

Las palabras le salieron de manera involuntaria. La última persona en la tierra con la que quería compartir su problema era el loco del fiasco del museo.

—Sé que crees que soy un perdedor —dijo Galen—, pero puedo ayudarte. Vuelve aquí después de que te despidan. —Vio la duda en el rostro de Malcolm—. A veces, gente rara como yo sabe algo. Tú y yo somos muy parecidos —agregó.

—Vaya, ¿tan malo es? —se quejó Malcolm.

Galen era mayor que su padre. Parecía una albóndiga en pantalones arrugados. Probablemente no tenía nada que hacer salvo pasear todo el día molestando a la gente. Malcolm empezó a asustarse. Se volvió y murmuró:

—Tengo que hacer unas llamadas. —Marcó un número en su móvil y se alejó por la acera sin decir adiós.

«Volverá», dijo la voz en la cabeza de Galen.

Lo cual no era una buena noticia. Galen estaba casi tan alterado como el chico. Algún impulso que no podía controlar se había apoderado de él. ¿Por qué si no había dicho esas cosas? No era de los que se entrometían en asuntos ajenos, jamás.

Volviendo sobre sus pasos, Galen regresó a casa para limpiar las manchas de café de su chaqueta y bufanda. Solo tardó unos minutos y después ya no tenía ganas de mezclarse con la gente del centro comercial. Además, ¿quién hace eso aparte de los perdedores?

A la mañana siguiente volvió a la esquina del Starbucks. Tardó media hora en convencerse de ir; esta vez la única moneda que llevaba en el bolsillo era el centavo. Era un día gris y ventoso. Estaba cayendo aguanieve y Galen casi dio la vuelta. Una vida de oportunidades perdidas le dijo que no lo hiciera.

Sorprendentemente, Malcolm estaba allí, sentado en los escalones de la cafetería. Parecía abatido.

—Muy bien. Me han despedido. Así que cuénteme esa sabiduría rara.

Siguió a Galen al interior. En la cola, ninguno de los dos habló. Galen sintió un miedo frío. ¿Por qué había convencido a ese chico de reunirse con él?

La voz en su cabeza regresó. «No te preocupes. Será como hablar a tu doble.»

Galen rio y Malcolm se volvió de repente.

—¿Algo gracioso? —Parecía irritado y tan nervioso como Galen.

—Potencialmente. Hemos de esperar y ver.

Una vez que ocuparon una mesa, Malcolm no estableció contacto visual. Dio un largo trago al café y luego Galen dijo:

—Tranquilo. Nadie te retiene aquí.

—He estado dándole vueltas a esto —dijo Malcolm—. Ayer acertó de casualidad, ¿no?

Habría sido fácil decir que sí, y también habría sido el final. Pero Galen recordó la imagen de Meg viviendo tras unos barrotes. Por primera vez en su vida, pidió orientación.

Malcolm interpretó mal su silencio.

—Lo suponía —dijo, apartando su café y empezando a levantarse—. Fue interesante conocerle.

—Si te quedas, recuperarás tu trabajo.

—Mentira.

—¿Qué puedes perder?

—No lo sé, ¿respeto por mí mismo? —Malcolm dudó, perplejo, pero se sentó otra vez—. ¿Cuál es el plan?

Galen juntó las manos debajo de la mesa para que no le temblaran.

—Volver al periódico, pero has de llevarme contigo.

—¿Ahora?

—Sí. —Galen logró mostrar lo que esperaba que fuera una sonrisa de seguridad—. Yo sabré qué hacer cuando lleguemos allí.

—Sí, y yo voy y me lo creo. ¡Lo que hay que oír!

Malcolm no se calló su insolencia. Se sentía con derecho a

despotricar, siendo joven y con un empleo. Pero la brecha entre ellos se estaba cerrando. Se levantó con aire cansado y dejó que Galen le siguiera al salir de la cafetería, sin mirar por encima del hombro.

Caminaron en silencio bajo un cielo gris y frío. En el aparcamiento del periódico, Galen esperaba que el chico se echara atrás, pero no fue así. Arriba, en la sala de redacción, había varios periodistas reunidos en torno a la mesa del jefe de local, tomando café y charlando. Nadie miró a Malcolm.

Recuperando la cordura, el joven negó con la cabeza y murmuró:

—Esto es ridículo. No sé por qué le he hecho caso.

Sin contestar, Galen se acercó a la mesa.

—Soy el padre de Malcolm. Está harto de estar en necrológicas, pero no quería decírselo.

El jefe de local era de la edad de Galen, pero de aspecto robusto y tan rubicundo como un boxeador irlandés. Detrás de él había un colgador con una gabardina y un sombrero. Se consideraba a sí mismo un periodista de la vieja escuela.

—Debería haber tenido las agallas de hablar él mismo —dijo.

—Tenía miedo de que lo despidieran —repuso Galen.

—¿Despedirlo? —El hombre señaló al círculo de periodistas en torno a su mesa—. Estos escritorzuelos irían antes. —Sonrió malévolamente al periodista apoyado en la esquina del escritorio—. ¿No es cierto, Nicky?

El hombre se levantó fingiendo una sonrisa. Nadie parecía muy contento.

Para entonces Malcolm se había acercado. No podía creer lo que estaba intentando Galen.

—No es culpa mía —dijo en tono de disculpa.

Su jefe puso ceño.

—Llamaste ayer para decir que estabas enfermo y aún no he recibido ninguna baja médica. —Dio un golpecito en la pantalla del ordenador que tenía delante—. Tu padre tiene razón. Olvídate de las necrológicas. Alguien se ocupará. Quiero el artículo de la corrupción policial que me prometiste.

El jefe parecía haber olvidado que había despedido a Malcolm esa misma mañana. Los periodistas en torno a la mesa habían sido testigos de la escena, habían visto a Malcolm vaciando su escritorio. Sin comentarios, volvieron a sus cubículos.

Para impedir que el chico abriera la boca, Galen se lo llevó de allí. No fue fácil.

—No se acuerda de nada —susurró Malcolm, muy agitado.

—¿Quieres que se acuerde? —susurró Galen.

—Quiero una explicación.

Galen buscó una.

—No puede recordarlo porque nunca ocurrió.

—Usted está loco.

—Tal vez. —Galen no tenía ni idea de por qué se le había ocurrido una explicación tan estrambótica—. No te pares y cierra la boca. Te van a entrar moscas.

Malcolm podría haber dicho «No hay moscas, es invierno», pero estaba confundido. Galen lo sacó casi a rastras por la siguiente puerta, que daba a una escalera. Ambos se sentían débiles y se dejaron caer en los peldaños.

—Esto es mucho más que raro. Supongo que debería darle las gracias —logró decir Malcolm.

Galen negó con la cabeza.

—Yo no he hecho nada. Solo estuve allí.

—Entonces, ¿es un chamán o algo así? —Malcolm echó una mirada dura a Galen y rio—. Por supuesto que no. —Se levantó—. Lo decía en el mejor sentido posible.

Galen se encogió de hombros.

—Lo dudo.

Malcolm abrió la puerta de la sala de redacción, ansioso

por volver al trabajo antes de que este se evaporara otra vez. Se mordió el labio, tratando de pensar en algo más que decir. No se le ocurrió nada, de manera que sonrió débilmente y se fue, dejando que la puerta de la escalera se cerrara ruidosamente.

Galen sacó el centavo mágico del bolsillo y lo levantó a la luz. Parecía completamente inocente y la voz en su cabeza dijo: «A veces basta con estar ahí.»

21

La mañana después de la reunión, Frank despertó en su cama y miró a Mare, que todavía dormía. Ahora pasaban dos o tres noches por semana juntos, alternando entre la casa de ella y la de él. Cada uno hizo sitio para el cepillo de dientes del otro y vació medio cajón. No era la primera vez para ninguno de ellos. Frank se levantó y puso una cafetera en la cocina estrecha. Había que tirar un ramo de flores de la semana anterior, crisantemos que había comprado a mitad de precio en el supermercado. El centavo estaba en la encimera, donde lo había dejado, con aspecto inofensivo. Pero verlo le molestó.

—Complicado, ¿eh? Me has dado una forma de echarme atrás. ¿Y si la acepto? No me controlarás.

¿A quién estaba hablándole? ¿A la discípula, a Dios, a Meg? No tenía una buena razón para abandonar la escuela mistérica. Ver es creer, y Frank había visto cosas que no podía comprender. Así que no lo intentaba. Eso era la ventaja y el inconveniente. Se había alejado del grupo, esperando un destello de Dios. Por lo que sabía, la línea estaba rota.

Entró Mare, bostezando y somnolienta. Se fijó en que Frank estaba mirando el centavo.

—Un centavo por tus pensamientos —dijo.

Su agencia de trabajo temporal no le había dejado ningún mensaje en el móvil, de modo que tenía el día libre. Podía arrebujarse otra vez en la cama después de que Frank se marchara a trabajar.

—No sé adónde vamos desde aquí —murmuró él.

La cafetera pitó. Frank llenó dos tazas sin mirar a Mare a los ojos. Estaba seguro de que si abandonaba, ella dejaría de verlo.

Ella no respondió de inmediato, haciendo ver que se ocupaba echando leche y azúcar al café.

—Nadie te está metiendo presión —dijo en tono razonable.

Él le tomó la mano.

—No se trata solo de nosotros. Es todo. Estamos en una montaña rusa y nos han tirado una pedrada en el parabrisas. No podemos ver ni un palmo por delante.

—A lo mejor no hemos de hacerlo —dijo ella.

—¿No estás nada preocupada?

Mare recogió el centavo.

—No tomes ninguna decisión hasta que le hayas dado una oportunidad. Meg prometió que no nos volvería locos.

Le puso el centavo en la palma y le cerró los dedos. Quizá también besó a Frank en la mejilla, pero él no se dio cuenta. En cuanto la moneda tocó su mano, imágenes inquietantes llenaron su mente, moviéndose tan deprisa como una película a velocidad rápida en un proyector enloquecido. Casi se le cayó la taza de café de la mano. Las imágenes desaparecieron en dos segundos; se sintió mareado. Apartó la mano y dejó el centavo otra vez en la encimera.

—Tienes razón. Escucha, llego tarde. Deja que me meta en la ducha. —Pronunció las palabras con dificultad.

Por alguna razón, Mare, que se fijaba en todo, no lo cuestionó. Ya se había apartado y estaba sentada a la pequeña mesa del desayuno iluminada por el sol de la mañana. Sus dedos pasaron distraídamente por el ramo mustio, buscando alguna flor que pudiera valer la pena salvar.

Frank hizo su escapada metiéndose en la ducha y poniendo el agua lo más fría que se aguantaba. Las imágenes parpadeantes no regresaron. El agua fría le hizo temblar. Cuando salió, su cuerpo ya estaba lo bastante entumecido para amortiguar su cerebro. Ya no veía niños destrozados, la sangre en la calle, los coches de policía. El gemido de sirenas de ambulancias ahora era tan tenue que apenas lo oía.

El trayecto al periódico normalmente le llevaba diez minutos, pero habían desviado el tráfico por unas obras. En cuanto llegó allí, Frank se puso ansioso, y cuando se metió en el carril central, le temblaban las manos al volante. Buscó en el bolsillo de la chaqueta, donde guardaba un cigarrillo para casos de emergencia. En cambio, sacó el centavo. No lo había puesto allí. Su intención había sido simular que lo había olvidado al marcharse a trabajar. Tenía que haber sido Mare.

Antes de que pudiera pensar, un claxon grave resonó en sus oídos. Frank había invadido el carril contrario, así que dio un volantazo para corregir su posición. Un camión con remolque pasó a su lado por la izquierda. Delante de él tenía una furgoneta gris. Dos niñas que iban en la parte de atrás se volvieron y lo saludaron. Frank empezó a sudar. Vio que la conductora era una mujer, quizás una mamá que llevaba a las niñas a la escuela. Frank tocó el claxon.

—¡Pare! —gritó, moviendo el brazo hacia el arcén de la carretera para mostrar a la conductora lo que quería.

La mujer aceleró sin hacerle caso. Frank dio gas para acercarse. Las niñas seguían mirándolo, pero ya no sonreían.

—¡Pare!

Esta vez la mujer escuchó. Cuando se detuvo en el arcén, Frank hizo lo propio detrás de ella. No bajó del coche. No había forma de saber si las dos niñas eran los cuerpos destrozados que había visto. La mujer salió de la furgoneta con aspecto desconcertado. Se acercó a la parte de atrás de su vehículo, para comprobar los neumáticos y las luces traseras. Tenía expresión exasperada. Le hizo a Frank un gesto grosero con el dedo corazón, volvió a subir a su vehículo y se alejó.

«Que Dios te ayude», pensó él. Al cabo de unos minutos se había calmado, pero sentía náuseas. Llegaba tarde al trabajo, pero no volvió a la calzada. En treinta segundos, pensó, el flujo del tráfico se enlentecería de repente. Al cabo de un minuto y medio pasaría el primer coche patrulla a toda velocidad apartando los coches con su sirena. La ambulancia estaría cerca.

De hecho, pasaron cuarenta segundos antes de que el tráfico se enlenteciera, pero todo lo demás ocurrió como él lo había visto. La náusea empeoró. Podría haber bajado y hablado con aquella mujer, darle una explicación descabellada sin que importara que ella lo llamara lunático.

Si se quedaba en el arcén, un policía vendría a ver qué estaba ocurriendo. A regañadientes, se incorporó a la autovía. El tráfico se movía de nuevo lentamente. Al cabo de un kilómetro y medio vio las luces destellantes de los coches patrulla. Un agente estaba desviando a todos a un carril. El camión remolque se había plegado, bloqueando el resto de la carretera. Frank quiso cerrar los ojos, pero siguió mirando, y cuando la única fila de coches pasó lentamente por el lugar del accidente como un improvisado cortejo fúnebre, vio dos coches aplastados. Un hombre perplejo estaba de pie junto a una camilla que estaban metiendo en una ambulancia.

Pero eso era todo. No había sangre en el suelo, ni niños destrozados. La furgoneta gris no estaba a la vista.

El vigilante de seguridad plantado en el mostrador de entrada siempre saludaba a Frank con la cabeza cuando entraba. Esta vez dijo:

—¿Estás bien, colega?

—Estoy fantástico, creo —murmuró Frank.

El vigilante, un policía retirado con el pelo muy corto ya gris, rio.

—Si no lo sabes tú... —dijo.

Frank no se detuvo a charlar. Llegó a su escritorio de la sala de redacción y, sintiéndose mareado, se hundió en la silla. ¿Qué demonios? Sus pensamientos confundidos se arremolinaban, tratando de dar sentido a lo que había ocurrido. Era como estar en la lavandería viendo la ropa girar en una secadora. Solo que en este caso, él giraba con la ropa. La única cosa que podía pensar era: «Te lo advertí.» Frank sabía exactamente lo que eso significaba: desde que accedió a unirse a la escuela mistérica, sabía que algo estrambótico lo arrastraría, una ocurrencia extraña que arruinaría su oportunidad de disfrutar de una vida normal.

Se sentía asustado, más asustado de lo que tenía derecho a estar. ¿Acaso era alguna clase de héroe? Había salvado a dos niñas de una muerte horrible. Frank quería sentirse bien con eso, pero su miedo no se lo permitía. Sacó el centavo del bolsillo y lo miró. Quizá si lo tiraba inmediatamente estaría a salvo.

En ese momento, el murmullo de voces en la redacción, siempre presente como un ruido estático de fondo, bajó. Frank oyó claramente a dos periodistas hablando a cinco o seis metros de distancia.

—¿Algo en el escáner de la policía?

—No. Un camión tráiler en el desvío.

—¿Algún muerto?

—No hay confirmación.

—Lástima. Suerte la próxima vez.

Los dos periodistas volvieron al trabajo, y el murmullo de voces en la redacción se elevó otra vez. Frank se sintió asqueado. «Lástima. Suerte la próxima vez.» Podría haberlo dicho él. Miró otra vez la moneda, en esta ocasión con incertidumbre. Los dos periodistas se equivocaban. Había una noticia, pero Frank no podía contarla.

A su espalda habló una voz.

—¿Por qué contar una noticia cuando puedes vivirla?

Sabía que era Lilith antes de darse la vuelta. Nadie más hacía ese molesto truco de leerle el pensamiento.

—No tires la moneda. Solo estás empezando a conocerla —dijo ella.

Frank no tenía respuesta, sorprendido por el aspecto de Lilith. En lugar del traje de mezclilla gris que siempre le había visto, iba de rosa brillante, con un sombrero amarillo de ala ancha y una cosa de plumas que llamaban boa.

Lilith rio e hizo un giro.

—¿A quién no le gusta el circo? —dijo.

Frank vio con el rabillo del ojo que la gente estaba mirando. Algunos en un rincón de la sala se habían subido a las sillas para ver mejor.

—Se suponía que no íbamos a volvernos locos —le recordó en voz baja—. No eres tú misma.

—Gracias a Dios. —Lilith rio otra vez, un sonido cristalino, tan extraño viniendo de ella como su extravagante indumentaria. Levantó la voz para que todos pudieran oírla—. Ven conmigo, querido. Cuando la cosa se pone fea, los feos se van a comer. Invito yo.

Frank la siguió con impotencia mientras ella pasaba pavoneándose por los cubículos. Al menos se perderían de vista en un momento. Tenía la esperanza de que su jefe estuviera al teléfono en su despacho y no fuera testigo del espectáculo.

En el mostrador de recepción, la chica de guardia dijo:

—¿Cómo ha entrado?

Lilith no se detuvo.

—Magia, hija mía —respondió al pasar—. Magia.

Frank consideró seriamente llamar para pedir ayuda médica, pero en cuanto estuvieron fuera Lilith abandonó su actuación.

—Las cosas que hago por ti —murmuró con su tono almidonado normal.

—¿Por mí? —Frank se quedó anonadado.

—Estabas dudando. No quería perderte. —Ella parecía divertida con las dudas de Frank, y eso a él le molestaba.

—Puedo decidir por mí mismo. Soy un chico mayorcito.

—Suerte que tienes. Rusty nunca llegó a ser un chico mayorcito.

Esta afirmación enigmática tuvo un efecto increíble en Frank. Se puso lívido y todo su cuerpo empezó a temblar.

—No puedes saber eso —dijo con voz ahogada.

—Pero lo sé.

Frank se apoyó en la pared contigua a la salida, tratando de recuperar el aliento. Una marea de imágenes medio sepultadas llenó su mente. Era el verano en que cumplió catorce años, y su padre llevó a Frank y su hermano pequeño, Rusty, a pescar. Los levantó muy temprano, diciendo que las lubinas no esperarían, y al cabo de unos minutos los hermanos estaban en el asiento trasero del Jeep familiar, todavía tratando de despertarse. Rusty, que tenía diez años, se quejaba. Se apoyó en Frank, tratando de usar su hombro como almohada, pero este lo apartó bruscamente.

El lago lucía liso como un cristal cuando subieron a la canoa, y Frank estaba orgulloso del equilibrio que tenía para mantenerse de pie y empujar para apartarse de la orilla. Sus calcetines hasta los tobillos se habían mojado al correr a través de la hierba húmeda de rocío. ¿Por qué recordaba eso? El frío de la mañana pronto se convirtió en calor de mediodía. Frank disfrutaba pescando con su padre, y Rusty se había quedado dormido en el otro extremo de la canoa.

Ninguno de ellos, ni Frank ni su padre, prestaron atención cuando una nube cubrió el sol. Los peces estaban picando muy bien. La sombra no pasó y, levantando la mirada, Frank vio que se acercaban nubes de tormenta.

—Empieza a remar —dijo su padre.

Estaban bastante lejos de la orilla; al menos cinco minutos los separaban del muelle. A la tormenta no le importó. Estuvo encima de ellos en un abrir y cerrar de ojos, trayendo un viento fuerte que alborotó la superficie del lago. Frank vio que su padre apretaba la mandíbula; empezaron a remar con más fuerza. El primer trueno despertó a Rusty, y Frank sabía que su hermano menor tenía miedo a los relámpagos.

—Gallina —se burló.

¿Fue eso lo que causó que Rusty se levantara de golpe? Fue algo muy extraño e impulsivo. Perdió el equilibrio cuando una ola meció la canoa. Frank vio que la boca del niño formaba un silencioso «¡Oh!» antes de caer por la borda. Su padre, sentado en la proa, no lo había visto.

—¡Papá! —El grito de Frank atravesó el viento, que había empezado a aullar.

Cuando volvió la cabeza y comprendió la situación, su padre soltó el remo y saltó al agua. Rusty estaba moviendo los brazos, aterrorizado y con los ojos como platos. Si al menos Frank no hubiera sentido el mismo subidón de adrenalina que su padre... pero lo hizo, y se lanzaron al agua casi en el mismo instante. Su padre fue el primero en alcanzar a Rusty, sosteniéndole la cabeza por encima de las olas.

—Solo respira. No te pasará nada —dijo.

El niño se aferró a él, boqueando y escupiendo agua.

Frank no vio el destino acercándose. Toda la cuestión se camufló con pequeñas coincidencias. Estas son tres: la canoa estaba vacía, lo cual dificultaba volver a subirse; el lago alimentado por agua de montaña estaba helado a principios de junio; y su padre había engordado diez kilos en el invierno y no estaba en forma. Coincidencias muy inocentes, en realidad, pero el resultado fue inexorable. Su primer intento de subirse a la canoa la volcó. No había un cubo para vaciarla —todo lo que había dentro se hundió y se perdió de vista en el momento de volcar—; y cuando la enderezaron, la canoa se hundió bastante por el agua que había entrado.

El resto ocurrió a cámara lenta, o así lo experimentó Frank. Rusty se echó a llorar, quejándose del frío que sentía. Su padre, que para empezar no era un buen nadador, usó toda su fuerza para sostener a su hijo y el lateral de la canoa al mismo tiempo, pero el agua helada le entumeció las manos. Perdió el agarre con la siguiente ráfaga de viento. Los ojos desorbitados de Rusty se posaron en Frank, que estaba aferrado al otro lado de la canoa. Esos ojos no lo acusaron ni le dijeron adiós. Era solo la mirada de un niño asustado que entonces se alejó, dejando una última visión de cabello ondeando como algas en la corriente antes de desaparecer.

Frank era el nadador más fuerte de la familia y se sumergió repetidamente en busca de su hermano, una y otra vez hasta que quedó tan exhausto que corría riesgo de ahogarse él también. Para entonces el sol había vuelto a salir y la superficie del lago se calmó, como si no hubiera ocurrido nada.

—Vuelve —dijo Lilith con brusquedad.

Su voz sacó a Frank de las profundidades de la memoria.

—¿Por qué está ocurriendo esto? —preguntó.

Tenía una expresión de dolor de la cual Lilith no hizo caso.

—Si vas a irte, has de saber cuál es la verdadera decisión —dijo.

—Se trata de dejaros en la estacada —soltó Frank. ¿Qué derecho tenía Lilith de agitar su peor recuerdo?—. Sé sincera. Por eso has venido aquí.

Ella negó con la cabeza, insistiendo.

—¿De verdad crees que sobreviviste ese día? Lo perdiste todo. ¿Puedes recordar siquiera cuándo tuviste fe o esperanza?

—No necesito fe —replicó Frank, tratando de sonar desafiante.

—Muy bien. Pero necesitas algo más que culpa. La culpa

te lleva en la dirección equivocada. Te has convertido en un transeúnte de tu propia vida.

—Eso no es cierto.

Las palabras de Lilith habían sonado crueles, como si estuviera abriendo una ostra que se retorcía dentro de su concha.

—Aprendiste a llevar una máscara. ¿Qué otra opción tenía un chico de tu edad? Pero las máscaras tienen la gracia de engañar a la gente que las lleva, ¿no?

Frank tenía ganas de salir corriendo, pero se sentía débil y tembloroso.

—No —rogó. En lo más hondo, estaba asombrado de desmontarse tan completamente.

—Sé que te sientes atacado por la espalda —dijo Lilith, observándolo con atención—. Estamos en una vía rápida a la verdad, todo el grupo. ¿En serio creías que te quedarías fuera?

Frank suspiró. Su mente empezó a despejarse; ya no sentía que el suelo temblaba bajo sus pies. Sería sólido en un momento, sería seguro estar de pie otra vez.

—Quiero que me dejen solo. ¿Por qué no puedes ver eso? —dijo.

—Porque no es lo que Dios tiene dispuesto —repuso Lilith.

Frank apartó la cabeza. Lilith sabía que no leía la Biblia, así que no conocería una frase con la cual ella había crecido: «Porque él es como fuego purificador.» La llama divina tenía un largo alcance, y ahora había tocado otra alma embarrancada.

22

Ya habían ocurrido muchas cosas ese día antes de que Lilith fuera al periódico a buscar a Frank. Ella había bajado a desayunar por la mañana vestida con la osada indumentaria rosa y amarilla. La había sacado de una caja del desván donde se guardaban los disfraces de Halloween de las niñas.

Herb levantó la mirada del *Wall Street Journal* y alzó levemente una ceja.

—Es bonito —dijo. Era un alma cauta.

Lilith acarició la boa de plumas roída por las polillas que llevaba en torno al cuello.

—Necesitaba un cambio.

No se dijo nada más, por suerte.

Lilith se había ido a acostar anticipando que ocurriría algo maravilloso. En cambio, despertó sintiéndose malhumorada. No había magia en el aire. Esperó mirando el techo. Nada. Al vestirse sintió algo inusual, pero era trivial. Se sentía insatisfecha con la ropa del armario. Subir al desván fue casi una idea de última hora. ¿Qué podía encontrar allí? Sin embargo, la guiaron para hurgar en el viejo arcón de Halloween, y en cuanto vio la boa, el vestido rosa y el sombrero amarillo, tuvo que probárselos, aunque este impulso era desconcertante.

Al mirarse en el espejo, pensó: «Soy un cruce entre una *drag queen* y el desfile de Pascua.» El hecho de que no se quitara de inmediato el absurdo vestido tuvo que ser culpa de la moneda de un centavo. Con la misma sensación de ser guiada, subió al coche después de desayunar y arrancó. Le sorprendió llegar al aparcamiento del hospital. Casi no se apeó. Una voz interior le advirtió de que iba a hacer el ridículo.

—Qué diablos, adelante —murmuró.

Caminó con paso enérgico hasta la puerta de urgencias y entró. La sala de espera ya estaba repleta, y ni siquiera eran las diez. Todo el mundo estaba sumido en sus propios problemas, así que los únicos que se fijaron en su atuendo fueron unos niños que habían ido con un padre enfermo. Una niña de cuatro o cinco años señaló a Lilith y empezó a reírse, una risa de niña mimada que avergonzó a su madre.

—No señales —la reprendió.

La madre se volvió hacia la mujer que tenía al lado, que estaba hojeando distraídamente una revista.

—Parece que alguien no se ha tomado la medicación.

Las dos mujeres siguieron con la mirada a Lilith cuando esta encontró un asiento vacío en la esquina.

Lilith no hizo caso de las miradas. Su atención estaba centrada en el ambiente gris que envolvía la sala. El olor a enfermedad se mezclaba con la aprensión. Todo el mundo se preparaba para una mala noticia, y no pocos la recibirían cuando los llamaran por su nombre. Lilith se sentó, porque le resultaba difícil sostener la mirada de la gente. Contuvo el impulso de pedir pistas a su centavo mágico; estaba bien guardado en su bolso, envuelto en un pañuelo.

Entonces la sala de espera quedó en un silencio sepulcral. Nadie habló ni se movió. Antes de que Lilith fuera consciente de lo extraño que era, el tiempo se detuvo. La mujer que estaba leyendo la revista se había quedado congelada con una página a medio pasar. La niña mimada estaba inclinada para agarrar su muñeca, que había caído al suelo. El auricular que la enfermera del mostrador de recepción estaba levantando para llevárselo a la oreja no había llegado allí.

Lilith, desconcertada, se levantó de un brinco, lo cual demostró dos cosas a la vez: podía moverse, y cuando lo hizo la escena congelada no varió. Miró a todos en la sala, como si sospechara que pudieran estar fingiendo, pero permanecieron inquietantemente quietos. Lilith no se agitaba con facilidad, y menos se asustaba. La escena la fascinó. Se acercó a la niña, recogió su muñeca y la dejó a su lado en la silla. La niña no se movió. Lilith le tocó el pelo, corto y rubio. El cabello se movió como la seda.

Apartó la mano con rapidez. No se sentía bien molestando a nadie. En ese momento oyó pisadas que se acercaban por un pasillo. Alguien podía moverse, y Lilith sospechaba que solo podía ser una persona. Una puerta doble se abrió y comprobó que tenía razón.

—¿Tú has hecho esto? —dijo Jimmy. Vestía una bata azul.

—Simplemente ha ocurrido —repuso Lilith.

Él asintió. Uniéndose a ella en medio de la sala, levantó su moneda con una sonrisa de desconcierto.

—¿Y ahora qué?

Lilith pensó un momento.

—Veamos qué está haciendo el resto del mundo.

Fueron a la ventana más cercana, que daba al aparcamiento. No se veía a nadie. En la distancia, los coches transitaban por la carretera de cuatro carriles que llevaba al hospital.

—Entonces somos solo nosotros. ¿Y si viene alguien? —dijo Jimmy.

—No vendrá. Al menos por un rato. —Lilith miró otra vez alrededor de la sala—. Estamos solos en esto, dure lo que dure.

—Vale. —No parecía un comentario satisfactorio, así que

Jimmy añadió—: Tiene que haber algo que necesitemos ver. Algo se nos está pasando por alto.

—¿Algo? —Lo único que veía Lilith era una sala repleta de maniquíes de centro comercial.

—Como eso —dijo Jimmy.

Se acercó al pequeño grupo con la niña, su madre y la mujer que hojeaba la revista.

—¿Lo ves? No son todas iguales. Mira con atención.

Lilith tardó un segundo, pero lo vio. La niña era más brillante que las dos mujeres, como una fotografía sobreexpuesta dos tonos. El efecto no era perceptible a menos que lo buscaras. Pero si lo hacías, veías que las dos mujeres eran ligeramente más grises y apagadas.

—Qué extraño —murmuró Lilith. Había sido testigo de una luz cuando el espíritu abandonaba el cuerpo y también Jimmy, pero ¿eso?

Jimmy miró en derredor.

—Son todos grises menos los niños.

Tenía razón. Los niños de la sala de espera no eran grises como los adultos. Brillaban desde dentro. De repente, la imagen congelada ya no se percibía como inquietante. Eran almas exhibidas, y la razón de detener el tiempo era que eso facilitaba darse cuenta de ello, igual que una persona que duerme parece pacificada tras desprenderse de las cargas del día.

Jimmy se acercó a la madre y sostuvo sus manos por encima de la cabeza de la mujer.

—¿Qué estás haciendo? —preguntó Lilith.

—No lo sé. He sentido este impulso.

No tocó a la mujer, pero pasó las manos en un movimiento fluido junto a su cuerpo, empezando en la cabeza y terminando por los pies.

—Ya está —dijo—. Mejor.

Volutas de gris como hilos enrollados se juntaron en torno a los zapatos de la mujer, que parecía un poco más brillante. Jimmy apartó con el pie los hilos grises y estos se disolvieron. Luego hizo el mismo movimiento con la mujer que sostenía la revista, y tuvo el mismo efecto. Lo gris bajó hasta sus pies y su imagen congelada se hizo más brillante.

Lilith no se había movido.

—Adelante —dijo Jimmy—. Pruébalo.

Ella se inclinó hacia la madre, examinándole el cuello, donde se veía un lunar irregular.

—Por eso ha venido a urgencias —murmuró Lilith—. ¿Cáncer?

Jimmy asintió.

—Pobre mujer.

Lilith se mordió el labio, sintiendo un momento de indecisión. Entonces con la yema de un dedo frotó el lunar oscuro. Cuando apartó el dedo, el lunar había desaparecido, no estaba, como una mancha borrada de una hoja de papel.

—Vaya —exclamó Jimmy en voz baja.

Lilith localizó a un hombre mayor al otro lado de la sala, encorvado en su asiento sobre un bastón. Se acercó y vio que tenía los nudillos abultados y rojos.

—Artritis —dijo.

Empezó a alisarle los dedos como si modelara arcilla. Jimmy observó hasta que todos los bultos inflamados desaparecieron.

—Increíble —dijo.

Lilith retrocedió y examinó su obra.

—Pues sí.

Jimmy hizo un recuento rápido.

—Debe de haber unas cincuenta personas aquí. ¿Hemos de hacerlo con todas?

Lilith podría haber dicho que sí, pero no tuvo ocasión. Sin previo aviso, la imagen congelada terminó. La sala de espera se animó. El viejo que sostenía el bastón miró a Lilith con sorpresa.

—¿Todavía no es mi turno? —preguntó, confundiéndola con una enfermera.

—Ya ha llegado su turno —repuso Lilith, alejándose con rapidez.

El anciano no prestó atención. Con expresión divertida, se estaba frotando los dedos. Eran suaves, como ella los había dejado.

Jimmy siguió a Lilith a la salida. Se miraron uno al otro a la brillante luz invernal.

—¿Por qué no hemos terminado? —preguntó él.

Ella negó con la cabeza.

—No estoy segura. Quizás era solo una demostración.

—¿De qué?

Ella levantó una mano.

—No hables. Solo asimílalo.

Se sentaron en el banco que usaba la gente que esperaba un taxi. La fina bata de algodón de Jimmy no le protegía del frío, pero no estaba temblando. Un coche se detuvo en la entrada y dos hombres ayudaron a bajar a una anciana que colocaron en una silla de ruedas. Llevaba un gorro de lana calado hasta las orejas; tenía los ojos ribeteados de rojo.

Eso era algo que Jimmy veía cada día, pero en ese momento parecía irreal.

Lilith le leyó el pensamiento.

—Nos han enviado a la zona de milagros —dijo—, pero solo un momento.

—¿Para ver si queremos quedarnos?

—Algo así.

Lilith se levantó.

—Tengo que irme. Frank está flaqueando. No puede soportar tanta verdad. Voy a probar algo drástico.

Jimmy asintió.

—¿Por eso vas vestida como algodón de azúcar con una banana encima?

Lilith sonrió.

—A lo mejor quería que me vieran venir.

—O lo quería Dios —dijo Jimmy.

Pero Lilith ya se estaba apresurando por el aparcamiento hacia su coche. De repente, él se dio cuenta del frío que hacía fuera. Las puertas electrónicas de la sala de urgencias se abrieron, y entró para volver al trabajo. Todo había regresado a la normalidad. La gente estaba sentada alrededor esperando, mirando sus relojes o acercándose a incordiar a la enfermera del mostrador de entrada. No había signos de que la zona de los milagros hubiera existido, salvo por el tono gris que permanecía en todos los que pasaban.

23

Después de marcharse Frank, Mare volvió a la cama, pero no logró conciliar el sueño de nuevo. Estaba demasiado inquieta. El sol que se alzaba proyectaba una sombra con la forma de la ventana en la colcha. El apartamento de Frank tenía suelos que crujían y pintura desconchada como un veterano en el mercado del alquiler, pero a Mare le encantaba la elaborada ornamentación de yeso del techo. Si tenías suficiente imaginación, podías fantasear con que estabas en un hotel de París.

Miró al techo en ese momento, reflexionando. El centavo mágico cambiaría la vida de Frank. Mare previó eso, que era la razón por la que se lo había puesto en el bolsillo sin que se diera cuenta. Desvelaría cosas que lo agitarían hasta el tuétano. Ella también sabía eso, porque saber siempre había sido fácil para Mare, toda su vida. De niña se había reído una tarde al ver el título de una película en televisión: *Sé lo que hicisteis el último verano.*

«*Sé lo que hicisteis el próximo verano* sería mejor título», pensó.

Abrió el cajón de la mesita de noche, donde había dejado su centavo. No podía evitar desviar la mirada. Temía su magia, porque deletreaba el final de su secreto. Mare había mantenido hábilmente oculto su secreto incluso cuando muchos otros salían a la luz. Solo había resbalado una vez, cuando estaba en la parada del autobús, viendo la luz en todos los pasajeros que subían al vehículo.

—He encontrado mi llamada —dijo antes de que Meg la hiciera callar.

El tiempo de los secretos había terminado, pero ¿qué pasaba con Frank? Eso era más complicado. Había sido fácil ocultar las cosas a los novios que habían entrado en su vida de forma pasajera. Como ellos, Frank había sido un intruso al principio, pero Mare había llegado a amarlo. Él se sentía confundido y herido cuando ella mantenía la distancia.

—Pasamos la noche juntos y luego no llamaste durante días —se quejaba él—. ¿Por qué?

«Porque tengo que hacerlo», pensaba ella.

Si se casaba con él, su don se convertiría en una amenaza y eso no era justo para Frank. Ella no tenía control sobre su visión de futuro. ¿Y si veía que la engañaría? Eso provocaría extraños votos en el altar.

«Te tomo como esposo en la prosperidad y en la adversidad, en la salud y en la enfermedad, hasta que me la pegues con Debbie, la del gimnasio.»

Mare apartó la idea de su mente. Cogió el centavo mágico del cajón y lo apretó en la palma. ¿Por qué no afrontar lo que quisiera mostrarle o decirle? Había un mensaje, pero no era mágico. «Tírame.» Con un suspiro de alivio, se levantó de la cama y tiró la moneda a la papelera. Fue como un indulto en el último minuto.

Pero casi de inmediato una voz en su cabeza dijo: «Esta es tu prueba.» ¿Qué significaba? Mare esperó más ansiosamente, pero no llegó nada. De repente, supo que tenía que actuar. Su prueba resultaría crucial para el grupo.

Enseguida se puso algo de ropa, salió a la mañana luminosa y vigorizante. Hizo una pausa, mirando a izquierda y derecha en la calle. ¿Adónde se suponía que tenía que ir? Era elección suya, pero la prueba consistía en tomar la decisión correcta. Cerró los ojos. No apareció nada. No podía deambular al azar.

«¿Cómo encuentras la ruta a un destino desconocido?» Mare esperó una respuesta. Nada.

«Muy bien, una pista, pues.»

Otra vez nada, ni una ráfaga de viento, ni un destello de luz solar en el parabrisas de un coche ni el comentario casual de un transeúnte desconocido. Esos eran los signos que había seguido toda su vida. El mundo le hablaba, y era el momento de que Mare se diera cuenta de que no hablaba a todos. Para una persona normal, buscar señales era como creer en augurios, algo que no harías si querías parecer cuerdo.

Tenía que crear sus propias pistas. Mare miró a su interior, esta vez sin esperar nada. Y se abrió paso una imagen tenue. Vio un reluciente hilo plateado en la palma de su mano. Dio un paso a la izquierda y se hizo más brillante. Así que era a la izquierda. Debía pararse en cada esquina para mirar a qué lado ir a continuación. Era un punto de partida.

Cuando tenía cuatro años, yendo en el asiento delantero del coche, su madre frenó de golpe cuando se le cruzó otro conductor. De manera instintiva, ella estiró el brazo derecho para sujetar a Mare en su asiento, olvidando que llevaba cinturón de seguridad. Pocos días después, cuando el coche se detuvo otra vez de repente, Mare se estiró desde el lado del pasajero para sujetar a su madre.

—¿Qué haces, cielo? —preguntó su madre.

—Proteger a mamá.

Su madre rio, extrañamente emocionada. Proteger a mamá se convirtió en un pequeño juego entre ellas. Su madre no se fijó en que Mare se estiraba antes de que pisara el freno. Anticipaba lo que iba a pasar. La única que lo vio fue la tía Meg cuando su coche no arrancó una mañana y necesitó que la llevaran al trabajo, pero no dijo nada.

Perdida en el recuerdo, Mare estaba olvidando consultar el hilo plateado. Se miró la palma de la mano y el hilo se había vuelto de un gris apagado. Tuvo que desandar sus pasos un par de manzanas hasta que empezó a abrillantarse otra vez. El hilo señaló una amplia avenida que llevaba a una de las zonas elegantes de la ciudad. Sintiéndose tensa, Mare aceleró el paso. Pero por alguna razón el recuerdo no la soltaba, seguía tirando de ella hacia el pasado.

En algún momento, cuando era niña, el don de Mare empezó a traicionarla. No podía recordar lo que finalmente hizo que lo enterrara. Quizá dijo algo inapropiado, como contarle a una de las amigas de su madre que nunca tendría hijos. Sin embargo, en su recuerdo había miradas bruscas dirigidas hacia ella. Se sentía diferente pero no especial, la chica que se echaba a reír antes de que un chiste llegara a la parte graciosa.

Se sintió secretamente aliviada cuando creció y se convirtió en una chica guapa. Era el mejor de los disfraces. Podía tener una cita con el *quarterback* de la facultad y animarlo pese a saber que perdería el partido. Detrás de una fachada de timidez, Mare aprendió de la naturaleza humana y toda su imprevisibilidad, que para ella era completamente previsible.

Oyó la palabra vidente por primera vez en una clase de psicología en la facultad, donde el profesor dijo que lo paranormal no existía. Era una ficción para enmascarar la neurosis.

—Dada la elección entre sentirse mágico y sentirse loco —dijo—, la mayoría de la gente elige lo mágico.

Para entonces Mare había dejado que su don languideciera, de manera que no le importaba que fuera irreal. Lo importante era que había terminado. Hasta el día en que fue al convento a buscar a su tía muerta.

Mare regresó a su prueba. Pasó una hora siguiendo el hilo plateado. No conocía muy bien esa parte de la ciudad; la mayoría de sus casas se habían construido con dinero viejo. Donde se había conservado el dinero, las casas de tres pisos se mantenían lujosamente. Donde el dinero había volado, la gente mayor permanecía en una elegancia hecha jirones y acumulaba botellas de ginebra. En lo más profundo de este territorio musgoso, que le daba la vaga sensación de ser un bosque húmedo, Mare sintió algo nuevo. El hilo plateado ardía y su brillo se tornó casi incandescente.

Quería que parara. Mare miró alrededor, pero no vio nada inusual. El barrio estaba vacío, desmoronándose en silencio. Entonces un adolescente con capucha y pantalones anchos subió la calle pedaleando en su bicicleta con una bolsa de la compra en la cesta delantera. Se detuvo en la esquina opuesta a la de Mare, sin mirar hacia allí, y llamó al timbre situado detrás de una verja de hierro forjado con pilares de ladrillos tan grandes como cabinas telefónicas. Al cabo de unos segundos alguien desbloqueó la puerta y el chico del reparto la abrió.

«Ve. Ahora.»

La voz en su cabeza era apremiante. Mare despegó. Cinco segundos y llegaría demasiado tarde. Llegó a la verja justo cuando estaba a punto de cerrarse. El chico del reparto se volvió, desconcertado.

—Eso es para mí —dijo Mare, estirándose para coger la bolsa de papel marrón.

Tallos de apio y una barra de pan francés salían de la parte superior.

—¿Vives aquí? —El chico del reparto parecía más confundido que suspicaz.

—Sí. No quería buscar mis llaves. Está bien.

Él no soltó los comestibles.

—Siempre se lo doy a ella, a la señora mayor.

—Mi tía —dijo Mare, rebuscando apresuradamente en su bolso. Tenía que desembarazarse de él antes de que Meg saliera a la puerta—. Toma.

Sacó un billete de veinte dólares de su cartera. El chico le entregó la bolsa justo cuando Mare vio, por encima del hombro de él, que la pesada puerta de roble empezaba a abrirse.

—Buen trabajo —dijo Meg.

Se quedó en el umbral vestida de traje chaqueta, como si saliera para su trabajo en el banco. No pareció sorprendida de ver a Mare.

—Era la única vez que hoy respondería al timbre. —Esbozó una sonrisa débil—. Una persona tiene que comer.

Se volvió hacia la casa poco iluminada, dejando que Mare cerrara la puerta y la siguiera. El salón era enorme y triste, con los muebles cubiertos con sábanas polvorientas. La mesa del comedor estaba descubierta, preparada para una persona. Había un gran candelabro de plata en medio. Mare se quedó embobada.

—Te acostumbras —dijo Meg.

La cocina estaba dispuesta con una despensa, una antecocina y fregaderos de zinc lo bastante grandes para que se bañara un pastor ovejero. Meg dejó la bolsa de la compra en una enorme mesa de madera maciza.

—¿Quieres comer? Has estado caminando durante horas.

Mare negó con la cabeza.

—Estoy demasiado nerviosa.

—Ya. Cuando era nueva en el convento, las comidas eran lo peor. Una hermana decía «Pásame el kétchup» y yo escuchaba «Todas sabemos que eres una impostora». Tenía suerte de no vomitar. —Captó la expresión de Mare—. No sientas pena por mí. Era una especie de timadora espiritual, simulando ser una buena católica.

—¿Alguna vez te integraste?

—No. Una monja puede ser muchas cosas. Desobediente no es una de ellas. Hacía todo lo que debía. Mi desobediencia estaba en el corazón.

Meg empezó a guardar los comestibles, hablando con indiferencia, como si toda la situación no fuera extraordinaria.

—De verdad no sabía qué esperar, pero tenía que estar allí, mira.

Mare se adaptó al ritmo de poner verduras en la nevera y productos enlatados en la despensa. Parecía absurdo preguntar cómo había adquirido su tía aquella inmensa mansión.

—¿Por qué tenías que estar allí?

Meg se mostró desconcertada.

—Durante mucho tiempo no tuve ni idea. Pero ahora lo veo. Todo conducía a este momento. ¿Entiendes? No, ¿cómo podrías entenderlo?

De repente, Mare sintió una oleada de rencor.

—Somos familia. ¿Por qué has estado escondiéndote de nosotros? Mi madre está muy preocupada. No está bien decirle que no estás muerta sin mostrarte.

—Ella no está tan preocupada. Simplemente no le gustan las sorpresas.

Meg se sentó a la mesa maciza y esperó a que Mare tomara asiento.

—He seguido escondida para que pudieras pasar esta prueba. Si ya hubieras sabido dónde vivía, no habría habido prueba. —Hizo una pausa—. ¿Estás segura de que no quieres comer nada? Toma. —Meg empujó un cuenco de manzanas por la mesa.

—Después comeré.

No estaba satisfecha con las respuestas que estaba oyendo.

—No tienes derecho a hacernos todas estas cosas; no solo a mí, tampoco al grupo. Somos como ratones en un laberinto. —Se detuvo en seco—. No quería decir eso. No quiero que te sientas culpable.

Meg soltó una risa brusca.

—¿Culpable? Culpa era lo único que podía sentir cuando esto empezó. Veía a gente común arrojada en una visita de misterio mágico, sin ninguna idea de adónde estaban yendo. Era indignante.

—Quizás era un viaje de poder para ti.

Por primera vez desde que había reaparecido, Meg se ofendió.

—Cuidado con lo que dices —la amonestó con brusquedad—. Y come. Estás cansada y malhumorada.

De mala gana, Mare cogió una manzana. Entretanto, Meg fue a la despensa y regresó con una bolsa de patatas fritas. Observó a su sobrina picar sin entusiasmo. Al extremo de la mesa había un jarrón de plomo y cristal con rosas blancas recogidas del jardín. Meg las miró de soslayo. Esperó a ver si Mare seguiría su mirada. Lo hizo.

Las rosas habían empezado a brillar, del mismo modo que brillaba el sagrario dorado. Las rodeó un suave resplandor. Mare miró, formando un silencioso «Oh» con la boca.

—¿Puedes hacer eso?

—¿Quién si no? No soy quien crees que soy.

El brillo remitió y las rosas volvieron a la normalidad. Mare se echó atrás en la silla, aturdida. Le sobrevino una imagen surrealista: su tía Meg irradiando la misma luz blanca y luego desapareciendo en la nada.

—Todo el tiempo pensaba que...

—¿Que un talismán mágico había caído del cielo? Te lo dije antes, a todos, el sagrario es solo una distracción.

—Pero no nos dijiste que nos distraía de ti.

Meg rio.

—El sagrario no es tan viejo, probablemente es victoriano. Alguien muy querido, un viejo sacerdote, lo compró en un anticuario y lo hizo bañar en oro. Seguramente arruinó su verdadero valor. —Mientras contaba esto, examinó con atención la expresión de Mare—. ¿Te sientes engañada? Querías milagros, y ahora crees que soy una especie de ilusionista.

—No sé qué pienso.

—Si te sirve de alguna ayuda, te contaré lo que me dijo un viejo sacerdote: «O nada es un milagro, o todo lo es.» ¿Lo entiendes?

Mare negó con la cabeza.

Su tía se estiró para sacar una rosa blanca del jarrón.

—Esta flor está hecha de luz. Si no fuera así, yo no podría hacerla brillar. Un milagro expone la luz que hay dentro de todas las cosas.

No esperó una respuesta de Mare.

—No estoy diciéndote algo que no sepas ya. Eres vidente. Que lo escondas como polvo debajo de la alfombra no cambia la realidad.

A Mare la recorrió un temblor de miedo.

—No quiero ser vidente.

—¿Después de todo esto? Francamente, estoy decepcionada. —Meg se levantó, tirando la rosa sobre la mesa—. En la siguiente reunión dile a todos que ha terminado.

—¡No lo dices en serio! —exclamó Mare.

El rostro de su tía parecía severo.

—¿Acaso te importa? La visita del misterio mágico se detiene aquí. Que todos los pasajeros bajen del autobús, por favor.

Mare estaba desconcertada.

—¿Por qué?

—Porque hay un lugar donde tengo que estar.

¿Su tía estaba a punto de hacer un tercer acto de desaparición? Mare ya iba a enfadarse cuando Meg pareció transigir.

—Te dejaré venir conmigo. Cuando vuelvas, puedes decidir respecto al grupo.

Meg salió abruptamente de la cocina y al punto regresó con un fajo de papeles en la mano.

—Firma esto antes. Te doy la casa y el dinero que la acompaña. —Meg le tendió un bolígrafo—. Adonde voy no lo necesitaré.

La sobrina sintió una nueva ola de ansiedad.

—Me estás mareando. —Quería levantarse de la mesa, pero sentía las rodillas como gelatina—. Deja que vuelva mañana. Una vez que piense en esto...

Su tía no la dejó terminar.

—No hay necesidad. Has pasado la prueba. Si has podido seguir el rastro invisible que conducía hasta aquí, eres la justa propietaria.

Señaló los sitios donde Mare tenía que firmar. Sintiéndose impotente, Mare cogió el bolígrafo y estampó su firma.

Cuando terminaron con las firmas, Meg pareció satisfecha.

—Bueno, pues, ¿vamos? —Se estiró en la mesa y cogió la mano de Mare entre las suyas—. Ahora ya sabes cómo.

Mare no dudó. Si su tía era el centro de todo, tenía que confiar.

—Una cosa será diferente —dijo Meg cuando sus manos se entrelazaron firmemente—. Esta vez podremos hablarnos.

La cocina desapareció y fue sustituida por una escena de hacía mucho tiempo. Estaban en una calle ajetreada de Jerusalén y Meg tenía razón. Mare pudo verla allí de pie. Pero la multitud que pasaba no reparó en ninguna de ellas. Eran invisibles, como antes.

—¿Te has fijado en una cosa? —dijo Meg—. Mira en sus ojos.

Mare miró primero a un vendedor de frutas que estaba a tres metros de su cliente, colocando higos en una bolsa. Miró a una madre que arrastraba a sus dos hijos pequeños a una calle lateral, luego a un rabino con barba y una cadenilla de plata al cuello.

—Están todos asustados —dijo.

—Todos menos uno.

Meg fue delante, entrando y saliendo de la multitud. Caminaba con paso enérgico; Mare tenía que esforzarse para no quedarse atrás.

—¿Por qué están todos tan asustados?

—Es como cuando los perros se asustan antes de un terremoto. Pueden presentir la destrucción inminente.

Al final de la calle, donde esta se abría a una pequeña plaza con un pozo de piedra en el centro, no había mujeres sacando agua. En cambio, una brigada de soldados romanos custodiaba el pozo, poniendo mala cara a los que se acercaban.

Meg los señaló con la cabeza sin detenerse.

—Ha habido rumores de que los judíos están envenenando el suministro de agua de la ciudad.

Mare empezó a ver imágenes con el ojo de su mente: un soldado romano cometiendo un sacrilegio en los terrenos del templo, los judíos rebelándose, la ciudad hirviendo. Un velo de sangre cubría estas imágenes.

—¿Estamos aquí para detenerlos? —preguntó.

—No; Jerusalén caerá.

Meg se detuvo ante un imponente edificio de dos plantas en la esquina, rodeado por un muro de piedra con olivos bien cuidados detrás.

—Casi tengo miedo de entrar —murmuró.

—¿Por qué? ¿Quién vive aquí?

—¿Quién crees?

La puerta de hierro de la casa estaba ligeramente entornada, lo cual no parecía lógico en medio del miedo agitado que se palpaba en las calles. Meg entró y esperó a su sobrina antes de cerrar la puerta. El patio tenía un jardín exuberante con una fuente y flores plantadas en parterres cuadrados. «El jardín del paraíso», pensó Mare, sacando el nombre de algún recuerdo distante.

Meg no miró al jardín, sino que se apresuró hacia la puerta principal. También estaba ligeramente entornada. Ambas entraron y los recibió una brisa fría y perfumada. Allí había un patio interior más pequeño, bañado en luz solar y rodeado por una galería de mármol calado.

—Es muy hermoso —susurró Mare.

—Es su casa.

Meg señaló a una alcoba cercana donde estaba sentada la discípula, contemplando. La muchacha que conocían resultaba casi irreconocible. Era mayor en esta ocasión, de mediana edad; pero era ella, y la forma en que levantó la cabeza hizo que Mare creyera que sabía que estaban allí.

«Si hablamos con ella podría oírnos», pensó Mare. Inmediatamente una voz de advertencia en su cabeza dijo: «No lo hagas.»

Meg apenas miró a la discípula antes de volverse. Retrocedió a un rincón de la galería. Al cabo de un momento, la discípula suspiró profundamente, se levantó y se marchó, con las faldas moradas haciendo frufrú mientras caminaba.

Una vez que fue seguro hablar, Mare dijo:

—Tenías razón. No parece asustada.

—Puede ver al futuro, más allá del peligro.

—Entonces, ¿se salvará a tiempo?

Meg se encogió de hombros.

—No está preocupada por ella. Está más allá de eso.

—Quiero hablar con ella.

Impulsivamente, Mare empezó a seguir los pasos de la discípula hacia el interior de la casa. Meg la contuvo.

—Has estado hablando con ella todo el tiempo —dijo.

—¿Qué?

Meg levantó la mano, pidiendo silencio. Su voz ya era lejana, y tan tenue como las sombras en la galería fría y cobijada. Mare vio duda en su rostro. Su tía había llegado a una encrucijada y no podía decidir en qué dirección ir.

El silencio no duró mucho.

—Nos separamos aquí —dijo Meg con decisión—. Puedes abrazarme. Creo que es lo tradicional.

La extrañeza de estas palabras enfrió a Mare.

—¿Me estás abandonando?

—Me quedo aquí. No es lo mismo.

Mare se puso lívida.

—¡No puedes! —exclamó.

Pese a lo débil que se sentía, su voz sonó con fuerza, resonando en los pasillos marmóreos de la galería.

—Eso está bien, grita un poco más —murmuró Meg—. Grita todo lo que quieras.

Mare podría haberlo hecho, pero se quedó paralizada, escuchando pies que se acercaban presurosos. La discípula apareció por una esquina. Alguien la estaba siguiendo —¿un criado?—, pero ella le hizo una seña para que se marchara. Ahora ella podía verlas, sin lugar a dudas, y la visión la hizo detenerse.

—Está hecho —dijo Meg.

La discípula asintió y empezó a acercarse.

—¿Ves? —añadió Meg—. Me he enviado a una misión. —Esperó a que la discípula se acercara más—. Necesité diez años en el convento para darme cuenta de eso. No podías esperar que lo creyera, no durante mucho tiempo.

—Por favor —rogó Mare—, cuéntame de qué va todo esto. —De pronto tuvo una sensación de pérdida.

Meg señaló a la discípula.

—Soy ella. ¿Ahora lo entiendes?

Entonces dio un paso adelante, cubriendo con rapidez la corta distancia que la separaba de la discípula, que permanecía inmóvil, expectante. Justo antes de que colisionaran, el cuerpo de Meg se transformó. Se convirtió en pura luz, como una imagen de película siendo sustituida por la luz del proyector. El proceso duró apenas un segundo, y entonces solo estaba la discípula. La mujer tembló ligeramente sin hacer ningún sonido.

—Tú —susurró Mare.

La discípula no había reconocido que ella estaba allí, y ahora se limitó a levantar una mano. ¿Una despedida? ¿Una bendición? Mare no lo sabía, tenía la visión nublada por las lágrimas. De repente oyó voces que se acercaban. Sonaban alarmadas. La discípula habló bruscamente en hebreo (supuso Mare) y caminó hacia ellas. Desapareció entre un grupo de sirvientes llegados del interior de la casa.

Ahora las lágrimas de Mare fluyeron sin trabas. Meg había sido como una aparición suspendida entre dos vidas. No había forma de explicar cómo podía ocurrir algo así. Mare notó en la mejilla una brisa que soplaba desde el patio interior. Pestañeó para despejar los ojos. Un parterre de rosas blancas se alzaba cerca, y las flores empezaron a brillar.

Antes de que Mare pudiera pestañear otra vez, estaba de nuevo en la mesa de madera maciza de la cocina. Bajó la mirada. Una manzana a medio comer estaba empezando a ponerse marrón junto a una rosa blanca marchita. Había pasado tiempo, pero ¿cuánto? ¿Horas? ¿Días? No podía saberlo. Solo podía saber que había regresado convertida en una persona diferente. Su don secreto, toda la ocultación, su tía muerta que no estaba muerta sino que era una cinta transportadora de maravillas; nada de eso importaba ya. Sin embargo, algo importaba, la única verdad por la cual Mare podía vivir sin temor ni duda.

O nada es un milagro o todo lo es.

24

Cuando Frank llegó a la siguiente reunión, la puerta estaba entornada. Dentro encontró la sala oscura y vacía. Antes de que pudiera encender las luces, una voz dijo:

—No, por favor.

—¿Mare? —El sonido de su propia voz lo puso nervioso—. ¿Dónde has estado?

Mare no estaba en el apartamento de Frank cuando él volvió. Eso fue dos días antes. No había respondido a su móvil ni contestado a ninguno de sus mensajes. Se estaba preocupando cada vez más.

—¿No querías hablar conmigo?

—Necesitaba estar sola.

—Pensaba que todo iba bien entre nosotros.

—Hay más que nosotros.

Esta conversación críptica no le decía nada.

—Escucha, hablar en la oscuridad me está poniendo nervioso. Voy a encender las luces.

Frank pulsó el interruptor de la pared y se oyó el zumbido de los fluorescentes, proyectando un brillo verduzco. Vio a Mare a la cabecera de la mesa, donde siempre se sentaba Meg. El sagrario dorado estaba delante de ella.

—¿Meg te pidió que lo trajeras? —preguntó Frank.

—En cierto modo. No va volver. —No esperó a ver si la noticia lo inquietaba. Sabía que no sería así—. Tú tampoco vas a volver, ¿no? Ninguno de vosotros. Solo quieres irte.

Frank estaba desconcertado.

—¿Cómo lo sabes? ¿Los demás han hablado contigo? —Una nota de sospecha se coló en su voz—. No me gusta esto, ni un poquito.

—¿Importa? Dentro de una hora no habrá escuela mistérica.

—¡Por Dios! —Eso no era ni remotamente lo que Frank esperaba.

—No tardará mucho —insistió Mare—. Trata de calmarte.

Estaba pidiendo lo imposible. Después de su experiencia con el centavo mágico, recordando el accidente del lago que había arruinado su vida, la mente de Frank estaba desbocada. No podía aceptar nada, ni su trabajo ni a Mare ni el pasado. Cada noche, cuando trataba de conciliar el sueño, seguía viendo la cara pálida y asustada de Rusty hundiéndose hasta desaparecer. Frank se sentía varado, y la mujer que necesitaba que estuviera allí no estaba. Su humor sombrío provocaba comentarios en la redacción, pero no mejoró. Todos lo evitaban, incluso Malcolm.

La única solución, decidió al final, era alejarse de la escuela mistérica. Conducía a demasiados lugares raros y dolorosos. Quizá todavía tendría una oportunidad de vivir una vida normal.

—¿Al menos podrías contestar mis mensajes? —preguntó Frank.

Mare levantó una mano para impedir que planteara más preguntas.

—Todo se aclarará cuando los demás estén aquí.

Su tono calmado resultaba inquietante. «No eres tú», pensó Frank, mirando a la mujer que había compartido su cama tres noches antes. Solo con pensar en ella sentía el calor de su piel.

—¿Por qué estás actuando así? Me estás tratando como a un desconocido.

—Me importas, pero no es el momento.

Mare lo miró a los ojos, tratando de transmitirle que no tenía nada que temer. No funcionó. Él se dejó caer en una silla y dio un puñetazo a la mesa.

—¡Me vas a dejar! Lo sabía. —Su dolor se encendió en ira—. Y no me trago esa mierda de que hay más que nosotros.

Ya estaba exhausto, y ese arrebato agotó hasta el último gramo de su energía. Soltando un suspiro entrecortado, bajó la cabeza, apenado.

«Es posible que ninguno lo entienda —pensó Mare—. Ni siquiera después de todo lo que ha ocurrido.»

Recordó que ella también había estado a punto de rendirse. No quería ser vidente. Meg había contestado «Francamente, estoy decepcionada», pero Mare no iba a mostrar que Frank la había decepcionado. Una fuerza invisible había tomado el mando, inmensa, poderosa, más allá de la emoción. Como debe de sentirse alguien solo en el mar, pensó Mare, cuando el viento ha cesado y el cielo sin luna se extiende hasta el infinito. La arrastró una sensación de pura maravilla.

—No parecéis dos campistas felices.

Sumidos en sus propios pensamientos, no se habían fijado en que Galen aparecía en el umbral. Estaba sonriendo, pero no continuó el comentario con una pulla a Frank.

No es que importara, a Frank ya no le importaba nada.

—Toma asiento, amigo —dijo en voz apagada—. Mare nos ha preparado la última cena.

Con cautela, Galen rodeó la mesa y se sentó lejos de Frank.

—No pillo el chiste.

—No es un chiste —dijo Mare—. Es nuestra última reunión. ¿No has venido a decir que ya tenías bastante?

Galen no respondió, como ella sabía.

—Todavía no me he decidido.

Mare sonrió.

—Te has decidido, pero querías sorprender al grupo. No lo harás.

En ese instante oyeron pisadas en el pasillo y al cabo de un momento aparecieron Lilith y Jimmy. Si iban a decir algo, la tensión en la sala los detuvo. Los dos recién llegados intercambiaron miradas y se sentaron cerca de Mare.

—Todos habéis tenido una semana mágica —dijo Mare—. Yo también. Fui adonde nunca imaginé que pudiera ir. Volver ha sido una adaptación dura. No sé cómo vivir otra vez en el mundo normal.

¿Estaba hablando de los viajes que habían hecho con el sagrario dorado? ¿Por qué sola? El simple hecho de que Mare hubiera usurpado el lugar de Meg era desconcertante.

—Necesito detalles —dijo Lilith—. ¿Todo esto ocurrió por el centavo mágico?

Antes de que Mare pudiera responder, Galen interrumpió:

—Espera, a mí me estafaron. —Hurgó en el bolsillo y sacó su centavo—. El mío solo funcionó una vez.

—Basta —dijo Lilith, irritable—. Tu situación personal no está sobre la mesa ahora mismo.

Frank tomó la palabra.

—Coincido con Galen. El mío también ha perdido su fuerza. —No parecía lamentarlo.

—¡Basta! —repitió Lilith, más alto esta vez.

—Está bien —dijo Mare—. La moneda solo tenía que funcionar una vez.

—¿Cómo lo sabes? —preguntó Jimmy. Estaba inquieto y planteó la pregunta que los inquietaba a todos—. Por cierto, ¿dónde está Meg?

—Mare no lo ha dicho aún —gruñó Frank—, pero ella es la nuevo capitana, y punto.

Nadie pareció dispuesto a creerlo.

—Deberías decirnos qué ha pasado —dijo Lilith, tratando de sonar razonable.

Cogió la mano de Jimmy para tranquilizarlo, pero estaba ocultando su propia inseguridad. Sentía que la situación podía desentrañarse por fin.

Mare examinó sus caras ansiosas. Agachándose, encontró la bolsa de lona apoyada a sus pies. Sacó un martillo y se puso en pie. Apenas hubo tiempo para que ninguno de los presentes pudiera adivinar lo que iba a hacer. Con un movimiento ágil y decidido levantó el brazo y descargó con fuerza el martillo. Impactó en el centro del sagrario dorado, entre los cuatro campanarios. Con un ruido agónico, a medio camino entre un chirrido metálico y un gruñido, el techo implosionó y las paredes de la iglesia en miniatura se derrumbaron.

—Oh, Dios mío —susurró Lilith, horrorizada.

Los otros estaban demasiado atónitos para hablar. El sagrario era su único vínculo con otra realidad.

—Todos queríais dejarlo —declaró Mare—. Ahora sois libres.

—¿De qué estás hablando? —exclamó Jimmy.

Ninguno de ellos se daba cuenta de que todos habían llegado a la misma decisión. La fuerza de la magia los había impactado y la réplica del seísmo era insoportable.

—Era decisión nuestra —protestó Lilith—. ¿Quién te ha dado derecho a romper el sagrario?

Esperaron a lo que Mare diría a continuación.

—Encontré a Meg en su escondite —empezó—. Tiene una gran casa en el otro lado de la ciudad. Hablamos y entonces me llevó en un viaje hasta la discípula. —Hizo una pausa con expresión de duda.

—¿Y entonces qué? —soltó Galen con impaciencia.

—La dejé allí.

Era una respuesta que les decía algo y nada al mismo tiempo. Antes de que la sala pudiera llenarse de preguntas, Mare continuó:

—¿Es posible que alguien desaparezca en el pasado? Eso es lo que os estoy contando. Meg no está muerta; ella no huyó.

Frank la interrumpió antes de que siguieran dando explicaciones.

—Todo es absurdo. Meg empezó algo, y ahora no está aquí para ver cómo sigue. Eso es lo que nos estás contando. —Se levantó con un exagerado encogimiento de hombros de indiferencia—. Si alguien quiere acompañarme a tomar una cerveza, invito yo.

—Espera, hay otra forma —dijo Mare—. No tiene que terminar así.

—¿Qué quiere decir eso? —preguntó Frank, al borde de ponerse beligerante. No hizo ningún movimiento para volver a sentarse.

—Meg no acabó con la escuela mistérica —dijo—. Romper el sagrario tampoco lo ha hecho.

Jimmy parecía triste.

—Fuimos nosotros. Nosotros lo hicimos.

—No, tampoco fuiste tú —repuso Mare.

Todos permanecieron callados, esperando con tensión. En lugar de dar más explicaciones, Mare dijo:

—Es hora de un último viaje. No tenéis que venir. Podéis salir por la puerta ahora mismo, pero si lo hacéis la escuela mistérica habrá terminado para vosotros.

Jimmy señaló el sagrario destrozado.

—¿Cómo podemos ir a ninguna parte? Has dejado salir a la discípula.

—No creo que sea como la lámpara de Aladino —dijo Frank secamente.

—Tal vez lo es —replicó Jimmy desafiante—. No lo sabes.

—Podemos hacer este viaje nosotros, sin el sagrario —dijo Mare—. Confiad en mí.

El grupo estaba confundido. ¿Cómo podían confiar en alguien que apenas había participado en el pasado, que parecía seguir mansamente lo que decía Meg? Mare no había explicado su cambio repentino. Ellos sentían que apenas la conocían.

Podría haberse iniciado una discusión, pero Lilith, que estaba sentada cerca de Mare al extremo de la mesa, le tomó la mano.

—Yo estoy dispuesta. —Hizo un gesto a los demás—. ¿Una última vez? Es adecuado.

Todos sabían lo que quería decir. Viajar a la época de la discípula era la única cosa que los unía. Al cabo de un momento se había formado el círculo, con todos sosteniéndose las manos. En medio estaba el sagrario dorado, roto como un juguete a manos de un niño malcriado con una rabieta. No emitía ninguna radiación, pero, como Mare había prometido, no había ninguna necesidad.

Primero oyeron el graznido agudo de gaviotas, seguido al instante por el brillo del sol sobre el agua. Estaban de pie en la cima de una colina, con el océano ochocientos metros por debajo. ¿Era la costa de una isla o el continente? Imposible saberlo. Un sendero estrecho cruzaba la colina. Había un par de gaviotas posadas en postes inclinados de los restos de una valla. No salieron volando cuando apareció el grupo, ni siquiera los miraron inquisitivamente.

—Somos invisibles —dijo Galen.

A eso estaban acostumbrados, pero la ausencia de vida humana resultaba desconcertante. Pasó un momento antes de que vieran gente subiendo el sendero, y no se trataba de viajeros a pie, sino de una litera llevada por dos criados jadeantes. El vehículo, al principio una mancha, se hizo más grande al acercarse. Los criados goteaban sudor; las cintas que llevaban en la cabeza no podían impedir que resbalara por sus caras al subir la colina.

La litera estaba pintada en colores brillantes y la madera

finamente labrada con ciervos, zorros y otros animales. Su ocupante estaba oculto por unas cortinas cerradas. Una voz de mujer habló en hebreo, sonando apremiante.

—Les está diciendo que se den prisa. Hay poco tiempo —dijo Mare.

—¿Cómo sabes lo que ha dicho? —preguntó Frank.

—Simplemente lo sé. —Mare no podía explicar por qué de repente podía entender una lengua extranjera, pero no había tiempo para la discusión—. Hemos de seguirlos.

Una vez que la litera llegó a la cima de la colina, los porteadores llevaron a su señora más deprisa. El grupo los siguió bajo un sol abrasador. Incluso sin carga empezaron a sudar y jadear.

Los miembros de la escuela mistérica continuaron durante más de media hora sin decir ni una palabra. Al doblar una curva oculta por un tupido bosquecillo, de repente divisaron su destino, un muelle utilizado por un pescador local.

La mujer de la litera apartó la cortina y miró al exterior. Tenía cabello gris y aspecto aristocrático, aunque la mayor parte de la cara quedaba envuelta por un mantón blanco en torno a la cabeza. El mantón estaba cubierto por una fina capa de polvo, que indicaba que llevaban viajando desde la mañana. Ella espetó una orden clara para todos: «¡Más deprisa!»

Los porteadores asintieron, pero estaban demasiado exhaustos para apretar el paso. Un hombre era bastante mayor que el otro. Quizás eran padre e hijo. Galen se dejó caer en el suelo a la sombra de los árboles. Frank lo miró por encima del hombro.

—No nos dejes —dijo.

En la sala de reuniones estaba listo para dejarlo, pero ahora estaba atrapado en la aventura.

—Perdóname por no ser joven. Es fallo mío —dijo Galen. Saludó a la litera que se iba—. Que se vayan. Están agotados. Podemos alcanzarlos.

Frank podría haber tratado de levantar a Galen, pero Mare dijo:

—Está bien. Estamos todos cansados. Hagamos un alto.

Se reunieron, unos sentados en el suelo, otros apoyados contra troncos de árbol. Era un alivio estar a resguardo del sol.

—Está bien que seamos invisibles —dijo Jimmy—. Ojalá hubiéramos traído un poco de agua invisible.

—Ya —dijo Mare, pero su mente estaba en otra cosa—. Habéis visto quién era la mujer mayor, ¿no?

—La discípula —dijo Lilith. No es que fuera una sorpresa—. ¿Qué ha estado haciendo todos estos años?

Lilith había estudiado a los primeros cristianos y sabía que las mujeres al principio podían predicar en las iglesias junto con los hombres. ¿La discípula había hecho eso? ¿O había huido de Jerusalén en un viaje interminable para escapar de la persecución que condenó a los otros discípulos a muertes violentas?

—Piensa en ello —dijo Jimmy—. Si estamos aquí, alguien tuvo que empezar la escuela mistérica. Tuvo que ser ella.

Mare asintió. El razonamiento de Jimmy era lógico, pero se le había pasado algo.

—Hay una crisis —dijo—. Está corriendo para encontrar a alguien antes de que zarpe. Todo está en juego, para ella y para nosotros.

El grupo intercambió miradas. Aparentemente eso era otra cosa que Mare simplemente sabía. Para impedir preguntas al respecto, se levantó y avanzó rápidamente por el camino. Todos la siguieron. Galen, que podría haber pasado otros diez minutos a la sombra, se puso a la cola. La caminata era cuesta abajo, pero estaban empapados en sudor cuando dieron alcance a la litera, que ya estaba a menos de cien metros del agua.

Los dos porteadores mostraron signos de desfallecer, y el más joven murmuró palabras de ánimo al mayor. La discípula de repente golpeó el techo de su compartimento y saltó al exterior casi antes de que los porteadores se detuvieran. Corrió el resto del camino hasta el agua, levantando polvo con sus delgadas sandalias de piel de cordero.

—¡Jonás! ¡Jonás! —llamó.

—Su hijo —explicó Mare, corriendo tras ella.

En el muelle había varias barcas de pescadores amarradas, pero solo la más grande, cuya vela cuadrada estaba siendo izada por dos pescadores tostados por el sol, estaba lista para zarpar. Al principio, no se veía a nadie más, pero entonces, por el borde de la vela que se alzaba, apareció una cabeza. Era un hombre de mediana edad, y al dar un paso adelante puso ceño.

—Quería marcharse sin hablar con ella —dijo Mare.

La discípula se detuvo, con su camino bloqueado por las grandes rocas dispersas en la orilla. Madre e hijo se miraron en silencio durante un momento antes de que él lanzara una orden a los pescadores, que dejaron de izar la vela. Con aspecto enfadado, Jonás saltó de la proa al agua, sin preocuparse del muelle desvencijado. Caminó con agua hasta la rodilla hasta que alcanzó la arena y entonces se acercó a la discípula. Una vez que estuvo a su lado, ella empezó a hablar, sin levantar la voz pero sonando muy intensa. Había una brisa que se llevaba sus palabras al mar; solo algunas de ellas podían oírse desde donde se hallaba el grupo.

—Le está rogando que no se vaya —dijo Mare.

—Eso es bastante obvio —soltó Frank—. ¿Qué sentido tiene? No es que podamos evitarlo.

Mare no le hizo caso.

—Necesito acercarme. No hace falta que vengáis si no queréis.

Con cierta reticencia, fueron siguiéndola desde lejos.

Acercarse fue un avance lento. Las rocas de la costa estaban muy juntas, invitando a torcerte un tobillo si te resbalaba el pie de mala manera. El grupo vio que la conversación se estaba caldeando. El hijo de la discípula se puso colorado.

Del interior de su túnica, que llevaba ceñida a la cintura, sacó un rollo de pergamino. Se veía que no era joven; ya estaba perdiendo pelo y tenía patas de gallo en torno a los ojos, que se arrugaban cuando los entornaba a la luz del sol. Desenrolló el pergamino y empezó a leer en voz alta. Por la forma en que apenas miraba la escritura, debía de haberlo memorizado.

Mare no se encontraba lo bastante cerca para captar lo que se estaba diciendo. El viento se tragó las palabras. Pero una voz en su cabeza empezó a recitar con él. De manera increíble, ella conocía el texto desde su infancia.

Y he aquí un caballo bayo, cuyo jinete tenía por nombre Muerte, y el infierno le iba siguiendo, y diósele poder sobre las cuatro partes de la tierra.

La decimotercera discípula parecía angustiada y trató de arrebatarle el rollo a su hijo. Este se lo quitó de nuevo, se volvió y marchó hacia el mar. Había poca profundidad a lo largo de la playa. Vadeó en el agua hasta que alcanzó la barca. Los dos pescadores se inclinaron sobre la proa y lo subieron. El rostro de la discípula se llenó de lágrimas. No esperó a que se izara la vela, sino que empezó a volver hacia su litera. Los dos porteadores ya habían acudido a su lado y la ayudaron a caminar por las rocas. Trastabillaron varias veces antes de alcanzar terreno abierto.

Mare se quedó de pie y los observó un momento.

Pese a lo vigorosa que se había mostrado antes, la discípula de repente parecía muy frágil. Hizo una pausa, como si sintiera una presencia. Su mirada se encontró con la de Mare. ¿La reconoció? Era imposible saberlo, porque al cabo de un segundo la mujer anciana miró a otro lado.

Meg no está ahí, pensó Mare. Sintió una punzada en el corazón. Al menos era bueno saberlo: Mare ya no tenía ninguna razón para mirar atrás.

Los dos porteadores intercambiaron miradas de preocupación cuando la discípula se derrumbó en el asiento almohadillado de la litera. Estaba jadeando y no tenía fuerzas para correr las cortinas. Los porteadores lo hicieron por ella y luego ocuparon sus lugares delante y detrás entre las varas. Levantaron la litera y volvieron sobre sus pasos por el camino serpenteante y polvoriento.

Mare miró la barca de pesca, que ahora estaba con las velas desplegadas y preparada para zarpar. Un pescador se ocupó de soltar un cabo del muelle, el otro iba sentado al timón. El hijo de la discípula, todavía poniendo mala cara, no dijo nada. Se agarró al mástil cuando varias olas lo zarandearon, meciendo la embarcación. Por un momento pareció dudar, pero recuperó rápidamente su resolución. Hizo una señal, se soltó el último cabo y el pescador del muelle empujó la barca hacia fuera antes de saltar al interior.

Era todo lo que Mare necesitaba ver.

—La discípula nunca lo convencerá —dijo a los demás—. Cree que Dios tiene un mensaje para él. Hay una nueva causa y se muere de ganas de unirse a ella.

Su instinto la hacía estar segura de esto, aunque no pudiera explicar por qué.

Ahora que la excitación había concluido, la duda de Galen no iba a ser olvidada. Movió el brazo abarcando el paisaje.

—No es nuestro lugar. Nada de esto encaja con nada.

—¿Encajaría si esta fuera la isla de Patmos? —replicó Mare en voz baja.

Un destello de reconocimiento iluminó la cara de Lilith.

—Es donde san Juan escribió el libro del Apocalipsis.

—¿Y qué? —preguntó Frank—. Eso es solo una leyenda.

Probablemente nunca existió ningún san Juan. La Iglesia necesitaba una táctica de miedo para mantener al rebaño a raya.

Mare señaló la barca que partía, que había pillado el viento y se estaba moviendo con rapidez con la vela hinchada.

—Él está seguro de que los últimos días están cerca. Le hace sentir increíblemente fuerte. Va a ser uno de los salvados y le enfurece que su madre no crea en él.

En ese momento oyeron el inconfundible zumbido de las luces fluorescentes, y al instante estuvieron de nuevo en la sala de reuniones, sentados en un círculo con las manos unidas. Tardaron un momento en orientarse. Galen tenía la misma mirada de insatisfacción que junto al mar.

—Puede que su hijo fuera un idiota o un fanático —declaró—. Pero su bando ganó.

Frank metió baza.

—Absolutamente. A los locos se les ocurrió un mito singular sobre el fin del mundo. Salió corriendo para oír la última trompeta, y los de su ralea siguen juntos y preparados para el Juicio Final. El Armagedón los tiene eufóricos.

Era una acusación dura, pero nadie la contradijo.

—Yo todavía creo —murmuró débilmente Jimmy al cabo de un momento.

—Ha terminado —replicó Galen—. La discípula ha fracasado. Su propio hijo no la seguirá. Estábamos allí, lo vimos.

—Sí, lo vimos —reconoció Mare—. Ahora tenéis una excusa para marcharos, que es lo que queríais.

Su tono era cortante, algo que nadie había oído nunca de ella. La miraron cuando se levantó delante del sagrario destrozado.

—Los cuentos de hadas no siempre tienen finales felices. Así que marchaos. Si alguien quiere quedarse, conozco el final real.

—No somos estúpidos —gruñó Galen—. Estás lanzando el cebo.

Había insatisfacción general, pero ninguno se movió hacia la puerta.

Mare esperó para comprobar que en realidad todos querían quedarse.

—La discípula no falló ese día. ¿Qué vimos en realidad, una mujer contra la fuerza de la historia? Las posibilidades de una mujer serían nulas.

Lilith fue la primera en caer en la cuenta.

—Así que tuvo que encontrar otra forma. Tenía que recorrer la historia si quería imponerse a las posibilidades.

Con una sonrisa beatífica, Mare extendió los brazos.

—Encontró una forma. Somos nosotros.

Nunca la habían oído ser sarcástica, pero era más raro aún verla siendo grandilocuente.

—Ten cuidado —murmuró Lilith.

Pero Mare había mantenido su secreto demasiado tiempo; estaba ardiendo por contarles todo.

—Tardé una eternidad, pero lo recompuse todo. ¿No lo veis? Cada pieza del puzzle encaja.

Galen se arrellanó otra vez en su silla, con los brazos cruzados.

—Debo de ser estúpido, porque no veo nada.

—Es asombroso —dijo Mare—. Dios estaba enviando revelaciones, pero los discípulos se confundieron. Estaban constantemente discutiendo sobre el significado de los mensajes. Pero el decimotercer discípulo lo comprendió. Todo se trataba de la luz. Cuando aparecía una visión de Armagedón lo hacía desde el miedo. La luz nunca promueve el miedo. Una vez que se me reveló toda la cuestión, me agité increíblemente. ¿Todo se reducía a nosotros cinco? No hay otra explicación a nuestro llamamiento. Yo fui arrastrada. Esa es la razón por la que ninguno de vosotros me ha visto. —Lanzó una mirada significativa a Frank.

Él le devolvió la mirada con hostilidad.

—Lo siento, pero es tu revelación contra la de ellos, puedes quedarte las dos.

Se levantó y fue hacia la puerta. En el umbral, se volvió, deseando conseguir una señal de Mare. ¿Ella quería que se fuera o que se quedara? Pero Mare no ofreció ninguna señal. Sus ojos brillaban con el conocimiento secreto que quería ser contado.

Frank negó con la cabeza, decepcionado.

—Si quieres llamarme, hazlo. Pero no esperes que acuda corriendo.

Sus pisadas resonaron airadamente en el pasillo antes de desvanecerse.

—Y solo quedaron cuatro —dijo Galen socarrón.

Mare se volvió hacia él.

—¿Quieres ser el siguiente? —espetó.

Galen se avergonzó.

—No. ¿Quién lo dice?

Mare no transigió.

—Basta de criticar. Es irse o quedarse.

—Vale, vale. —Galen respiró hondo—. Si te escucho hasta el final, ¿todavía podré irme?

Mare asintió.

—Vale, pues —dijo, empezando a sentirse seguro otra vez—. Dispara.

El aire estaba ahora vibrando con suspense. En voz baja, Mare dijo:

—Todo giraba en torno a Meg. Yo fui la última en verla. Todos merecéis saber lo que ocurrió.

Les contó la historia del último día de Meg, incluyendo el viaje que habían hecho juntas y la ominosa escena cuando Jerusalén estaba a punto de ser destruida. Nadie la interrumpió. Cuando Mare hubo acabado, en cambio, cada uno tenía una interpretación diferente.

—No puedes probar que Meg es la discípula —objetó Galen—. La casa estaba vacía cuando llegaste. Ella podría ser una tía solterona que no sabe quedarse en un solo lugar.

—Quizás era un espíritu —dijo Jimmy.

—O una santa —agregó Lilith.

Mare no trató de convencerlos de lo contrario. Durante dos días había estado agitada —no había mentido cuando les contó eso a los demás—, pero no se trataba de la agitación de la pena. Cuando se encontró sola en la mansión oscura, fue de habitación en habitación encendiendo las luces. No llamó a Meg ni esperó encontrarla escondida bajo una cama. Mare sabía que esta vez su desaparición era definitiva. Abriendo las cortinas, sacando las sábanas que cubrían los muebles e imágenes, Mare se sintió impulsada. La casa necesitaba llenarse de luz, porque ella misma ya lo estaba.

La luz dentro de ella no ardía, pero era increíblemente intensa e imposible de sostener más que unos pocos minutos. Cuando llegó al dormitorio principal, la energía de Mare estaba agotada. Se derrumbó en la cama y se quedó dormida de inmediato, aunque las cortinas estaban abiertas y el sol entraba directamente. Al despertarse, la noche había caído. Las reacciones normales empezaron a abrirse paso. Duda sobre lo que había ocurrido realmente, ansiedad sobre Meg y su extraño destino, incredulidad de que le hubiera dejado la casa y una gran suma de dinero a ella. Pero cuando corrió otra vez a la cocina, los papeles legales continuaban en la mesa de madera maciza, justo donde Meg los había dejado.

Ahora Mare miró a cada cara del grupo. Todos los secretos habían salido del armario, y ella se sintió en calma.

—No voy a tratar de demostrar nada. Hemos compartido los mismos viajes. Os habéis formado vuestra propia versión de los hechos. Cada versión puede ser la verdad, si es verdad para uno.

—No, no puede —protestó Galen—. Hay hechos, y hay fantasías.

—Estás olvidando la fe —objetó Jimmy.

Lilith no tenía nada que decir. Había sido un sueño suyo el que había puesto todo en movimiento. Hechos, fantasías, fe, ¿quién puede saber cómo están tejidos en el tapiz de la realidad? Al final, ella no tenía ni idea.

Lilith dio un manotazo en la mesa y se puso en pie.

—Se levanta la sesión. Estoy segura de que todos tenemos sitios adonde ir.

Nadie podía negarlo. Se dispusieron a marcharse.

—Todos seréis bienvenidos en la casa de Meg cuando os apetezca —dijo Mare—. Incluso si la escuela ha terminado, necesitamos mantenernos en contacto.

—¿Por qué? —preguntó Galen.

Ella sonrió.

—Porque ahora somos lo mismo.

—¿Cómo puedes decir eso? Discutimos todo el tiempo. Todavía estamos discutiendo.

—Lo sé. Pero ¿crees que alguien en el mundo real creería una sola palabra de esto? Somos los únicos que comprendemos.

—Por ahora —dijo Jimmy, el eterno optimista.

De alguna manera, un abrazo de grupo no estaba en el programa. Fueron saliendo poco a poco al aparcamiento del hospital, iluminado por la luz amarillenta de farolas de sodio. Estar de pie debajo de una farola hacía que la piel de una persona pareciera de zombi. Mare esperó junto a la farola más cercana al coche. Sabía que Lilith querría hablar con ella.

Tardó diez minutos en aparecer. Debía de haber estado dando vueltas a todo en su cabeza.

—Así que iba a tratarse de ti todo el tiempo. Quién lo hubiese dicho.

—Siento que Meg no se despidiera de ti —repuso Mare.

Lilith se encogió de hombros.

—Es propio de ella. Es su forma de hacer que la encuentre otra vez. Y lo haré, no importa cuánto tarde. Mira, ahora lo entiendo.

—¿Qué entiendes?

—Lo que Meg descubrió años atrás. Todo ocurre en la mente de Dios. El mundo, tú y yo, la marcha de la historia. Está todo en la mente de Dios. Una vez que sabes eso, nada puede detenerte. Nunca la detuvo a ella.

Una ola de emoción las barrió y, por primera vez desde la desaparición de su tía, Mare se echó a llorar. Se limpió las lágrimas con el dorso de la mano.

—¿Esta luz no nos hace parecer horribles?

—Siniestras —dijo Lilith, logrando reír.

Se volvió hacia su coche, y Mare subió al suyo.

El trayecto a casa fue solitario. Con el ojo de su mente, Mare rodeó la mesa, distinguiéndolos uno a uno. La luz los había convertido en algo que nunca habrían imaginado, en las almas que eran en realidad. Galen era un mentalista; podía cerrar los ojos, pensar un deseo y la realidad lo cumplía. Jimmy era un sanador que podía imponerse a la muerte. Lilith se convirtió en omnisciente, viendo a través de las defensas de la gente como a través del cristal. ¿Y Frank? Era un oráculo, aunque su visión estaba más oscurecida que la de los otros. La luz solo podía mostrarles quiénes eran; no podía obligarlos a aceptarlo.

Pasaría un tiempo antes de que algunos de ellos llamaran a la gruesa puerta de roble de la mansión del padre Aloysius. Frank sería el último. Mare no podía ver adónde llegaría su relación, pero sabía que su pulla de despedida era errada. Quería volver corriendo. Su orgullo herido no se lo permitiría. Estaba bien. Frank era más que su orgullo.

La mansión vacía seguía igual que el día que Meg se marchó. Todas las luces estaban encendidas y las cortinas abiertas por completo. Mare había pasado por el supermercado. Una persona tiene que comer, como le había recordado Meg.

—Exacto —dijo Mare a nadie en particular.

Terminó de guardar los comestibles. Había comprado rosas —rojas en esta ocasión— que había que poner en agua. Subió la escalera a los aposentos de servicio en el piso superior. Prefería dormir allí que en el enorme dormitorio principal y su reloj francés asfixiado por querubines dorados. Una vez que el reloj se parara, no iba a darle cuerda otra vez.

El padre Aloysius había conservado una criada en la casa para los largos períodos en que no estaba allí. Ella había dejado una alcoba limpia bajo la claraboya. Mare entró y empezó a desnudarse. Cuando retiró las sábanas, vio un sobrecito. «No hay paquete esta vez», pensó.

No la sorprendió, pero las manos todavía le temblaban ligeramente al abrir el sobre y desplegar la nota que contenía.

Querida Mare:
No flaquees. Sé fuerte. Solo hay una cosa por la que vivir y ahora sabes cuál es. «Yo soy el camino y la luz y la vida.» Recuérdame.
Tuya en Cristo,

MEG

Cuando Mare empezó a cabecear, el viento arreció fuera y las hojas de un viejo sicómoro rozaron ligeramente el cristal de la ventana. Sonó suave y gentil, como el ángel de la misericordia pasando sobre la faz de la tierra.

Posfacio

El misterio y tú

Si he creado algo de magia en torno a la escuela mistérica de esta novela, espero que los lectores estén pensando «¿Puedo unirme?». Antes de escribir el libro había oído hablar de escuelas mistéricas que todavía existen. Había rumores del tipo: un amigo de un amigo (por lo general sin nombre) iba caminando por la calle de una gran ciudad (Los Ángeles, Nueva York, San Francisco) cuando un desconocido se acercó y dijo: «Estás hecho para estar en una escuela mistérica. Me doy cuenta por tu aura. Acéptalo ahora o me iré.»

Este fragmento de rumor se convirtió en el punto de partida de un relato sobre gente ordinaria que es iniciada en misterios espirituales que cambian la vida. Pensaba que era un símbolo perfecto de nuestro tiempo. Vivimos en una sociedad secular donde el misterio ha sido apartado a la periferia. No forma parte de la cultura oficial. Incluso el término «misterio espiritual» molestará a un amplio espectro de gente: escépticos, racionalistas, científicos y muchos feligreses comunes. Sin embargo, su desaprobación solo hace que el misterio sea más seductor.

Mi relato es ficción, pero las escuelas mistéricas no lo son. Tanto si existieron en la Grecia antigua o en la Edad Media cristiana, las escuelas mistéricas siempre compartieron el mismo propósito: entrar en la realidad de Dios. La realidad de Dios, siendo invisible, no es fácil de penetrar. ¿Qué hace falta? Aquí la mayoría de las religiones, si no todas, coinciden. Se requiere obediencia a las reglas de esa religión en particular. Haz lo que se te dice y una realidad superior, divina, te abrirá sus puertas. Verás a Dios. No hagas lo que se te dice y el acceso a Dios te estará vetado. (Si tu fe incluye a un Dios vengativo, también puedes esperar un severo castigo por tu desobediencia.)

El declive de la fe en nuestro tiempo indica que la obediencia está pasada de moda. Pero el anhelo espiritual no lo está. Imaginemos pues que eres ese amigo de un amigo al que se le acerca un desconocido y le invita a unirse a una escuela mistérica. ¿Qué ocurre a continuación? ¿Cómo pasas de la esquina de una calle de Los Ángeles o Nueva York a la realidad de Dios? Hay un camino de por medio, lo cual significa un proceso. Una vez que inicias el proceso, aparecen obstáculos y retos. Algunas personas se niegan a seguir adelante; como dice el Nuevo Testamento, muchos son los llamados, pero pocos los elegidos (Mateo 22:14). Aquellos que sobreviven a los desafíos y superan los obstáculos alcanzan el objetivo. Están con Dios; viven en su luz.

No puedo darte un golpecito en el hombro e invitarte a unirte a la escuela del decimotercer discípulo, pero el camino seguido por Meg, Mare, Lilith, Galen, Frank y Jimmy en esta novela está abierto a ti en la realidad. El proceso que experimentaron los transformó, y ese proceso ha sido concienzudamente trazado en las tradiciones sapienciales del mundo. Es bastante simple, de hecho. El camino desde aquí hasta Dios parece «un sándwich de realidad», como se muestra en el diagrama inferior.

Realidad de Dios = Luz

Zona de Transición

Realidad Ordinaria = Ilusión

La capa inferior de este sándwich es la realidad cotidiana que habitamos, el mundo de los cinco sentidos, objetos físicos y sucesos diarios. Siendo invisible, Dios no aparece en esta realidad (los milagros, si existen, son la excepción). La capa superior es la realidad de Dios, el reino de luz, donde «luz» implica muchas cosas: verdad, belleza, libertad de la oscuridad del dolor y la ignorancia, y amor perfecto.

En medio hay una especie de zona de transición. ¿Cómo es? Los personajes de nuestra historia se encuentran en transición una vez que entran en la escuela mistérica y tocan el sagrario de oro. Se sienten confundidos, pero también seducidos e intrigados. Galen, el racionalista, es despertado por el amor. Frank, el cínico, encuentra algo de valor superior en lo que creer. Jimmy, uno de los socialmente oprimidos, encuentra en sí mismo la chispa de un sanador. Cada uno de ellos, a su manera, capta un atisbo de la luz, aunque también sienten el tirón de regresar a sus vidas normales. Este movimiento de tira y afloja resume la sensación de la zona de transición; el crecimiento espiritual viene acompañado de desconcierto.

Sri Aurobindo fue uno de los gurús más cultos del siglo XX en India. Dijo que la iluminación sería fácil si solo requiriera que la gente estuviera inspirada. La verdad no es difícil de vender. Los niños que oyen hablar de Jesús en la escuela dominical están inspirados por una visión del cielo y el buen pastor que reúne su rebaño. Aunque las historias difieren de cultura en cultura, con Krishna, Buda o Mahoma sustituyendo a Jesús como ideal espiritual, existe un anhelo universal de creer en una realidad superior, que es de lo que trata la verdad espiritual.

Donde surgen los problemas, como también señaló Aurobindo, es en las capas inferiores de la vida, donde las realidades duras chocan con la inspiración. La paz es inspiradora; la violencia no lo es. Mirar al cielo es inspirador; arrastrarse en el fango no lo es. Como el mundo es un lugar donde debemos confrontar la violencia, donde arrastrarse en el fango ocupa una parte enorme de la existencia diaria, la zona de transición entre aquí y Dios es problemática. Habiendo entrado en ella, nuestros personajes de ficción encuentran miedo, ansiedad, rabia, confusión, sexo, ambición, ego: las mismas cosas que todos encuentran regularmente en la vida real.

Unirse a una escuela mistérica es solo un primer paso, una llamada a la puerta. En la distancia está el objetivo, que Meg manifiesta en su nota de despedida a Mare: «Yo soy el camino y la luz y la vida.» Esta es una combinación intencionada de dos de las afirmaciones más imperecederas de Jesús: «Yo soy el camino, la verdad y la vida» (Juan 14:6) y «Yo soy la luz del mundo» (8:12). En otras palabras, el objetivo es una forma de vida que existe a la luz de Dios.

Al traducir estas palabras en un proceso, podemos analizarlas en sus tres componentes:

1. El camino.
2. La luz.
3. La vida.

Con el camino, encuentras una senda que conduce a Dios.

Con la luz, empiezas a ver la luz de Dios.

Con la vida, fundes tu vida presente con la vida de Dios.

Los tres pasos pueden conseguirse y, como «el camino, la luz y la vida» son términos cristianos familiares en Occidente, podemos ceñirnos a ellos mientras aportamos unos pocos términos aclaratorios de otras tradiciones sapienciales.

EL CAMINO

Hoy encontrar el camino a Dios es un proyecto de bricolaje. Esto supone un cambio radical con relación al pasado, cuando el camino al cielo era mucho más organizado y colectivo, y, sin embargo, un pequeño grupo de desclasados —sabios, santos, místicos y visionarios— siguieron su propio camino. Hoy la situación se ha revertido. Millones de personas —buscadores de hoy— ansían crecimiento espiritual en sus propios términos, lo cual causa que se vuelvan en muchas direcciones. Esto no puede provocar más que desconcierto, pero todos los caminos se refieren a una cosa: experiencia. Experimentarte a ti mismo acercándote al objetivo es la única medida de éxito.

Puedo imaginar una escuela de cocina concebida para gente que, carente de papilas gustativas, no pueda saborear nada, pero dudo que el negocio se mantuviera mucho tiempo. Tener fe en que tu cocina es deliciosa no es sustituto de probarla realmente por ti mismo. ¿Qué significa probar la realidad de Dios? Semejante experiencia es en realidad extremadamente común. Dios está definido como dicha, amor, compasión y paz infinitos. Todos han experimentado estas cosas. Pero nadie nos dice que estas mismas experiencias podrían ser los primeros pasos en el camino a Dios.

El problema con cualquier experiencia única, por hermosa que sea, es que se desvanece y se pierde. Es como si Jesús dijera: «Llama y la puerta se abrirá... durante unos minutos.» La razón de que la gente busque amor incondicional, paz eterna o bendición duradera está enraizada en la frustración ante el aspecto veleidoso y temporal del amor, la paz y la dicha. La razón de que hasta las más hermosas experiencias duren poco tiempo —quizá momentos, quizá días o meses— no es misteriosa. Seguimos adelante. Estamos pegados a la tierra por realidades cotidianas: familias que educar, empleos que buscar, alimentos que comprar. Alguien dijo una vez: «El éxtasis es genial, pero no me gustaría tenerlo en casa.» Las cuestiones prácticas de la vida no son compatibles con una realidad superior.

Por eso es necesario un camino, para llegar desde aquí hasta allí. Tratar de contar con Dios cuando tienes un momento libre no funciona. Recordar la última vez que sentiste amor, paz y dicha tampoco funciona. La experiencia de Dios debe ocurrir en el momento presente y entonces, como perlas, los momentos pueden unirse en un collar. Finalmente, por continuar la metáfora, las perlas se convierten en un hilo continuo que no tiene fin. En lugar de Dios aquí y allí, Dios está en todas partes.

¿Qué hace posible este proceso, que es un verdadero crecimiento espiritual? Para empezar, tu cerebro. Ninguna experiencia existe sin un cerebro que la procese. Un santo que ve a Dios en todos los granos de arena existe en el mismo campo de juego que tú o yo cuando se trata del cerebro. La diferencia es como una radio exquisitamente bien sintonizada que capta las señales más leves y una radio llena de estática que recibe solo las señales más ordinarias. Cuanto mejor es el receptor, más clara es la música.

Cuando el Antiguo Testamento dice «Deteneos y por Dios reconocedme» (Salmos 46:10) se está refiriendo a un estado cerebral. Un cerebro que está inquieto, excitado, distraído por el mundo exterior, preocupado con el trabajo, etcétera —que describe muy bien el cerebro que tú y yo usamos en la vida cotidiana—, no puede detenerse. No importa la fe que tengas en que una emisora de FM esté emitiendo música de Mozart bellísima; si tu radio no puede captar la señal, la fe servirá de poco.

Lo que esto significa, en términos prácticos, es que el camino espiritual es una elección positiva de estilo de vida. La clase de estilo de vida que sintoniza el cerebro dista mucho de ser místico. Tiene cinco elementos básicos, que podemos llamar los cinco pilares:

Sueño.
Meditación.
Movimiento.
Comida, aire y agua.
Emociones.

Estos cinco pilares son básicos para un estado mental y corporal equilibrado: por consiguiente, son básicos para la experiencia espiritual. Los buscadores espirituales, pues, deben en primer lugar prestar atención a su bienestar y especialmente al bienestar del cerebro:

Dormir bien mantiene el cerebro alerta y nos permite equilibrar todo el sistema mente-cuerpo.

La meditación calma la mente y prepara al cerebro para operar en un nivel muy sutil.

El movimiento mantiene el sistema flexible y dinámico.

La comida, el aire y el agua puros nutren el organismo sin impurezas ni toxinas.

Las emociones registran dicha, amor y felicidad como experiencias personales.

Al mejorar en todas estas áreas, tu cerebro se moverá, porque le estarás dando una mejor aportación para que trabaje. La calidad de tu experiencia, incluida la experiencia espiritual, mejorará. Los cinco pilares trabajan juntos para crear un estado de bienestar, y es este estado el que te permite percibir señales más sutiles del emisor, que es Dios.

Kabir, un poeta místico medieval de la India que es querido por gente de todas las confesiones, trabajó de tejedor. Su visión de espiritualidad resuena en el sentido común, algo que he apreciado desde la infancia. Aquí hay dos de sus aforismos:

¿Por qué ir corriendo salpicando agua bendita?
Hay un océano dentro de ti y cuando estés preparado
    beberás

Una gota se funde en el océano...
Eso puedes verlo.
El océano fundiéndose en una gota...
¿Quién ve eso?

Unir lo cotidiano con lo sagrado es crucial. Kabir hace justo eso mediante la poesía. En otro verso dice que viajó a templos sagrados, se bañó en piscinas sagradas y leyó las Escrituras, pero no encontró a Dios en ninguno de esos lugares. Solo después de mirar en su interior se reveló lo divino.

Ningún gran maestro espiritual ha estado nunca en desacuerdo con él. Lo que se ha añadido en nuestros días es que ahora comprendemos que mirar en el interior requiere el uso de un cerebro sintonizado con los niveles sutiles de experiencia, donde Dios está tejido en lo cotidiano. No es necesario dejar de lado lugares sagrados que obran magia en el que adora o se baña en aguas sagradas o incluso lee las Escrituras, y las escrituras sagradas tienen su lugar: ofrecen inspiración que es en sí misma una experiencia sutil, la clase de experiencia que señala el camino a lo divino. Estas fuerzas se amplifican, por así decirlo, cuando tu cerebro está preparado para fijarse en ellas.

LA LUZ

Ninguna palabra es más importante que «luz» en el Nuevo Testamento. Incluso «amor», la palabra que se te ocurre de inmediato cuando piensas en Jesús, va en segundo lugar. Una vez que te das cuenta de que la luz es un sinónimo de conciencia, comprendes que nada es real a menos que seamos conscientes de ello. Estoy seguro de que has oído a alguien decir «Mi padre nunca me dijo que me quería», lo cual se siente como una gran pérdida. El amor silencioso es amor que crea dudas. No sabes si puedes fiarte de él. Temes que podría no existir siquiera. Somos solo humanos, y necesitamos oír las palabras «Te amo» para estar seguros de que somos amados realmente.

De manera similar, Dios tiene que entrar en tu conciencia para que sea real. Una vez que el cerebro está sintonizado se produce el primer paso, el segundo paso es centrarse en la luz. Esta es la única forma de ver más allá de la ilusión. En un cine, los idilios, emociones, peligros y aventuras de la pantalla son la ilusión. La luz que las proyecta es la realidad. Cuando Jesús dice a sus discípulos «Vosotros sois la luz del mundo» (Mateo 5:14) podemos comprenderlo al pie de la letra. Esto no es una metáfora. Cada uno de nosotros es la luz que proyecta el mundo.

Tú y yo nacimos en mal momento para asimilar esta verdad. El materialismo impera. Cuando tenía veintitantos, leí la famosa «Alegoría de la caverna» de Platón, donde compara la vida ordinaria con gente apiñada en una caverna observando sombras que se proyectan en la pared. Confunden las sombras con la realidad y solo pueden despertar si se dan la vuelta para ver la luz que las está proyectando. Sabía lo que significaba la imagen, pero no cambió nada en mí. Creía firmemente en el mundo físico y no conozco a nadie que no lo haga. La alegoría puede actualizarse. En lugar de una caverna, los espectadores pueden estar sentados en una sala de cine, cautivados por el glamur de Hollywood en la pantalla, sin ser conscientes de que hay un proyector detrás de ellos, transmitiendo la ilusión a través de luz blanca incandescente.

Sigue habiendo un salto enorme para creer que el mundo entero es una proyección, y un salto aún mayor para darte cuenta de que estás mirando la película y proyectándola al mismo tiempo. Al fin y al cabo, los magos no creen en sus ilusiones. Aparentemente, nosotros sí. Somos magos crédulos. Cuando puedes separar los dos roles, todo cambia. En lugar de amar la ilusión, te quedas fascinado por el creador, que eres tú mismo. Solo un creador tiene suficiente libertad para alterar la creación.

Pagamos un alto precio por ser magos crédulos. Nos sentimos aprisionados en la vida cotidiana por la ansiedad, el miedo, las oportunidades limitadas, la tensión económica y las relaciones insatisfactorias, y como no aceptamos estas como nuestra propia creación, nuestra respuesta inmediata es luchar contra la imagen exterior. Tratamos de actualizar la ilusión, lo cual, por supuesto, puede hacerse. Puedes visitar a un doctor por tu ansiedad, encontrar un trabajo mejor remunerado y alejarte de una relación sin amor.

Sin embargo, no importa el éxito que puedas tener al actualizar la ilusión, nunca te librarás de ella. El rico se cree su película tanto como el pobre. El amado se siente tan despojado como el no amado cuando la persona que los ama se marcha. La ilusión es el nivel del problema. La luz es el nivel de la solución, de hecho de todas las soluciones, que es la razón por la que Jesús dijo: «Buscad primero el reino de Dios que está dentro de vosotros» (Mateo 6:33; Lucas 17:21).

Pero precisamente buscar en el interior es algo que a la mayoría de la gente no le gusta, incluso algo temido, porque es ahí dentro donde residen la ansiedad, la inseguridad, los traumas del pasado y los viejos condicionamientos. Así que la mente es llamada a sanar la mente. ¿Cómo se logra eso? La respuesta es obvia, aunque con frecuencia se pasa por alto: si quieres escapar de la ilusión, deja de crearla.

¿Cómo? Rechaza la historia contada por una falsa conciencia. La falsa conciencia dice: «Sigue con el programa. El mundo es un lugar duro. El universo es vasto. Las fuerzas de la naturaleza están fijadas. Eres una mota de polvo en esta escena infinitamente enorme.» Cuando toda la sociedad está basada en semejante historia, como desde luego lo está nuestra época, desmantelarla significa pasar a una visión del mundo completamente nueva.

Las tradiciones sapienciales del mundo cuentan una historia diferente que he sintetizado en la afirmación de Jesús «Tú eres la luz del mundo». Identifícate con la luz y nunca más volverás a temer las imágenes seductoras en la pantalla de cine, aun cuando se proyecten desde veinticinco metros de altura.

La falsa conciencia es una red tejida de muchas hebras, las más críticas de las cuales son tus creencias fundamentales. Entre las más destructivas de estas creencias están las siguientes:

Estoy solo y aislado, desconectado del universo.

Soy débil e impotente en comparación con las enormes fuerzas dispuestas contra mí.

Mi vida está constreñida por este paquete de piel y huesos llamado cuerpo.

Existo en el tiempo lineal, lo cual aplasta mi ser en el corto período entre nacimiento y muerte.

No controlo mi vida.

Mis elecciones están limitadas por mis circunstancias.

Experimentaré amor de maneras muy temporales e imperfectas con las que no se puede contar.

La vida es injusta y los acontecimientos aleatorios; esta es la dura realidad.

La mejor forma de tratar con mi inseguridad y ansiedad es apartarlas de mi vista.

Si la gente conociera mi yo real les repelería.

Tengo derecho a culpar a otros tanto o más de lo que me culpo a mí.

Dios podría ser real, pero no me presta atención.

Es una lista bastante larga, porque la ilusión afecta cada aspecto de la vida. Si tuvieras que superar cada creencia de la lista, una vida entera no sería suficiente, y al final no habría garantía de éxito. Solo estoy subrayando el punto de que el nivel del problema no es el nivel de la solución.

El nivel de la solución es conciencia, la «luz». Gran parte de la enseñanza de Jesús puede ser interpretada como señalando a esta solución. Eso es lo que los personajes aprenden en este libro. El sagrario dorado literalmente emite luz celestial. Jesús busca la *shekiná*, la luz del alma, cuando el decimotercer discípulo se acerca por un callejón oscuro. Cuando Galen formula un deseo y Malcolm no ha perdido su trabajo, está manipulando una película que todos los demás aceptan como realidad. Las gafas mágicas son un símbolo de la nueva visión que altera su visión de la realidad. He magnificado el efecto valiéndome del realismo mágico. Un espectáculo brillante es bonito, pero el camino espiritual tiene solo un objetivo: darte cuenta de quién eres realmente.

Si pudieras ver tu verdadero yo, las partes más oscuras del Nuevo Testamento se volverían claras, evidentes por sí mismas. Esto especialmente se aplica a los pasajes del Sermón de la Montaña donde Jesús dice a los congregados que hagan lo siguiente (Mateo 6:25-33; 5:5).

Confía en la Providencia para todo.

No planees el futuro.

No te preocupes del mañana. Deja que los problemas de cada día se solucionen por sí solos.

No almacenes tesoros, ni siquiera comida.

Tranquilízate porque el débil algún día tendrá todo el poder.

Ninguno de estos consejos, en cambio, es realista como una forma de conducir la vida diaria, y por consiguiente el cristianismo se ha unido a otras fes idealistas que presentan lo imposible como una promesa de Dios. Hay un cisma entre lo ideal y lo real, capturado sucintamente en el proverbio árabe (que podría ser la invención inteligente de alguien): «Confía en Dios, pero ata tu camello.»

Muchas de las otras enseñanzas de Jesús son imposibles, desde amar a tu vecino como a ti mismo a poner la otra mejilla. Lo que las hace imposibles no es un fallo en la sabiduría de Jesús, sino tu propio nivel de conciencia. Cuando no nos vemos como pura luz, como los creadores y autores de nuestra propia existencia, no podemos acceder a ninguno de los ideales de las tradiciones sapienciales del mundo. El puro desapego de Buda, la cura del dolor y el sufrimiento, por ejemplo, están tan separados de la vida real como la enseñanza de Jesús del amor universal. El ideal del islam de paz divina descendiendo a la tierra, que está incrustado en su mismo nombre, no es alcanzable en un mundo violento.

Nada que no sea una transformación completa convertirá el ideal en una realidad viva. Así pues, confrontar la ilusión de falsa conciencia es la clave de todos los problemas, es lo que queremos que sea una solución permanente y duradera. El verdadero yo no es algo que tú creas, por lo que trabajas o en lo que tienes fe. Es una realidad que se oculta a la vista de todos. En un cine, el proyector también está oculto a la vista de todos; las imágenes que crea son una seductora distracción que nos impide darnos la vuelta. Adrede describí la visión de Meg de la Crucifixión como una sensación de estar en una película, para preparar el escenario de su viaje de diez años hacia la luz. Ella está tan desconcertada como el resto de nosotros, pero atraviesa el desconcierto.

Supongamos que estás llevando la clase de vida que da a tu cerebro una oportunidad de absorber nuevas aportaciones en un nivel más sutil, que he llamado «el camino». ¿En qué se supone que ha de fijarse tu cerebro? Al principio, se fijará en atisbos ocasionales del verdadero yo, y cuando eso ocurre, habrá momentos en los que la ilusión caiga. Estos son impredecibles, porque cada vida es única, pero podemos decir que en tales momentos queda expuesto un elemento de falsa creencia. Regresando a la larga lista anterior podemos experimentar el reverso de cada falsa creencia, y lo hacemos. La verdadera fe se basa en la experiencia personal. Entonces, ¿qué se siente al hallarnos en esta luz? La experiencia es profundamente diferente a la existencia cotidiana:

Te sientes conectado con todo lo que te rodea.

Las fuerzas de la naturaleza te apoyan.

Tu cuerpo se extiende más allá de sus límites visibles, como si estuviera conectado sin interrupciones con todo.

Tú experimentas lo eterno, que elimina el temor a la muerte.

Sientes que tienes el control, sin esfuerzo o lucha.

Te sientes libre. Tus elecciones se expanden, a pesar de las limitaciones de tus circunstancias presentes.

Experimentas el amor como una parte innata de la vida, no algo para ser ganado o perdido.

Sucesos que una vez parecieron aleatorios o injustos ahora empiezan a encajar en un patrón que tiene sentido y significado.

Te sientes seguro de ti mismo, y esto te permite enfrentarte a emociones negativas, dolores pasados y condicionamientos obsoletos.

Hay cada vez más armonía con otra gente.

Notas una sensación de aceptación que hace que culpar y sentir culpa no tengan sentido.

Dios se siente real y cercano.

Los personajes de la novela experimentan estos cambios, y me gustaría enfatizar que esta parte no es fantasía; más bien al contrario. Yendo corto de imaginación, lo que ocurre a los personajes me ha ocurrido a mí personalmente. Y me refiero a ambos lados, la oscuridad y la luz. Mi primer momento de desesperación ocurrió cuando pasé un día feliz en el cine con mi abuelo, solo para que muriera esa misma noche. Mi mayor cinismo lo viví en la facultad de Medicina, donde nada parecía más real que el sufrimiento y la muerte: Dios era una ilusión de la que burlarse. Mis experiencias en la luz fueron momentos de conciencia despertada por la meditación, y estas empezaron a iluminar las experiencias más ordinarias: mirando por la ventanilla de un tren de cercanías y sintiendo que el feo paisaje industrial se extendía al infinito, captando la mirada de un desconocido que pasaba y viendo en ello el saludo de otra alma.

Cada vida contiene momentos en los que una persona ve más allá de la ilusión. El secreto consiste en prestar atención, porque una vez que el momento ha desaparecido, también lo ha hecho su poder de cambiarte. Debes estar abierto y alerta a las señales de tu verdadero yo.

Lo que esto requiere es una especie de segunda atención. La primera atención, con la cual estamos familiarizados, se ocupa de los sucesos de la vida diaria. Desayunas, vas a trabajar, haces la compra, ves la tele. Nada de esto tiene significado intrínseco. Puede ser bueno, malo o neutral. Cuando entra en juego la segunda atención, sigues haciendo las mismas cosas que hacías siempre, pero eres consciente de ellas de una nueva manera. Desayunando podrías ser consciente de tu satisfacción interior, o de los sabores sutiles de la comida o sentir gratitud por la abundancia de la naturaleza. Yendo a trabajar, podrías sentir satisfacción interior, excitación sobre nuevas posibilidades o empoderamiento. Con frecuencia no hay equivalencia precisa entre lo que la primera atención está notando y lo que la segunda atención está percibiendo.

Pero hay un hilo común a todo en la segunda atención. Estás atisbando la verdad de quién eres. Eres un campo sin límites de posibilidades infinitas. Eres conciencia infinita manifestándose en el espacio-tiempo. Eres el juego de luz que se modela en formas. No hay escenario para darse cuenta de estas cosas salvo la vida cotidiana normal. Como un espectador de cine que medio da la espalda a la pantalla y medio al proyector, puedes apreciar la película (primera atención) al tiempo que sabes todo el tiempo que es una proyección de luz (segunda atención).

Puedes entrar en internet y encontrar incontables relatos en primera persona de experiencias que se derivan de la segunda atención. Estas historias narran lo que ocurre cuando cae la ilusión, la máscara de materialismo. Algunas de estas historias parecen exóticas, como cuando la gente sale del cuerpo, ve sucesos remotos, tiene conocimiento previo del futuro o se asoma al entendimiento. Pero el foco no debería estar en lo sobrenatural, porque la segunda atención es completamente natural e «ir a la luz» es algo que ocurre aquí y ahora, no solo en experiencias cercanas a la muerte.

Cuanto más te fijas en lo que te está ocurriendo a través de la segunda atención, más entrenas tu cerebro hacia esta dirección. La luz es una metáfora; la conciencia es cómo existimos, no hay nada más real. La investigación sobre los estados elevados de conciencia continúa creciendo, aunque la mayor parte del foco se ha puesto en desmentir a los escépticos, mostrando con datos sólidos que lo paranormal es real. Será mucho más útil investigar cómo se expande la conciencia, porque cuando lo hace hay una progresión natural:

Física: Tu cuerpo se siente menos atado y limitado. Hay una sensación de ligereza, junto con la placentera sensación de la simple presencia física. Casi sin darte cuenta, experimentas tu cuerpo fundido con otros que te rodean.

Mental: Tus pensamientos se reducen cuando tu mente se calma por decisión propia. La mente ya no está impaciente o dispersa. Se hace fácil centrar tu atención; las distracciones no te afectan tanto. El pasado no se entromete en el presente. Los viejos condicionantes, que te hacen meterte en hábitos no queridos, pierden su agarre.

Psicológico: Te sientes menos constreñido. Emociones negativas como la ansiedad y la hostilidad empiezan a rebajarse. El paisaje emocional completo, cambios de humor y depresión, por ejemplo, son menos probables. Tu sensación de quién eres ya no es una fuente de duda e inseguridad. Encuentras posible vivir en el momento presente.

Espiritual: Sean cuales sean, tus creencias espirituales empiezan a validarse. Experimentas sea cual sea (o no sea) tu concepción de Dios. No ha de haber un Dios personal cuya presencia se sienta. Podrías experimentar una libertad interior sin límites, un amor incondicional, o compasión por todos los seres vivos. El elemento común, no obstante, es la conciencia expandida, lo cual nos permite experiencias de trascendencia. Este «ir más allá» abre niveles de realidad que la primera atención no puede alcanzar.

LA VIDA

Como nos estamos acercando a esto por etapas, supongamos que has dado los dos primeros pasos. Has encontrado una forma de vivir que capacita a tu cerebro para una experiencia sutil y has aprendido a aplicar la segunda atención, que revela la luz como la esencia de todo. Si estos dos pasos están dados, empieza una transformación interior. Estás siendo empujado a «la vida». Para innumerables personas, la vida es lo opuesto a la muerte, pero aquí vida significa existencia eterna ilimitada. Jesús promete vida eterna, y él es tomado al pie de la letra por el cristiano fiel. Los fundamentalistas, por ejemplo, creen que el cielo es un destino físico; el día del Juicio, sus cuerpos se alzarán de la tumba y se unirán a Cristo en algún lugar por encima de las nubes.

Cuando consulté la *Catholic Encyclopedia* en internet, vi que la entrada «cielo» afirma explícitamente que no se trata de un lugar físico, sino de un estado de ser que se alcanza por medio de la gracia. Una imagen de prados verdes con cielos azules, animales pequeños y niños jugando es la imagen más común del cielo que la gente se trae de experiencias cercanas a la muerte, y por tanto debemos afrontar el hecho de que el cielo como un no lugar no es fácil de aceptar. ¿Cómo hacemos?

Una idea viene de Erwin Schrödinger, uno de los pioneros más brillantes en física cuántica, que hacia el final de su vida volvió su atención a la conciencia y sus posibilidades. Schrödinger dijo algo muy revelador sobre el tiempo: «Eternamente y siempre solo existe el ahora, un único y el mismo ahora; el presente es la única cosa que no tiene fin.»

Esta es una nueva definición de la vida eterna, que existe en el momento presente. Lo que hace a este nuevo eterno es que se renueva a sí mismo de manera interminable. Podemos ir más lejos y decir que Dios (o el alma o la gracia) solo puede encontrarse en el momento presente. Encontrar la vida eterna en el momento presente es el desafío definitivo. Mirando tu propia vida, ¿qué ocurre de un momento a otro? Muchas cosas, que podemos organizar verticalmente, una encima de otra, como capas en una zanja arqueológica o pasta en una lasaña. Cada momento presente contiene siete capas. Las tres primeras son visibles; las que están debajo de la línea divisoria están enterradas fuera de la vista:

Un suceso «ahí fuera» en el mundo físico
Las visiones y sonidos del suceso
Una reacción mental

La apertura de una nueva posibilidad
Un nivel de calma al que no afecta el suceso exterior
Conciencia pura
Ser puro

Es asombroso que puedas responder al teléfono, decidir tomarte unas vacaciones o captar un comentario al azar en un ascensor, y muy por debajo de la superficie de esta experiencia un mundo oculto está esperando a ser revelado. En nuestra historia, Galen y Frank no quieren levantar la alfombra, por así decirlo, para ver lo que hay debajo. Lilith y Meg son lo contrario. Han nacido para zambullirse en la propia conciencia. Pero todos los personajes son finalmente atraídos cada vez más profundamente.

Puedes coger un cuchillo y cortar todas las capas de un pastel de chocolate de una vez, pero la mayoría de la gente experimenta el momento presente solo en las dos o tres capas superiores de su conciencia. Las capas más profundas son inconscientes.

Son el área de la segunda atención. Aquí es donde Jesús señalaba cuando dijo que el reino del cielo está en el interior. La razón de que vayamos al interior y no encontremos el cielo es que nuestra conciencia está confinada en las capas superiores de la experiencia. Esto puede cambiar —y cambia— cuando se expande la conciencia.

Algunos ejemplos ayudarán. Imagina que vas conduciendo y ves a un niño que empieza a cruzar la calle. Paras para dejar que el niño cruce y luego sigues adelante. El suceso es superficial. Si es tu propio hijo el que ves, hay una respuesta más profunda. Te preocupas más por el bienestar del niño. Hay momentos en que ver a tu hijo trae una oleada de amor: ahora tu experiencia está empezando a hundirse bajo la línea. Algo más profundo, el amor, ha entrado en juego. ¿Puedes hundirte más? Podría haber un momento en que experimentes amor por todos los niños y compasión por todos los que lo necesitan. Esto podría conducir a una sensación de que estás conectado con toda la humanidad. Al adentrarte más y más profundamente, la misma experiencia simple —la visión de un niño— adquiere un nuevo significado.

Ahora llega el desafío crucial. ¿Puedes captar un atisbo de ti mismo en el espejo y ver tu verdadero ser? Este es el reto que plantea Jesús. Quería que sus seguidores se vieran a sí mismos a la luz del amor y la compasión y luego de toda la humanidad. Una experiencia así se hunde muy por debajo de la línea que divide la experiencia cotidiana de lo que podemos llamar experiencia espiritual. Si puedes echarte un vistazo a ti mismo como te pidió Jesús, estás viendo con los ojos del alma.

Uno también puede llamarlo un viaje al ser puro. Para mí, el misterio espiritual más grande es que la existencia es Dios. Cualquier otro secreto surge de este. Si permites que tu mente encuentre su fuente en silencio, simplemente descansando en la existencia, el simple estado de estar aquí es suficiente. La voz del alma está en silencio. Sin embargo, cuando te sintonizas, descubres que hay un poder enorme en la fuente, porque la conciencia silenciosa es la matriz del amor, la creatividad, la inteligencia y el poder de organización. Fuerzas invisibles mantienen tu vida. Toda la creación, incluido todo lo que hay en el universo, está proyectado desde el Dios que se encuentra en tu interior.

Por místico que esto pueda sonar, se basa en sabiduría antigua y ciencia moderna. En sus enseñanzas sobre la conciencia superior, las tradiciones sapienciales del mundo dibujan un diagrama del flujo de la creación que es muy diferente del que aparece en el libro del Génesis y aun así compatible con él. En el Génesis, Dios es lo no creado. Existe fuera del tiempo y el espacio, sin necesidad de que nadie lo cree porque es eterno.

En el estado precreado no hay nada más que vacío, un vacío amorfo. Lo que emerge en los metafóricos siete días es tiempo, espacio, objetos físicos, mundos y vida. Los seres vivos adoptan las cualidades de su creador, que es vivo, sensible y —por definición— creativo. Este diagrama de flujo, que se mueve de la nada a algo, de un estado de posibilidades a un estado de manifestación, encaja a la perfección con el esquema de física cuántica. Antes del Big Bang, según los físicos, el estado precreado estaba fuera del espacio-tiempo, pero contenía el potencial para todo lo que ha emergido desde el Big Bang. Es similar a señalar que la mente de Einstein contenía el potencial para grandes ideas antes de que se expresaran.

Lo asombroso es que todo el diagrama del flujo de la creación existe en el momento presente. En el mundo «ahí fuera», cada objeto físico consiste en átomos hechos de partículas subatómicas. Estas, a su vez, están formadas por estados de energía, y los estados de energía están constantemente apareciendo en la espuma cuántica, como se llama.

De manera similar, el diagrama de flujo «aquí dentro» produce pensamientos, sensaciones, imágenes y sentimientos: desde el potencial de la mente silenciosa, tenues movimientos de la conciencia hacen erupción y cobran forma cuando emergen en la mente activa. Fíjate en que el flujo se mueve desde el fondo hacia arriba. Ser es anterior (el estado de reposo, sin actividad aparente). Entonces la mente cobra conciencia de sí misma como silencio. La conciencia de uno mismo está alerta; quiere comprometerse con la vida. Así pues, crea una nueva posibilidad, y desde allí surge la actividad constante que llamamos flujo de conciencia.

¿Puede una persona vivir en el ahora eterno? Sí, pero solo cuando la conciencia se expande lo suficiente para abrazar todas las capas de la mente, hasta la fuente. Todas las verdades hermosas expresadas por los grandes maestros espirituales se han oscurecido esperando y deseando que sean reales, cuando lo que se necesita es en realidad simple y natural: la expansión de la conciencia. Para mí, ese es el secreto del Nuevo Testamento. Es un manual para la conciencia elevada, y Jesús, en su claridad mental, sabía precisamente lo que significa vivir en el estado más elevado de conciencia, donde «Yo y el padre somos uno» (Juan 10:30). He abierto el Nuevo Testamento al azar, he localizado un pasaje famoso e inmediatamente he sentido una oleada de Ser emanando de la página.

Lo que está ocurriendo es una experiencia del ahora eterno, porque un momento ordinario en mi día está de repente lleno de luz. Ojalá la gente no situara la espiritualidad en un compartimento marcado como «místico». El único portal a Dios es la puerta abierta al momento presente. Es por eso que Mare aprende una verdad profunda cuando se da cuenta de que o nada es un milagro o todo lo es. En realidad, ambas cosas son ciertas. Nada es un milagro cuando ves el mundo a través de la primera atención; todo es un milagro cuando lo ves a través de la segunda atención. Así pues, estás en posición de hacer tu vida milagrosa, simplemente por la clase de atención que prestas.

Al final, este libro se reduce a algo simple: es una invitación a tomar la decisión correcta, igual que se invita a hacer a los personajes de la historia. En un momento de elección, puede empezar el proceso de transformación, y cuando lo hace, has dado el primer y más importante paso hacia la realidad de Dios.

Sería adecuado dar la última palabra a un poeta. Kabir nos lleva al lugar donde siempre ha estado Dios:

> Él es el árbol, la fruta y la sombra.
> Él es el sol, la luz y el sueño.
> La palabra y su significado.
> Un punto en el Todo.
> Forma en lo amorfo.
> Infinidad en un vacío.

Índice